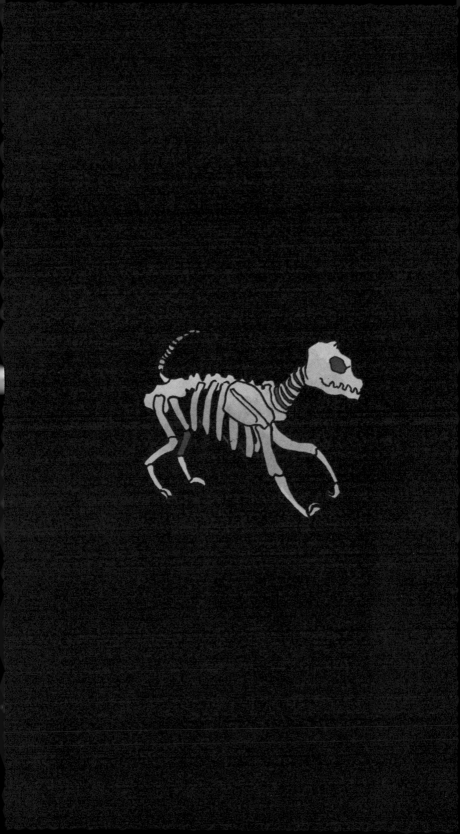

# Ortiga y Hueso

**GRAN**TRAVESÍA

# T. Kingfisher

# Ortiga y Hueso

Traducción de Mercedes Guhl

**GRAN**TRAVESÍA

ORTIGA Y HUESO

Título original: *Nettle & Bone*

© 2021, T. Kingfisher

Traducción: Mercedes Guhl

Diseño de portada: Fox & Wit
Arte de portada: Xenia Rassolova

D.R. © 2023, Editorial Océano de México, S.A. de C.V.
Guillermo Barroso 17-5, Col. Industrial Las Armas
Tlalnepantla de Baz, 54080, Estado de México
www.oceano.mx
www.grantravesia.com

Primera edición: 2023

ISBN: 978-607-557-793-7

IMPRESO EN MÉXICO / *PRINTED IN MEXICO*

*Dedicado a Fuerte e Independiente,*
*un ave sin igual.*

# Capítulo 1

Los árboles estaban llenos de cuervos y el bosque estaba atestado de locos. El hoyo estaba repleto de huesos y sus manos estaban cubiertas de alambres.

Los dedos le sangraban donde los alambres la habían herido. Los primeros cortes ya no sangraban, pero tenían los bordes enrojecidos y se sentían calientes al tacto. Las puntas de sus dedos se iban hinchando y se movían cada vez con más torpeza.

Marra se daba cuenta de que nada de eso configuraba un escenario alentador, pero las probabilidades de llegar a vivir lo suficiente como para que la infección la matara ya eran tan ínfimas que no le preocupaba demasiado.

Tomó un hueso, uno largo y delgado, de una pata, y enrolló un tramo de alambre en cada extremo. Encajaba bien con otro hueso largo, que no pertenecía al mismo animal pero sí era lo suficientemente parecido, y los unió con los alambres para después ponerlos en la estructura que estaba creando.

El basurero de huesos estaba lleno, pero no hacía falta excavar hasta el fondo. Podía seguir el progreso del hambre en retrospectiva gracias a los estratos de restos. Habían comido venado y habían comido ganado. Una vez que uno se les terminó y los otros no volvieron, dieron cuenta de los caballos, y cuando ya ni monturas tenían, devoraron a los perros.

Cuando se acabaron los perros, empezaron a comerse unos a otros.

Lo que ella buscaba eran los perros. Tal vez hubiera debido construir un hombre con los huesos, pero ya no les guardaba el menor apego ni cariño a los hombres.

Los canes, en cambio… ésos siempre eran leales.

—*Puso clavijas al arpa, con los dedos de su amada* —canturreaba Marra para sí—, *que encordó con largas hebras, de su melena dorada.*

Los cuervos se llamaban unos a otros con voz solemne desde los árboles. Ella reflexionaba sobre el arpista de la canción, y lo que estaría pensando al construir un arpa con los huesos del cadáver de una mujer. Ese arpista era tal vez la única persona en el mundo que podría entender lo que ella estaba haciendo.

*Suponiendo que el arpista ese hubiera existido. Y si verdaderamente existió, ¿qué tipo de vida puede llevar alguien que termina armando un arpa con restos de cadáveres?*

*Y ya que estamos en eso, ¿qué tipo de vida tiene uno cuando termina construyendo un perro con huesos?*

La mayoría de los que encontraba estaban rotos, los habían quebrado para sacarles la médula. Si llegaba a conseguir dos trozos que encajaran, podría unirlos con alambre, pero los bordes de éstos casi siempre estaban muy astillados. Tenía que fijarlos con vueltas de alambre y dejaba huellas ensangrentadas en la superficie de los huesos.

Eso no era problema. Era parte de la magia.

*Además, cuando Mordecai, el gran héroe, mató al gusano venenoso, ¿acaso se quejó de que le dolían los dedos? No, por supuesto que no.*

*Al menos no frente a nadie que pudiera oírlo y registrarlo en las crónicas.*

—Nada más una canción el arpa podía tocar —canturreó— *que sonaba como el viento y los truenos al bramar.*

Se daba cuenta de lo descabellada que sonaba. Parte de su ser se retorcía al reconocerlo. Otra parte, más cuerda, le decía que estaba de rodillas al borde de una fosa lleno de huesos, en una región tan henchida de horrores que sus pies se hundían en el suelo como si caminara por la superficie de una ampolla gigantesca. Una pequeña dosis de locura no estaba fuera de lugar en ese entorno.

Las calaveras eran fáciles de conseguir. Había encontrado una muy buena, ancha, de mandíbulas poderosas y cavidades oculares conmovedoras. Tenía muchísimas a su disposición, pero sólo podía usar una.

Eso la afectó de forma inesperada. La dicha de encontrar la indicada se hizo añicos bajo el peso de la tristeza por todas las que se quedarían sin uso.

*Podría pasarme el resto de la vida aquí sentada, con las manos llenas de alambres, armando perros con huesos. Y luego los cuervos me devorarían y yo caería en la fosa y todos no seríamos más que huesos.*

Un sollozo se le atragantó y tuvo que parar. Buscó el odre en su morral y bebió un sorbo.

El perro de huesos estaba casi terminado. Tenía el cráneo y la hermosa tira de vértebras, dos patas y las costillas, de huesos largos y elegantes. Lo cierto es que había partes de al menos otros doce perros en éste, pero la pieza clave era la calavera.

Marra acarició las órbitas vacías, delicadamente bordeadas de alambre. Todo el mundo decía que el alma residía en el corazón, pero ella ya no estaba tan convencida de eso. Iba construyendo desde la calavera hacia la parte de atrás. Había descartado varios huesos porque no le parecía que hicieran juego con ésta. Los tobillos largos y finos de los galgos no servirían para cargar esa calavera. Necesitaba algo más sólido, sabuesos de caza, perros pastores, algo con más peso.

Había un versito para saltar la cuerda que hablaba de un perro de huesos, ¿o no? ¿Dónde lo había oído cantar? No en el palacio, definitivamente. Las princesas no saltaban la cuerda. Debió de ser después, en el pueblo, en los alrededores del convento. ¿Cómo era el versito? *Perro de hueso, no tiene seso; perro de palo, ni muerde ni es malo...*

Los cuervos graznaron una alerta.

Ella miró hacia arriba. Los cuervos parlotearon en los árboles que había a su izquierda. Algo venía, avanzando torpemente entre los árboles.

Se cubrió la cabeza con la capucha de su capa, y se dejó caer a medias en la fosa, acunando el esqueleto de perro contra su pecho.

Su capa estaba hecha de retazos de mimetiseda cosidos con un hilo tosco de pelusilla de ortiga. La magia no era del todo perfecta, pero era lo mejor que había podido hacer con el tiempo que le habían concedido.

*"Del amanecer al anochecer y otro tanto igual, con una lezna fabricada con una espina..."* sí, ya quisiera yo ver a alguien que consiga hacer algo mejor. Hasta la señora del polvo había reconocido que lo había hecho muy bien, y ella era bastante parca con los halagos.

La capa de retazos dejaba grandes huecos al descubierto, pero Marra se había dado cuenta de que no importaba mucho. De esa forma, su silueta se quebraba y así la gente veía a través de ella. Si notaban que algunas franjas de luz y sombra se distorsionaban de manera algo extraña, nunca se tomaban el tiempo suficiente para descubrir la razón. La gente parecía estar muy dispuesta a no confiar en su propia vista. Marra pensó que, a lo mejor, era porque el mundo era tan raro y la visión tenía tantos defectos que uno pronto se daba cuenta de que cualquier cosa podía ser tan sólo un truco de la luz.

El hombre salió de entre los árboles. Ella lo oyó murmurar, pero no pudo distinguir las palabras. Sólo supo que era un hombre por la voz grave, pero hasta eso era una suposición. La mayoría de las personas de la tierra infecta no representaba ninguna amenaza. Habían comido de la carne indebida y por eso habían sido castigados. Algunos veían cosas que no estaban ante sus ojos. Otros no podían caminar y sus compañeros les ayudaban. Dos habían compartido su fogata con ella, unas noches antes, y ella tuvo buen cuidado de no probar su comida, a pesar de que mucho le ofrecieron.

Era cruel ese espíritu que castigaba a los hambrientos por comer lo único que la necesidad les había dejado, pero los espíritus jamás habían pretendido ser bondadosos.

Sus compañeros de fogata le habían advertido.

—Tenga cuidado —le dijo ella—. Muévase rápido, rápido y en silencio. Hay unos cuantos de los cuales más vale mantenerse alejados. Ya antes eran malos, y ahora son peores.

—Malos —añadió el otro. Su respiración era dificultosa y tenía que detenerse entre una palabra y otra. Marra se dio cuenta de que eso lo frustraba mucho porque trataba de hablar en las pausas—. Nada... bueno. Todos... nosotros... ahora —meneó la cabeza negando—, pero ellos... enojados.

—No sirve de nada la furia —dijo la primera—. Pero no hacen caso. Comieron mucho. Acabó por gustarles el sabor

13

—rompió a reír, demasiado alto, mirándose las manos—. Nosotros dejamos de hacerlo tan pronto como encontramos algo más, pero ellos siguieron.

El segundo negó con la cabeza.

—No —dijo—. Más... que eso. Siempre... enojados. Desde... que nacieron.

—Hay quienes nacen así —Marra estuvo de acuerdo. Lo sabía perfectamente.

*Algunos de ésos son hombres. Algunos de esos hombres son príncipes. Sí, yo lo sé bien. Es un tipo diferente de enojo. Más oscuro y deliberado.*

El otro pareció aliviado al ver que ella entendía.

—Sí. Enojados... ahora. Mucho.

Los tres permanecieron sentados en silencio alrededor de la hoguera. Marra extendió las manos hacia las llamas y soltó el aire lentamente.

—La mayoría de las veces nos matan —dijo la primera, de repente—. No siempre podemos huir. Las cosas se nos confunden... —trazó un gesto en el aire más arriba de sus ojos que Marra no consiguió entender, aunque su compañero asintió al verlo—. Somos fáciles de atrapar así. Pero si te ven, tratarán de agarrarte también.

La fogata crepitó. Esta tierra era muy húmeda, y ella agradecía el calor pero, con todo...

—¿No temen que ellos puedan llegar a ver el fuego?

La mujer negó con la cabeza.

—Lo detestan —dijo—. Es el castigo. Entre más comen, más le temen. No cocinan la carne, ¿sabes? —se frotó la cara, evidentemente ansiosa.

—Más seguro así... —dijo el hombre—. Pero... no puede... arder siempre.

Se apoyaron la una contra el otro. Ella recostó la cabeza en el hombro de él y él la rodeó con su brazo para acercarla.

Unos días antes, Marra se hubiera preguntado por qué no abandonaban esa tierra tan terrible. Pero ya no. Podía ser que esas personas no estuvieran del todo en sus cabales, como lo entendía el resto del mundo, pero tampoco eran tontos. Si se sentían más seguros aquí que en otro lugar, no era asunto suyo hacerlos cambiar de idea.

*Si tuviera que contarle lo que me ha sucedido a cada persona que me he topado, y luego dejar que me juzgaran por lo que he tenido que hacer... no, no creo que una tierra por la que se pasean unos cuantos caníbales sea un precio demasiado alto. Al menos aquí todos entienden lo que ha pasado, y son tan buenos unos con otros como se esperaría.*

De niña, Marra no lo hubiera entendido, pero ya no era una niña. Tenía treinta años, y lo único que quedaba de aquella niña que había sido eran los huesos.

Durante algunos momentos sintió envidia de ellos, dos personas castigadas por algo que no era su culpa, envidia porque se tenían uno a otro.

Ahora, sentada en el tiradero de huesos, el esqueleto de perro que acunaba entre sus brazos se estremeció.

—Shhhh —murmuró Marra en los orificios del cráneo—, ssshhhh.

*Perro de hueso, no tiene seso; perro de palo, ni muerde ni es malo... perro blanco, perro negro, perro de agua, perro de fuego...*

Oyó las pisadas que se acercaban. ¿La habría visto?

Si acaso la había visto, entonces podría creer que había sido un truco óptico. Las pisadas dieron un rodeo bordeando la fosa, y el sonido de la respiración se desvaneció.

—Probablemente era inofensivo —le susurró al cráneo. Y si no lo era, ella habría resultado un blanco difícil.

Los otros habitantes de estas tierras, los bondadosos, eran terriblemente vulnerables. Si uno había aprendido a no confiar en lo que le indicaban sus sentidos, podía ser que cuando quisiera huir del enemigo ya fuera demasiado tarde.

Marra ya no estaba tan segura como antes de sus propias visiones, pues los extremos de su percepción estaban levemente difuminados, aunque al menos no desgarrados y rotos a golpes por unos espíritus enfurecidos.

Cuando pasaron muchos minutos después de que se oyeran las pisadas, y los cuervos se sosegaron, ella volvió a sentarse. La niebla forraba los límites del bosque y pendía en espirales bajas sobre la pradera. Los cuervos graznaban a coro como un latido desacompasado. Nada se movía.

Se inclinó para continuar su trabajo en el perro de huesos, los dedos moviéndose sobre los alambres, con la esperanza de terminar su labor antes de que cayera la noche.

El perro de huesos despertó a la vida al anochecer. No estaba terminado, pero casi. Ella trabajaba en la pata delantera izquierda cuando la mandíbula se abrió, estirándose, como si despertara de un largo sueño.

—Espera —le dijo ella—. Ya casi acabo...

El perro se sentó. Abrió la boca y el fantasma de una lengua húmeda le tocó la cara como una especie de neblina.

Rascó el cráneo en el lugar donde estarían las orejas. Sus uñas hicieron un sonido de rozadura suave contra la superficie pálida.

El perro de huesos meneó la cola, la pelvis y buena parte de la columna de la pura dicha.

—Sentado, quieto —le dijo ella, levantando la pata de adelante—. Sentado. Deja que termine.

El perro se sentó, obediente. Las órbitas vacías la miraron. El corazón se le encogió dolorosamente.

*El amor de un perro de huesos*, pensó, atareada en la pata. *Eso es todo lo que merezco en estos tiempos.*

Aunque también es cierto que muy pocos humanos valen de verdad el amor de un perro viviente. Hay bendiciones que uno no llega a merecer nunca.

Tenía que engarzar cada diminuto hueso de la pata con una sola vuelta de alambre, para unirlo a los demás, y después enrollar la pata entera con varias vueltas, para darle estabilidad. No entendía cómo podía mantenerse en una sola pieza, pero lo conseguía de alguna forma.

Había sido lo mismo con la capa. El hilo de ortiga y los retazos de mimetiseda no debían formar una sola cosa sino caerse a pedazos, y a pesar de eso, resultó ser algo más sólido de lo que parecía.

Las garras del perro se veían absurdamente grandes al no tener carne para cubrirlas. Ella las envolvió cual si fueran amuletos, y las unió al fino entramado de alambre.

—Perro de hueso, sin lengua ni seso —murmuró. En su mente veía niños, tres niñitas, entonando el versito. *Perro de hueso, perro de palo... pero blanco, perro negro... perro vivo, perro muerto... perro rojo, ¡a correr!*

Al sonido de "¡a correr!", la niña que estaba brincando la cuerda se salió y empezó a ir y venir corriendo y atravesando la franja donde la cuerda giraba, y no se oía nada más que sus pisadas y el golpeteo de la cuerda contra el suelo. Cuando la niña que corría finalmente pisó la cuerda, las otras dos soltaron los extremos y todas empezaron a reír.

El perro de hueso apoyó el hocico en el antebrazo de ella. No tenía orejas ni cejas, pero ella casi podía percibir la mirada que le estaba mostrando, trágica y esperanzada, como solían ser los perros a menudo.

—Ya estás —dijo por fin. El cuchillo había perdido filo de tanto cortar alambre, y tuvo que intentarlo varias veces hasta lograr desprender el último trozo. Remató su trabajo, metiendo la punta filosa del alambre debajo de la articulación, para que así no pudiera enredarse en nada—. Ya quedaste listo. Espero que eso sea suficiente.

El perro de huesos apoyó la pata, probándola. Se quedó ahí parado unos momentos, y luego salió disparado hacia la niebla.

Marra cerró un puño junto a su estómago. *¡No! Se me escapó... Debí amarrarlo. Debí pensar que iba a escapar...*

El sonido de las patas al correr se desvaneció en la blancura.

*Imagino que tenía un amo en algún lugar, antes de morir. A lo mejor fue a buscarlo.*

Le dolían las manos. Le dolía el corazón. Pobre perro tonto. Su primera muerte no había sido suficiente para enseñarle que no todos los amos son dignos de fidelidad.

Marra había aprendido eso mismo demasiado tarde.

Miró a la fosa que servía de basurero de huesos. Los dedos le latían de dolor, aunque no le ardían como cuando cosió la capa de ortigas, sino que era una sensación más profunda, en sincronía con su corazón. El enrojecimiento iba avanzando por sus manos. Una larga línea encarnada ya iba serpenteando por su muñeca.

No soportaba pensar en lo que sería sentarse de nuevo allí y armar otro perro de huesos.

Apoyó la cabeza entre sus manos doloridas. Tres pruebas eran las que la señora del polvo le había asignado. Coser una capa con mimetiseda y ortigas, confeccionar un perro con huesos y atrapar la luz de la luna en un tarro de cerámica. Había fracasado en la segunda, antes de alcanzar a empezar la tercera.

Tres pruebas, y después la señora del polvo le daría los instrumentos para matar a un príncipe.

—Típico —dijo con la cara entre las manos—. Típico. Consigo hacer lo imposible, y ni se me ocurre pensar que a veces los perros huyen —hasta donde se imaginaba, el perro de hueso había podido husmear algún olor y ahora iría a parar muy lejos de allí, persiguiendo un conejo de hueso, un zorro de hueso o un venado de hueso.

Se rio por entre los dedos hinchados, el sufrimiento enroscándose sobre ella, como solía hacerlo, hasta convertirse en un agotamiento. *¿No sucede así siempre?*

*Eso es lo que me gano por confiar en que los huesos me mostrarían fidelidad, únicamente por haberlos sacado de la tierra para encajarlos en un esqueleto. ¿Qué va a saber un perro sobre la resurrección?*

—Debí traerle un hueso —se dijo, dejando caer las manos, y los cuervos posados en los árboles repitieron el sonido de su risa.

Bueno.

Si la señora del polvo le había fallado, o si ella le había fallado a la señora del polvo, entonces tendría que labrarse su propio camino. Había tenido un hada madrina en su bautizo, que le había concedido un único don y no le había hecho más llevadero el camino por la vida. Tal vez le había quedado debiendo.

Se dio la vuelta y empezó a caminar, arrastrando los pies paso a paso, para salir de la tierra infecta.

# Capítulo 2

Desde el principio, Marra había sido una niña taciturna, de esas que siempre estaba en el lugar equivocado de manera que los adultos se la pasaban diciéndole que se quitara de en medio. No es que fuera lenta para aprender, no exactamente, pero sí aparentaba ser menor de lo que era, y prácticamente nada despertaba su interés.

Tenía dos hermanas, y ella era la menor. Adoraba a la mayor, Damia, con todo su corazón. Damia era seis años mayor, y esa diferencia parecía una vida entera. Era alta y elegante y tenía la piel muy blanca. Era hija de la primera esposa del padre de Marra.

La hermana del medio, Kania, era apenas dos años mayor que Marra. Compartían a la misma madre, pero eso no mejoraba las cosas entre ellas.

—¡Te odio! —le decía Kania, a los doce años, por entre los dientes apretados, a Marra, de diez—. Te odio y ojalá te mueras.

Marra llevaba esa certeza de que su hermana la odiaba bien encogida entre las costillas. No llegaba a tocar su corazón, pero era como si le llenara los pulmones, y cuando a veces trataba de respirar hondo, el aire se atascaba en las palabras de su hermana y la dejaba sin aliento.

No le contaba a nadie de eso. No hubiera servido de nada. Su padre no era mala persona, pero casi siempre estaba ausente, incluso cuando estaba físicamente presente. Lo máximo que hubiera podido hacer era darle un par de palmaditas torpes en la espalda y la habría mandado a la cocina en busca de una sabrosa golosina, como si fuera una criatura. Y su madre, la reina, habría dicho: "No seas tonta, claro que tu hermana te quiere", en tono distraído, mientras abría el último informe de sus hábiles espías, o mientras tomaba las decisiones políticas para evitar que el reino cayera en la ruina.

Cuando el príncipe Vorling se comprometió en matrimonio con Damia, la casa real se regocijó. La familia de Marra reinaba sobre una pequeña ciudad-estado que cargaba con la mala suerte de poseer el único puerto de profundidad que existía a lo largo de la costa de dos reinos rivales. Ambos rivales querían apropiarse del puerto, y cualquiera hubiera podido atacar la ciudad e invadirla sin mayor esfuerzo. La madre de Marra había conseguido mantener al reino en una especie de equilibrio milagroso durante mucho tiempo.

Pero ahora, el príncipe Vorling del Reino del Norte iba a desposar a Damia, y así cimentar la alianza entre ambos territorios. Si el Reino del Sur pretendía tomar el puerto, el Reino del Norte lo defendería. El primogénito de Damia algún día ocuparía el trono del norte, y su segundo hijo (si es que llegaba a tenerlo), reinaría sobre la ciudad portuaria.

A lo mejor era una excentricidad dedicar un primogénito a algo tan insignificante como el Reino Portuario, pero se decía que la familia real del norte se había casado con demasiados primos en los últimos siglos, y que su linaje había heredado problemas congénitos. A esa familia la protegía una magia poderosa, pero la magia no servía para curar esos defectos hereditarios, así que los reyes buscaban casarse con mujeres de allende sus fronteras. Al unir por matrimonio al Reino Portuario y su puerto comercial con el Reino del Norte, lograban dos cosas de un solo golpe: mejorar su linaje y enriquecer sus arcas.

—Al fin —exclamó el padre de Marra—, al fin estaremos a salvo —su madre asintió. Ahora el Reino del Sur no se atrevería a atacarlos, y el del Norte no necesitaría hacerlo.

Marra fue la única que se opuso.

—¡Pero es que no quiero que te vayas! —sollozó, aferrándose a la cintura de Damia—. ¡Te irás lejos!

Damia rio.

—Todo va a estar bien —contestó—. Vendré a visitarlos, o tú irás a verme.

—¡Pero ya no estarás aquí!

—Cálmate —le dijo su madre, apretando los labios y tironeando a su hija para que soltara a su hijastra—. No seas egoísta, Marra.

—Lo que pasa es que le da envidia porque ella no tiene un príncipe —agregó Kania, provocadora.

Lo injusto de la situación hizo que Marra llorara con más ganas todavía. Ya tenía doce años y sabía que era demasiado mayor para armar un berrinche, pero lo sentía venir en camino.

Mandaron llamar a la nana para que se la llevara, y eso significó que Marra no estuviera presente cuando Damia partió, con toda la pompa y ceremonia de una novia que viaja al reino de su prometido.

Pero sí estaba presente cinco meses después, cuando el cuerpo de Damia fue enviado de regreso en una procesión fúnebre.

Venía en una carroza negra tirada por seis caballos negros, acompañados de jinetes con uniforme de luto. Tres carruajes negros antecedían a la carroza fúnebre, y otros tres venían tras ella, todos con las cortinas echadas. Los caballos de esos carruajes también eran negros. Tenían arreos y sillas negras, y bardas negras.

Marra tuvo la impresión, al ver todo eso, de que era el dolor transformado en extravagancia. Alguien quería que el mundo entero supiera que se podía dar el lujo de mostrar una tristeza inmensa.

—Una caída —decían los rumores—. El príncipe está destrozado. Dicen que la princesa llevaba a su hijo en el vientre.

Marra negó con la cabeza. No podía ser posible. El mundo no podía estar tan desquiciado como para permitir que Damia muriera.

No lloró, porque no acababa de convencerse de que su hermana mayor estuviera muerta.

Le parecía muy extraño que todos los demás lo creyeran. Iban de un lado para otro, a ratos lloraban, pero más que todo se dedicaban a planear los detalles del funeral.

Marra logró colarse a la capilla esa noche. Si conseguía demostrar que ese cuerpo que estaba allí no era el de ella, entonces podrían dejar de lado todas las tonterías del funeral.

La figura amortajada olía fuertemente a alcanfor. Había una máscara funeraria sobre la mortaja. Era la cara de Damia, con expresión serena.

Marra contempló la figura durante un rato y pensó que habían pasado varios días desde que se habían enterado de la muerte. El clima había estado fresco, pero no frío. El alcanfor no alcanzaba a disimular el olor a podredumbre.

Si intentaba hacer a un lado la máscara y arrancar la mortaja, se encontraría con un cuerpo en descomposición. ¿Quién sabe cómo se vería?

*Estaba pensando como una criatura*, se dijo molesta. *Cómo pude creer que iba a saber si en realidad era Damia o no. Podría ser cualquiera.*

*Incluso ella.*

Se alejó sin hacer ruido y dejó la mortaja intacta.

El funeral fue suntuoso pero apresurado. Los jinetes que el príncipe había enviado iban mejor vestidos que los padres de Marra. La ofendió que su padre y su madre se vieran tan desaliñados, y que el príncipe lo hiciera evidente.

Depositaron el cuerpo en la sepultura. Bien podía ser Damia. Bien podía ser cualquier otra persona. El padre de Marra lloró, y su madre miró al frente con fijeza, los nudillos blancos y apretados alrededor de su bastón.

Los días transcurrieron, uno tras otro, y se hicieron semanas. Marra llegó a la conclusión de que sí debía haber sido Damia, sobre todo porque todos parecían creerlo así, pero ya en ese momento le pareció demasiado tarde para llorarla... Además, ¿acaso era posible que hubiera muerto?

Una vez trató de decirle algo al respecto a Kania.

—Pero claro que está muerta —le dijo su hermana con sequedad—. Lleva meses muerta.

—¿De verdad? —preguntó Marra—. Es que... pues sí, así es. Pero... ¿muerta? ¿En serio? ¿Te parece lógico?

Kania la miró fijamente.

—No digas disparates —le contestó—. No tiene que ser lógico. La gente se muere, y ya.

—Supongo que sí —siguió Marra. Se sentó en el borde de la cama—. Quiero decir... todo el mundo dice que está muerta.

—No iban a mentir sobre algo así —dijo Kania—. Cuando se casó con el príncipe, nos puso a salvo. Pero si Damia está muerta, entonces el príncipe se va a casar con alguien más y otra vez estaremos en peligro.

Marra no contestó nada. Tampoco había pensado en eso. *Tengo que empezar a pensar como adulta. Kania lo está haciendo mucho mejor que yo.*

Los dos años de diferencia de edad entre ambas de repente parecían un abismo infranqueable, lleno de cosas que Marra sabía pero sobre las cuales nunca se había detenido a pensar.

Kania suspiró. Se acercó a Marra y la rodeó con un brazo para apretarla contra ella.

—Yo también la extraño —confesó.

Marra aceptó el abrazo, aunque sabía que su hermana la odiaba. El odio, como el amor, al parecer era algo muy complicado.

El límite de la tierra infecta estaba ante ella. Marra lo contempló durante casi un minuto, pensativa.

Era extraño lo claramente definido que estaba el límite. Parecía como la sombra que proyecta una nube. Esta parte de aquí se veía oscura y más allá estaba iluminada. Al viento que soplaba le tomaba un instante o dos llegar de un lado al otro.

Podía oír a los cuervos graznando de un lado y del otro. Los que llamaban desde fuera sonaban como cuervos normales: "Aaak, aaak, aaak".

Los que estaban por encima de su cabeza sonaban "Ga-ja-jaaak, ga-ja-jaaak".

Pensó si los cuervos de afuera odiarían a los de la tierra infecta tanto como los campesinos de afuera odiaban a quienes vivían en esa región. Le habían advertido que no se metiera por allá.

—Te matarán tan pronto como te vean —le había dicho un hombre, acodado en una cerca. Otro, amigo o hermano del primero, eso Marra no lo sabía bien, asintió.

—Da miedo —dijo el segundo—. Cada año se agranda un poco más.

El primero también asintió.

—Hay árboles que antes quedaban de este lado y ahora están en el otro —escupió—. Eso está lleno de caníbales. Si entras allá, pronto te comerán hasta dejar tus huesos limpios.

—No hay razón para andar por allá —dijo el segundo—. No para gente lista como nosotros.

La miraron con sospecha. El primero lanzó otro escupitajo al suelo, que fue a dar cerca de los pies de Marra.

Pero ella había descubierto que la gente de la tierra infecta era mucho más hospitalaria. Habían compartido con ella sus fogatas, y le habían dado los mejores consejos posibles.

Me preocupaban cosas que no tenían por qué ser motivo de preocupación.

*Como ya es costumbre.*

Le había llevado un día y medio llegar a la tierra infecta desde la casa de la señora del polvo. En el fondo, tenía la sensación de que había sido más tiempo. Jamás había oído hablar de la tierra infecta y no debía estar ahí, prácticamente al lado de la casa.

*Magia, quizá. Magia, o algo peor.* No podía haber otra razón para que existiera una tierra como ésa, que los dioses las hubieran destruido. Que si uno escogía una dirección al azar para caminar, y que de sólo avanzar teniendo en mente esa idea, llegara a ella.

No le gustaba pensar así. Quería decir que la tierra infecta podría entrar en contacto con su propio reino, que los dioses que castigaban a los hambrientos algún día podrían llegar a castigar a los suyos. Se sentía todo demasiado inmediato, demasiado real y demasiado cerca del abismo del hambre.

Marra se arrebujó en su capa de mimetiseda y adelantó un pie para pisar fuera de la tierra infecta.

El hechizo tiraba de ella para no dejarla salir, un escozor semejante a picaduras de insectos por toda su piel. Por instinto, se dio palmadas en los brazos, aunque sabía que no había ningún insecto que pudiera espantar.

El suelo se sintió extrañamente firme bajo sus pies, como si acabara de pasar de una alfombra a una piedra. Miró a su alrededor, parpadeando por la intensa luz.

Dio unos diez pasos, más o menos, con las manos sobre el pecho, antes de que alguien le gritara: "¡Alto!

Apenas había cambiado el clima a una nueva estación desde el funeral de Damia cuando les llegaron los rumores de que el príncipe estaba dispuesto a casarse con Kania.

—Aún no —dijo la madre de Marra—. Dentro de un año o dos. No estaría bien visto tan pronto. Pero después sí, para mantener la alianza.

Kania asintió. Su piel era más morena que la de Damia y era bastante más baja que su hermana mayor pero, en ese momento, Marra tuvo la impresión de que se parecían mucho las dos: decididas y fuertes y algo asustadas.

—No... —dijo Marra, pero fue en voz muy baja y nadie la oyó.

Era absurdo pensar que Kania iba a morir simplemente porque era lo que le había pasado a su hermana mayor. La muerte de Damia había sido un accidente, nada más. Era una tragedia. No se podía culpar a nadie.

Marra sabía todo eso. Pero no lograba deshacerse del miedo que se le había alojado entre las costillas. Le parecía que ese pánico debía ser visible a ojos de los demás, como un tumor, y se le hacía raro que nadie nunca lo comentara.

—Ten cuidado —le había dicho un día a Kania—. Por favor, no vayas a...

Se interrumpía, porque no sabía cómo terminar la frase. ¿No vayas a casarte con él? ¿No bajes ni subas escaleras?

Kania la miró fijamente.

—¿Qué tenga cuidado? ¿Cómo?

Marra sacudió la cabeza desesperada.

—No sé —contestó—. Es que presiento que algo va a salir mal.

—Nada va a resultar mal —la tranquilizó Kania—. Lo que le sucedió a Kania fue un accidente. ¡A mí no me va a pasar!

Su voz le dio más énfasis a la última frase, y luego se dio la vuelta y salió apresurada.

*Otra vez me hice un lío. No puedo opinar mientras no sepa más de todo esto.*

Un año transcurrió, y Kania partió hacia el norte, con algo menos de pompa que Damia. Marra apretó los puños hasta clavarse las uñas en las palmas al verla alejarse. Su hermana era demasiado chica aún, y nadie decía nada al respecto.

Antes de que Damia muriera, Marra habría preguntado, y exigido respuestas y explicaciones. Ahora, simplemente agachaba la cabeza y se mantenía callada.

*Todos lo saben. Tienen que saberlo. Si no dicen nada, por algo será. ¿Por qué nadie habla de eso?*

—No llores —le dijo la nana en la muralla del castillo, mientras ella miraba los caballos del príncipe que se alejaban llevándose a Kania—. Trata de alegrarte por ella. Y algún día tú tendrás un príncipe para ti también.

Marra negó con la cabeza.

—No creo que yo quiera tener uno —contestó.

—Pero claro que sí —insistió la nana. Había sido contratada para encargarse de que las princesas estuvieran vestidas como se debe, y que se alimentaran y aprendieran a caminar y a hablar y a sonreír educadamente, y no para devanar el hilo de sus pensamientos. Marra lo sabía, y sabía también que estaba pidiendo demasiado, así que no dijo nada más y se limitó a mirar a los caballos que se llevaban a su hermana cada vez más y más lejos.

Marra fue enviada a un convento ocho meses después. Había cumplido los quince años. No tenía sentido que la metieran a un convento cuando bien podía casarse con un príncipe y engendrar hijos varones, pero el príncipe Vorling no lo querría. Kania aún no había tenido niños. Si Marra se casaba y daba a luz a un varón antes que Kania, entonces ese niño se convertiría en problema de sucesión para el trono del pequeño Reino Portuario.

El príncipe Vorling había obtenido lo que buscaba. La espada del Reino del Norte aún pendía sobre el cuello del pequeño reino vecino, y ahora tenía a Kania de rehén.

La reina le explicó todo esto, pero no usó esa palabra sino más bien otras como "conveniencia" y "diplomacia", pero

Marra sabía bien que lo de "rehén" acechaba por ahí en los rincones. Kania era rehén del príncipe. Los futuros hijos de Marra, si es que llegaba a tenerlos, eran rehenes de la fertilidad de Kania.

—Te va a gustar el convento —dijo la reina—. En todo caso, te gustará más que estar en el castillo —Marra se parecía mucho a ella, las dos regordetas y de cara redonda, imposible distinguirlas entre las muchas campesinas que labraban la tierra en los alrededores del castillo. La mente de la reina era aguda como el filo de una daga de acero, y se pasaba los días tejiendo con extremada delicadeza toda una red de alianzas y acuerdos comerciales que le permitían a su reino seguir existiendo sin que los vecinos lo absorbieran. Al parecer, había decidido sacar a Marra del juego entre príncipes y comerciantes, y ponerla a salvo. A Marra le molestaba que su madre tuviera semejante claridad mental, pero al mismo tiempo le agradecía que la dejara fuera de ese juego, y añadió ese sentimiento al montón de cosas complicadas que tenía enroscadas muy cerca del corazón.

Lo cierto es que a Marra sí le agradó el convento. La morada de Nuestra Señora de los Grajos era un lugar silencioso y monótono, y lo que se esperaba de ella era claro y evidente y no venía envuelto entre palabras diplomáticas. No era exactamente una novicia, pero trabajaba en la huerta como el resto de las novicias, y tejía vendas y mortajas junto con ellas. Le gustaba tejer y las telas y las fibras. Sus manos podían ocuparse, mientras ella pensaba en cualquier cosa que se le cruzara por la cabeza y nadie le pedía que dijera qué tenía en la mente. Si decía alguna tontería, eso sólo la afectaba a ella misma, y no a la familia real en conjunto. Cuando cerraba la puerta de su celda, se quedaba así, cerrada. En el palacio real, las puertas siempre estaban abriéndose para permitir el paso de sirvientes que entraban o salían, nanas que iban y venían, doncellas yendo de aquí para allá. Las princesas eran propiedad pública.

No se había dado cuenta de que una monja tenía más poder que una princesa, que una monja sí podía cerrar una puerta.

Nadie, fuera de la abadesa, sabía que ella era una princesa, pero todas sospechaban que debía pertenecer a la nobleza, de manera que no esperaban que limpiara los establos en donde vivían las cabras y el burro. Cuando ella se dio cuenta, unos meses después de su llegada, una especie de ira se le encendió por dentro. Se había sentido orgullosa de su trabajo en el convento. Era algo que le pertenecía, que era suyo, de Marra, y no tenía que ver con que fuera una princesa. Y hacía bien su trabajo. Las puntadas que daba eran finas y precisas, sus tejidos en el telar eran parejos y cuidados. El hecho de seguir viviendo a la sombra de ser princesa despertó la obstinación en ella. Fue a los establos, tomó un bieldo y se puso manos a la obra, sin saber bien cómo se hacía.

El resultado fue un desastre, pero eso no la detuvo, y al día siguiente continuó, aunque le dolía la espalda y tenía las palmas de las manos llenas de ampollas. *No es peor que caerse del caballo por primera vez. Sigue limpiando el establo.*

Las cabras la miraban recelosas, pero eso no quería decir nada porque las cabras miraban a todo el mundo con recelo. Y ella supuso, desconfiada, que las cabras pensaban que ella no sabía limpiar un establo.

—Nadie espera que hagas esto —le dijo la Maestra de novicias, desde la puerta del establo. Su sombra se proyectó sobre el pasillo central del lugar, como un menhir.

—Pues deberían esperar que lo hiciera —dijo Marra, sujetando la empuñadura del bieldo con más fuerza mientras sus ampollas la hacían querer gritar. Metió las puntas de los dientes de su herramienta por debajo de una plasta de estiércol y la levantó con cuidado.

La Maestra suspiró.

—A veces recibimos novicias que nunca han hecho este tipo de trabajo —dijo, con aire distraído—. Algunas de ellas le temían al trabajo duro. A veces llegan otras que parecieran pensar que el trabajo no es para ellas. Y hay otras que se deleitan con el trabajo, y lo toman como mortificación de la carne.

Marra arrojó la plasta en la carretilla que había allí y se enderezó. Su espalda le preguntaba si verdaderamente quería seguir haciendo eso.

—¿Y cuál de ésas cree usted que soy yo?

La superiora se encogió de hombros.

—Al final, todas van a dar al mismo punto. Uno hace el trabajo porque alguien tiene que hacerlo y, por un tiempo al menos, resulta satisfactorio dejarlo hecho —tomó el bieldo de manos de Marra y limpió el establo con dos o tres movimientos diestros—. Es mejor sostenerlo así. Lo estás agarrando demasiado cerca de los dientes, y por eso te cuesta manejarlo.

Marra recibió el bieldo y lo intentó de nuevo, cautelosa. Era más fácil como la superiora le había indicado, parecía ser más ligero. Las cabras, menos entretenidas ahora que ella lo hacía bien, se alejaron.

—Voy a anotarte en los turnos —dijo la Maestra de novicias, sacudiéndose una brizna del hábito—. Cuando termines con esta pesebrera, puedes dar por terminado el día. Y ve con la hermana apotecaria para que te dé algo para esas ampollas.

—Gracias —contestó Marra, con voz casi inaudible, y agachó la cabeza. Se sentía como si acabara de pasar por una prueba, aunque fuera únicamente en su mente, y no sabía qué era lo que había aprendido en esta ocasión, si es que había aprendido algo.

# Capítulo 3

En el límite de la tierra infecta, Marra se detuvo y miró a su alrededor en busca del sitio de donde provenía la voz. La luz la hacía apartar la vista. Se había acostumbrado a la penumbra de la tierra infecta. Los ojos le dolían, como si estuviera viendo un campo nevado en lugar de un camino polvoriento y una hilera de cercas.

—La vi —dijo la voz. Marra entrecerró los párpados para protegerse del resplandor y miró a quien le hablaba. Era un hombre. Un hombre completamente corriente, vestido de ese mismo color entre pardo y gris que todo el mundo usaba en los confines del desierto. No había nada en él que llamara la atención, fuera del hecho de que le hablaba a gritos.

—¿Hola? —contestó ella con la voz ronca, que sonó tan áspera como los cuervos que revoloteaban por encima.

—La vi salir de allí —aulló el hombre—. Usted es una más de ellos, de los malos.

Marra negó con la cabeza. Era absurdo. Había compartido los alimentos con almas atribuladas, y ahora venía este hombre, supuestamente cuerdo, a tratar de impedirle el paso. Era ridículo. Era...

*Típico. El príncipe está cuerdo, también, según el criterio de los hombres. Tal vez debí imaginar que esto sucedería.*

—No soy de ese lugar —dijo, conteniendo el apremio por defender a los que vivían allí—. Me extravié. Vengo del Reino Portuario.

—El Reino Portuario está muy lejos de aquí.

A pesar de la situación, Marra sintió una oleada de alivio. ¡Qué bien! La tierra infecta no limitaba con su reino... al menos no por el momento.

Su alivio no duró mucho. El hombre llevaba una pala al hombro. Marra la miró con desconfianza. Las palas servían para enterrar cadáveres, pero también para convertir a vivos en cadáveres, sobre todo.

—He viajado mucho... para llegar hasta acá —dijo Marra—. Bueno, no específicamente a este lugar, sino para encontrar a la señora del polvo —se preguntó si nombrarla sería conveniente. ¿Sería que todo el mundo respetaba a esas señoras?

El hombre lanzó un escupitajo al suelo.

—¿Pretende resucitar a los muertos? —preguntó—. ¿A los muertos malvados que hay allá adentro? —se adelantó un paso.

—No, yo... —Marra retrocedió, con una mirada rápida sobre su hombro. ¿Alcanzaría a refugiarse en la niebla de la tierra infecta?

*Esto es lo más absurdo del mundo. ¿Acaso el héroe Mordecai tuvo que pararse a dar explicaciones sobre el gusano venenoso a las personas que encontraba a su paso? ¿Acaso trataron de hacerlo retroceder para que no saliera de los pantanos?*

Ya era suficiente que Marra hubiera fracasado en la prueba... ¿y ahora esto?

El hombre dio otro paso hacia delante.

—Atrás, regrese allá —dijo—. Si no lo hace, la mato. Regrese adonde pertenece.

—Pero...

Marra intentó explicarse. De verdad trató de hacerlo. Las palabras le brotaron por la boca como sangre de una herida, un chorro de explicaciones sobre la señora del polvo y el perro de huesos y tres pruebas imposibles y su travesía en carruajes desde el Reino Portuario, y tras treinta segundos de eso, se dio cuenta de que el hombre no la estaba escuchando, sino que tenía la vista fija más atrás, en la niebla.

Marra se volvió y divisó sombras que se movían en el límite borroso de la tierra infecta.

—¡Por Dios! —murmuró el hombre, aferrándose a su pala—. Algo viene para acá.

Marra se quedó inmóvil, atrapada entre la sombra y la pala, sin atreverse a mover ni una pestaña. Podía oír las pisadas que golpeaban la tierra, un sonido de cascabeleo, y entonces...

Salió corriendo de la niebla, un espectro articulado, rebotando sobre sus patas delanteras. Se levantó un momento frente a ella y le pasó la lengua inexistente por la cara, y volvió a caer sobre sus cuatro patas.

—Perro —dijo ella, y las lágrimas empezaron a chorrearle por la cara—. Perro. Volviste.

El perro de huesos la miró con sus órbitas vacías, la boca abierta en una sonrisa descarnada.

—¡M-monstruo! —gritó el campesino, retrocediendo como podía—. ¡Un monstruo!

*¿Un monstruo? ¿Dónde?*

Marra miró a sus espaldas, pensando que había salido algo terrorífico de la tierra infecta. El esqueleto de perro ladró sin ruido, balanceándose en sus patas, y Marra pudo oír el cascabeleo de vértebras y alambres.

Agarró al perro por la columna vertebral, tratando de encontrar una manera práctica de sostenerlo. Era imposible tomar por el pellejo del cuello a un animal que no tenía ni rastro de pellejo.

—¡Tranquilo! —le suplicó—. ¡Echado! ¡Quieto!

El límite de la tierra infecta estaba en calma. Un cuervo graznó y el ruido resonó en un espacio que no estaba aquí ni allá. El hombre había desaparecido hacía rato, dejando atrás su pala.

¿Un monstruo?

Y luego miró hacia el suelo y se dio cuenta de que su atacante se refería al esqueleto de perro.

*Ah, claro. Supongo que… sí.*

Frunció el entrecejo. El perro de huesos era un buen animal. Tenía huesos excelentes, y aun cuando ella había usado demasiado alambre para unirlo, sobre todo en los dedos de las patas y en uno de los huesos de la cola, pensó que cualquier persona decente se detendría a admirar el trabajo de construcción antes de soltar gritos y salir huyendo.

—En gustos no hay nada escrito —murmuró. Seguía llorando un poco, pero sus lágrimas se sentían tan fantasmales como la lengua del perro de huesos—. Muy bien. Ahora volvamos con la señora del polvo y mostrémosle que existes.

Como Marra era una novicia que no llegaría a hacer verdaderos votos monacales, no se esperaba que asistiera a misa y a los servicios religiosos tres veces al día. Aunque a veces sí lo hacía. Las misas en el convento de Nuestra Señora de los

Grajos eran cortas. A la diosa (¿O santa? Nadie lo sabía con total certeza) no le interesaban las complejidades teológicas. Nadie sabía qué era lo que ella quería o esperaba, sino sólo que mostraba cierta bondad hacia los seres humanos.

—Somos una religión misteriosa —decía la abadesa, cuando tomaba algo más de vino que de costumbre—, para personas que tienen demasiado qué hacer como para ocuparse de misterios. Así que simplemente seguimos adelante lo mejor que podemos. Muy de vez en cuando alguien tiene una visión, pero no parece que ella espere demasiado, así que hacemos lo posible por retribuirle el favor.

La imagen de Nuestra Señora de los Grajos era una estatua encapuchada, cuya capa caía en pliegues sobre la cara, hasta los labios. Tenía una sonrisa estrecha y astuta, y cuatro aves posadas en los brazos. Los manteles que cubrían el altar estaban bordados con imágenes de santos de poca importancia. Como la diosa no parecía querer nada en particular, las monjas ofrecían sus oraciones a santos que no tenían muchos devotos.

—Es probable que algunos de ellos ya ni siquiera vivan —dijo la abadesa, encendiendo velas—, pero unas cuantas oraciones por los muertos tampoco vienen mal.

El convento quedaba justo al lado de un monasterio, y sólo los separaba un muro. Si conseguía chaperona, Marra podía visitar la biblioteca del monasterio. Nunca se le había dado muy bien eso de leer, pero allí había libros sobre todo lo que a uno se le pudiera ocurrir, no sólo sobre religión, y tenían también otros sobre tejido con agujas y en telar. Valía la pena descifrar hasta las palabras más enrevesadas, con tal de aprender nuevos diseños. Probaba en pequeños trozos de tela y a veces las cosas funcionaban y a veces no, pero la chispa de la curiosidad seguía ardiendo para ver si el siguiente diseño o puntada resultaría bien, y el siguiente, y el siguiente, y eso la impulsaba a leer más y más.

No recordaba haber sentido una cosa semejante nunca en su vida. No había ningún estímulo para alimentar la curiosidad intelectual entre las princesas. Ni siquiera sabía bien cómo llamar eso que sentía. Era como una luz encendida en su pecho, que le permitía ver un poco hacia delante, y eso bastaba para seguir avanzando. No había nadie que le explicara lo que quería saber, o si esa información en realidad existía. No tenía con quien compartir su entusiasmo, pero no le importaba, porque no creía que nadie más llegara a interesarse en eso.

Como era parte de la realeza, y no exactamente una monja, Marra tenía permitido dedicarse a sus intereses. Cuando, cada trimestre, la abadesa escribía a la casa real para solicitar el pago por mantener a la princesa, mencionaba que la joven a su cargo gustaba mucho de tejer y bordar, así que junto con el dinero que llegaba al convento, también se enviaban por el mismo camino fina lana e hilos de todos colores.

Su madre, la reina, le escribía cartas minuciosas cada mes. No había nada en ellas que le hubiera podido llamar la atención a un espía. Que el rey estaba resfriado. Que los manzanos del patio estaban en flor. Que la reina la echaba de menos (Marra no sabía si creer eso o no). Y una línea, la misma todos los meses: "Tu hermana manda decir que se encuentra bien".

A los dieciocho años, Marra se enamoró con pasión de un joven acólito del monasterio, que era además aprendiz del hermano encargado de las cavas. El muchacho tenía unos ojos hermosos y manos hábiles, y Marra cayó por completo presa de sus encantos. Tuvieron cuatro o cinco encuentros frenéticos y torpes, y luego ella lo oyó jactarse ante los demás acólitos de que se había llevado a la cama a una que era fruto de algún desliz del rey. De nada sirvió que los otros se burlaran y no le creyeran. Marra se fue a su celda y se acurrucó en su cama, arrebujada en el sentimiento de infortunio, y decidió que iba a morirse de desamor. Los trovadores escribirían canciones tristes contando cómo ella había vuelto su rostro hacia la pared y había muerto por culpa de la falsedad de los hombres.

No lograba convencerse de si quería acabar convertida en un fantasma que deambulara por el convento o no. Podría ser muy satisfactorio ser un espectro bello, de ojos tristes, que flotara por los pasillos, mirando la luna y derramando lágrimas en silencio, a modo de advertencia para otras jóvenes. Aunque, por otro lado, ella seguía siendo baja, robusta y de cara redonda, y había pocas historias de fantasmas sobre mujeres bajas y robustas. Marra no había conseguido ser pálida y esbelta y lánguida en ningún momento de sus dieciocho años de vida, y no creía que consiguiera llegar a serlo antes del día de su muerte. Tal vez era mejor que no se compusieran canciones en su memoria.

La hermana apotecaria fue a verla, quien se encargaba de ofrecer tratamiento médico a todas las residentes del convento para diversos padecimientos, y que preparaba medicamentos y bálsamos y remedios para las esposas de los granjeros que vivían en las cercanías. Examinó a Marra durante unos minutos.

—Es por un hombre, ¿cierto? —fue su diagnóstico.

Marra gruñó. Se le había ocurrido una hora antes, más o menos, que no sabía cómo irían a hacer los trovadores para enterarse de su existencia y así poder escribir las canciones tristes, y su mente estaba ocupada por completo en ese problema. ¿Acaso habría que escribirles una carta contándoles?

La hermana apotecaria sirvió dos pequeñas medidas de cordial y le entregó una a Marra.

—Bebe conmigo —le dijo—, y te contaré del primer jovencito que amé en mi vida.

Se necesitaron otros tres vasitos de cordial y otras dos historias de desamor, pero Marra al fin se relajó y le contó todo a la hermana, quien le preparó un té para restablecer sus ciclos, por si acaso, y fue después con la abadesa, y el joven acólito fue trasladado a otro monasterio antes de que transcurriera otra semana. Marra quedó con la sensación de estar vacía y en carne viva, y meditaba sobre el hecho de cómo había sido que una "noble desconocida" había pasado a convertirse en una "bastarda del rey" en la mente de los monjes.

Bueno. Era más seguro que ser una princesa. Estaba al margen de la jerarquía así que se le había asignado una historia que tenía lógica dentro de su posición. Marra sintió vergüenza por su madre, porque ahora todo el mundo creía que el rey le había sido infiel, y luego se le ocurrió de repente que quizá sí le había sido infiel y ella tenía medias hermanas rodando por ahí en el mundo, y esa fue una idea demasiado avasalladora, así que de inmediato la hizo a un lado.

Y su corazón sanó, como casi siempre sucede con los corazones. Anduvo envuelta en la melancolía durante un tiempo, y después eso pasó. Se le desató un amor poderoso y no correspondido por un joven estudioso visitante, cuya cabellera de un rojo encendido y mirada expresiva la sumergían en una placentera agonía. Y esta vez, en lugar de fantasías sobre fantasmas o trovadores, se imaginaba envejeciendo en el convento mientras les contaba a las jóvenes novicias de ese gran amor de su vida, que había perdido.

Y el tiempo pasó, e incluso ese arrebato de pasión se convirtió en una memoria grata, y las cartas de la reina siguieron llegando, mes tras mes, para avisarle que su hermana Kania se encontraba bien.

Cuando llegó a los veinte años, y había pasado cinco de esos veinte en su pequeña celda de paredes encaladas y cestas con estambre e hilo, fue llamada al Reino del Norte. Su hermana Kania estaba a punto de dar a luz a un bebé, al fin.

Era extraño viajar de nuevo en el carruaje de la reina. Marra no tenía que permanecer encerrada en el convento, así que iba con cierta frecuencia a la aldea cercana, a pie o en la carreta tirada por el burro, con alguna de las hermanas. Pero viajar a bordo de un carruaje con asientos de terciopelo, tirado por veloces caballos ruanos, era un lujo ya olvidado.

Miró por la ventana, pensando en lo raro que era todo, raro, rarísimo.

—Te ves muy bien —dijo la reina.

—Gracias —contestó Marra. Recorrió a su madre con una mirada escrutadora. Era como verse en un espejo, veintitantos años hacia el futuro. El pelo de la reina aún conservaba su color negro, aunque la henna tenía algo qué ver en eso, y su ropa estaba compuesta por capas que se sobreponían con esmero, como una armadura, para crear una silueta en la que las miradas enemigas no podrían encontrar ni un defecto.

—Son más que nada corsés —dijo la reina divertida, reparando en la mirada de Marra—. Se necesitan ciertos truquitos a mi edad. Se requiere conservar una buena figura, aunque se haya parido dos hijas, pero no tan juvenil como para que la gente sospeche que hay trucos, ni tan provocativa como para que puedan pensar que una intenta verse seductora.

—¿Es así de importante? —preguntó Marra, mirando su propia ropa. Las telas eran finas y en las mangas tenía grajos bordados, pero nadie podría llegar a pensar ni por asomo que ella venía de un lugar diferente de un convento.

—¿Para una reina? Sí.

Marra suspiró. Le parecía un disparate. La abadesa era corpulenta, cual barril, y la hermana apotecaria tenía los hombros estrechos y las caderas amplias, como una pera, y ambas iban vestidas con túnicas y hábitos de monja unos sobre otros, igual que Marra, sólo que la abadesa llevaba también un escapulario por encima y la hermana apotecaria se recogía las mangas para evitar que se le enredaran en las hierbas.

—Se te pueden conseguir vestidos —dijo la reina—, si es que prefieres usar eso y no la túnica durante esta semana —su voz era medidamente neutra, como si no quisiera influir sobre la decisión de su hija.

Marra miró las ropas de la reina y recordó cuanto se demoraba para alistarse en las mañanas, incluso cuando tenía quince años. En ese entonces, le parecía emocionante. Ahora, le daba la impresión de que implicaba demasiado trabajo, y que las miradas que cayeran sobre ella serían mucho menos indulgentes que las que recibía cuando era una princesa adolescente en el castillo de su familia.

*Se me ha olvidado todo lo que sabía en otros tiempos. Habrá doncellas y criadas para servirme, que se encargarán de mi peinado y de empolvarme la cara, pero tendré que quedarme sentada durante horas mientras me visten cual si fuera una muñeca, y después, el resto del día, tendré miedo de comer o beber cualquier cosa para no arruinar todo su esfuerzo.*

—Preferiría presentarme como una monja —contestó.

Su madre asintió.

—Más túnicas, entonces —dijo—. Eso es sencillo. Pero has de saber que se te tratará como una monja, y no como princesa.

—Creo que... —empezó Marra, cerrando las manos para ocultar los callos que se le habían formado de limpiar los establos—, que lo prefiero así.

La capital del Reino del Norte estaba situada en lo alto de una colina, por encima de una planicie fría y llana. Había pocos árboles. Las montañas más allá se erguían como espadas, pero la ciudad se veía aún más alta, como si la hubieran construido para que sobresaliera ante ellas.

La primera ciudad había estado amurallada, pero luego había crecido, de manera que se había levantado una segunda muralla, y después una tercera, hasta que llegó a haber cinco anillos de altos muros blancos y un camino que subía en espiral por la colina, entre uno y otro anillo, hasta el palacio.

La piedra blanca de las murallas relumbraba en contraste con la tierra parda, pero era un resplandor frío, como el de la luz de la luna sobre la nieve. Marra se sintió diminuta en comparación con esa inmensa ciudad blanca, diminuta e insignificante, pero también tuvo la sensación de que era un efecto deliberado, como si la ciudad estuviera diseñada para hacer sentir insignificantes a quienes la visitaran.

*Tal vez eso la hace más segura en un intento de invasión,* pensó. *Pero no parece un lugar acogedor.*

El carruaje atravesó la puerta, bajo rastrillos afilados cual sierras. Marra se arrebujó en la manta de viaje, como si el frío se estuviera colando al interior del coche. Y luego vino el largo y serpenteante camino hacia el palacio, por calles que se iban enrollando en círculo, vuelta tras vuelta, como si fueran trepando por el cuerpo de una anguila enroscada. Había anguilas en el río cercano al convento y a veces las personas se las llevaban a las hermanas a modo de pago del tributo. Marra había comido bastantes anguilas. Sospechaba que ésta se le atascaría en la garganta si pretendía comerla.

En el palacio, prácticamente nadie acudió a recibirlas. Marra tenía la vaga sensación de que deberían haber encontrado un despliegue de pompa y fervor real, y se había preparado para soportarlo. Al darse cuenta de que eso no vendría, sintió que perdía el equilibrio.

—No hay mucha gente —murmuró.

—Nos están dando a entender cuál es nuestro lugar —dijo la reina con voz serena—. Estamos aquí en calidad de familia de Kania, y no como enviadas reales, así que nos recalcan que somos parientes pobres.

—¿Y qué vamos a hacer?

—No les haremos caso —y procedió a descender del carruaje como si fuera la reina de ese reino, y no una parienta pobre.

Dos lacayos de librea se acercaron, a ambos lados de una mujer que a Marra le recordó a la hermana apotecaria.

—Ya empezó el trabajo de parto —dijo la partera sin rodeos—. Su Alteza, aún falta mucho, pero ya llevamos mucho también, y la primera vez siempre es difícil.

—Llévenme con ella.

El palacio era como una llamarada de color y pasillos con tapices. Marra fue arrastrada a la zaga de su madre, tras la partera. Ella hubiera esperado que la llevaran a un salón donde pudiera descansar y comer, pero parecía ser que no había tiempo.

*¿Será que voy a estar allí? ¿Que voy a presenciar el nacimiento?* Pues todo hacía pensar que así sería.

La partera abrió una puerta y allí estaba, una recámara del tamaño de una sala de audiencias, con una chimenea en un extremo. Aunque en el Reino del Norte no se hubieran esmerado en la recepción para Marra y su madre, sí era evidente que no escatimaban en parteras para su princesa. Era como si medio ejército estuviera acampado en esa habitación y, en medio de todo, en una cama que más parecía un campo de batalla, estaba el círculo moreno y opaco que era la cara de Kania.

—Te ves radiante —dijo la reina, tomando las manos de su hija. Marra miró por encima de su madre, sin saber bien qué decir.

Kania no se veía radiante, sino exhausta y de mal color, y sus ojos eran como pozos oscuros en su cara.

—Madre —dijo, aferrándose a las manos de la reina-madre —cerró los ojos y tragó saliva, con una especie de chasquido en su garganta.

—Ya pronto terminará —prometió la reina—. Duele, pero después pasa.

—No me importa lo mucho que duela —contestó Kania con voz ronca—. Quiero que este bebé salga ya. No lo quiero más dentro de mí.

—Eso les pasa a todas las mujeres cuando llega la hora —dijo la reina. Se inclinó y besó la frente de Kania—. Ya no falta mucho. Te lo prometo —se levantó—. Voy a buscarte algo de beber —dijo, y se dio la vuelta para pedirles té a las doncellas.

Marra miró hacia donde estaba su madre, nerviosa, y luego

volteó hacia Kania. Nunca había visto a una mujer dando a luz y no sabía qué esperar, pero la certeza del odio de su hermana hacia ella la tenía bien metida bajo el corazón. ¿Acaso quería verla en este momento?

—¿Marra? —susurró Kania.

—Aquí estoy —contestó, tomándole la mano—. Aquí estoy.

—Aquí estás —repitió Kania. Miró más allá de Marra—. ¿Dónde está nuestra madre?

—Fue por algo de tomar para ti —contestó su hermana—. No se tarda.

—No tenemos más tiempo —dijo Kania en voz baja. Le hizo señas a Marra para que se acercara, hasta casi rozarle la oreja con los labios.

—¿Kania...?

—Óyeme —bufó Kania—. ¡Óyeme bien! Si llego a morir, no permitas que ella te case con el príncipe. Huye. Arruina tu reputación. Haz lo que sea, pero por nada del mundo permitas que te arrastren a este infierno junto con nosotras.

Marra parpadeó. Kania la sujetó por el hombro y le iba a decir algo más cuando una contracción la desgarró, haciéndola gritar y su cuerpo hinchado corcoveó en la cama.

¿Qué es eso? ¿Qué fue eso?, Marra miró a su alrededor, al borde de un ataque de pánico, porque algo semejante no podía ser normal. Pero las parteras estaban tranquilas, como si fuera cosa de todos los días que el cuerpo de una mujer se retorciera como una serpiente agonizante en una cama.

La reina regresó. Kania le clavó una mirada escrutadora a Marra antes de soltar su mano. La reina inclinó un vaso de agua en la boca de su hija, soltando ruidos consoladores, y las parteras las rodearon como chacales, a la espera del bebé por nacer.

# Capítulo 4

El bebé resultó ser *la* bebé: una niña. Kania recibió la noticia con los labios lívidos y rígidos. Había gritado terriblemente durante el parto, pero estaba sana y fuerte y la bebé era sana y fuerte, y tal vez Marra fue la única que pensó que era extraño que su hermana considerara la noticia como catastrófica.

La reina alzó a su nieta y le sonrió con la sonrisa más amplia que Marra jamás hubiera visto. El príncipe no acudió a visitarlas. Marra jamás lo había visto. En su imaginación, se había convertido en una criatura que no era humana, algo como un dragón, grande y poderoso e incierto.

El palacio del Reino del Norte verdaderamente se asemejaba más a un lugar adecuado para dragones que para humanos. Era descomunal y lujoso y había cien pasillos y cien tapices colgando en cada pasillo y cien cortesanos al acecho, a la espera de cualquier indicio de debilidad. Incluso después de que nació la bebé de Kania, no hubo la menor privacidad. No podía preguntarle a su hermana qué era lo que había querido decir, o si había querido darle a entender algo con esas palabras.

A Marra no le gustaban los cortesanos. La verdad es que la intimidaban un poco. El palacio del Reino del Norte era muchísimo más grande que el palacio pobretón en el que ella había crecido, que a su vez era mucho mayor que el convento. No podía creer que apenas cinco años antes ella había estado entre esa gente. Parecía mucho más tiempo, como si hubiera pasado una vida entera. Le alegraba haber decidido no usar los vestidos que su madre le había ofrecido.

Los cortesanos eran una molestia para Marra, aunque la mayor parte del tiempo ellos ni se molestaban en tenerla en cuenta. Era demasiado insignificante como para que valiera la pena relacionarse con ella. Cuando le dirigían la palabra, eran cordiales y breves, y después de dos días allí, se dio cuenta de que la consideraban tonta y aburrida.

*Pues, hasta donde pueden ver, bien podrían tener razón. Esas maquinaciones no las entiendo. Prefiero dedicarme a contemplar los tapices y tratar de entender los patrones del tejido.*

Conoció al rey, que era muy anciano. Tenía una dentadura falsa, fabricada con marfil de colmillos de morsa, y su mente divagaba. A veces estaba muy lúcido y a veces muy ausente. En los días de mente extraviada, recorría los pasillos del palacio y a Marra la llamaba con el nombre de su abuela. Los guardias que lo acompañaban fingían que no sucedía nada particular, y Marra pronto aprendió a hacer lo mismo.

Se quedaron en el palacio una semana, hasta el bautizo. A Marra el lugar le parecía muy frío, a pesar de todos los tapices que colgaban de las paredes. Se sentían corrientes de aire en rincones inesperados, incluso en su habitación, y sin importar lo mucho que se esforzara, no conseguía encontrar de dónde venían.

—Ésos son los reyes difuntos, creo —le explicó su doncella, muy seria.

—¿Los reyes difuntos? —Marra buscó los ojos de la joven en el espejo.

La doncella asintió. Era menor que Marra, pero había vivido en el palacio del Reino del Norte durante casi toda su vida y se había apiadado de la hermana de la princesa, por su falta de mundo. A Marra le simpatizó la chica. No paraba de hablar, y su parloteo era una combinación de benignas habladurías y afilados comentarios de corte político. Cuando le contó, al día siguiente del bautizo, que debía llevar el pelo arreglado de determinada manera, Marra inclinó la cabeza y la dejó que le trenzara el cabello como mejor le pareciera. Después se alegraría de haberlo permitido, al ver el estilo en que las demás mujeres peinaban su cabello. Algo más humilde seguramente habría llamado la atención, nada más por la sencillez, y Marra prefería pasar desapercibida hasta donde fuera posible.

Sin embargo, no había imaginado que la doncella pudiera ser supersticiosa.

—¿Cuáles reyes difuntos? —preguntó.

—Debajo del palacio —dijo la doncella—. Allí es donde están las criptas. Hay que mantenerlos allí, bien abajo, para que el hielo y la escarcha no los saquen a la superficie, pero eso quiere decir que están allí secos y helados y que no se quedan en los huesos tan rápido como deberían. Baje un poco la barbilla, señorita, para que pueda terminar aquí atrás.

Marra bajó la barbilla obediente. En el espejo, su cuello pasó a ser una papada rolliza. Se preguntó si la doncella iba a seguir con la historia o si ella tendría que pedirle más información. Afortunadamente, parecía ser un tema que le gustaba.

—Todos los reyes muertos están allá abajo, y también los príncipes. Cuentan que hay todo un palacio de los muertos allí. A cada rey se le asignó una cámara, y a la reina, otra junto a la de su marido. Si había tenido bebés que hubieran muerto, los enterraban en la cámara de la reina, y en la del rey ponían... —se le escapó un estremecimiento de picardía—, ponían a sus concubinas, en los tiempos en que eso era frecuente, ¿me entiende? Y si las concubinas no estaban muertas cuando enterraban al rey, pues las estrangulaban con un cordón de seda y las enterraban al lado de él.

Marra vio que sus ojos iban abriéndose cada vez más en el espejo.

—¡Por Dios! ¿Y qué pensaban las reinas de eso?

—Imagino que les alegraba tener una cámara propia —dijo la doncella con sentido práctico—. Pero claro, algunos de los reyes tenían más de una reina. Si la reina moría antes de llegar a tener un bebé, la enviaban de regreso con los suyos, y si había tenido hijos, la enterraban aquí, de manera que a veces los reyes tenían tres o cuatro cámaras adyacentes a la suya, y luego las de los príncipes también se comunicaban con la del rey, así que ahora hay una especie de laberinto bajo el palacio, y nadie sabe desde hace cuánto comenzó. A veces hay quienes han querido explorarlo, pero necesitan bajar con un árbol genealógico en una mano y un mapa en la otra, y no siempre regresan —frunció la nariz—. Los difuntos no siempre descansan en paz, en especial los reyes, y no siempre están de acuerdo con la forma en que sus descendientes han manejado las cosas así que se levantan y se dan una vuelta por aquí, para desaprobar. Por eso hay tantas corrientes de aire.

—¡Por Dios! —exclamó Marra otra vez. Le hubiera gustado soltar un improperio más fuerte, pero no parecía adecuado en boca de la hermana de una princesa que, además, era prácticamente una monja—. ¿Acaso hay tantos reyes?

—Es que no viven mucho —dijo la doncella, muy versada en cuanto a la mortalidad de la familia real—. Es difícil ser rey, y los que no mueren en la guerra, envejecen muy rápido. Ya habrá tenido oportunidad de conocer a Su Majestad, por supuesto.

—Es muy anciano —dijo Marra, pensando en los dientes de marfil y la mirada perdida.

—Apenas roza los cincuenta.

—¿Qué?

La doncella soltó una carcajada, pero en tono amable.

—Ay, sí. Es que lo llevan en la sangre. Mi madre sirvió a su padre y a su abuelo, y ella se jubiló apenas el año pasado. Hay quienes dicen que es un maleficio terrible que pesa sobre el reino y que la bendición del hada madrina es lo que nos defiende de él, pero la tensión de ese hechizo los envejece pronto, pobres almas. Mi madre decía que se sacrificaban para mantenernos a todos a salvo. ¿Quién sabe en verdad cómo son las cosas al final? En todo caso, por eso es que el palacio que hay bajo este palacio es tan grande.

—¡Oh! —exclamó Marra con voz tímida, sorprendida por el tipo de familia con el que había resultado casada su hermana.

—Hay quienes dicen que no son sólo los reyes —añadió la doncella—. No se puede tener ese enorme palacio para los difuntos sin que haya también saqueadores de tumbas, ¿cierto? Así que el palacio está todo protegido con maldiciones y hechizos que les arrancan el alma a los ladrones y las convierten en un solo amasijo, y dicen que esa cosa anda rodando por ahí por los pasillos del palacio de los difuntos, en busca de más almas para devorarlas.

—¡Huy, no!

—Produce escalofríos, ¿no? —preguntó la doncella alegremente. Le dio a Marra una palmadita en el hombro, cual si fuera un caballo—. Ya está lista, mi señora. Más vale que no llegue tarde para el bautizo.

Fue durante la ceremonia de unción que Marra vio al príncipe Vorling por primera vez.

Era pequeño. Eso fue lo que más la sorprendió. La familia de Marra había tenido que organizar su vida en torno al príncipe y sus caprichos, así que en su mente tenía una presencia imponente. Pero en realidad apenas era un poco más alto que Kania, con caderas estrechas, y un rostro delgado y anguloso. Estaba de pie detrás de la cuna dorada, y sonreía sin parar, aunque sus ojos eran tan poco expresivos como las piedras en el lecho de un río. No parecía que fuera envejeciendo más rápido que cualquier hombre normal, pero quizás eso les llegaba a los reyes de repente, o tal vez no era más que rumores de la servidumbre.

En todo caso… miró al rey, con su cabellera tan suave y fina como la de la bebé en la cuna. ¿De verdad tendría apenas cincuenta años?

El bautizo en sí mismo fue aburrido. Los cortesanos rondaban alrededor, fingiendo fascinación ante la vista de una cuna que, según decían, contenía una bebé bajo esa montaña de encaje y lino. Como miembro de la familia, Marra estaba más cerca de lo que se hubiera esperado, pero como persona de escasa importancia, lo que veía frente a ella era el hombro izquierdo de su madre.

La cuna tenía cintas doradas. El rey murmuró un nombre y después Vorling lo gritó a los cuatro vientos. Marra captó que el primer nombre sería Virian y después ése se disolvió entre un revoltijo de otros nombres que a ella le entraron por un oído y le salieron por el otro. *No puede ser que le esté dando a esta bebé todos esos nombres*, pensó. Quería cruzar una mirada pícara con su hermana, pero sólo le veía la cara de perfil.

*Y ahora probablemente habrá discursos*, pensó, y se preparó para mostrarse serena y calmada y educadamente interesada.

Pero no vinieron discursos. En lugar de eso, Vorling retrocedió y dijo:

—La bendición del hada madrina —y calló. Los cortesanos también callaron de inmediato. Una puerta doble en un lado del gran salón de audiencias se abrió.

—El hada madrina de la familia real —clamó el heraldo en el umbral y luego él también se hizo a un lado y una figura envuelta en gris hizo su entrada.

La madrina era anciana, muy anciana, mucho más vieja de lo que Marra hubiera podido pensar que una persona alcanzaría a serlo. Ya no tenía arrugas, sino que la piel se veía tirante sobre el cráneo, y casi translúcida. Se veía la sombra de los huesos de la cara, como si hubiera luz que salía del interior de la madrina, como a través de un vitral, y los huesos fueran como el plomo que unía los paneles de piel.

Se movía muy despacio. Tenía la columna encorvada, pero de una manera que hacía pensar en una cimitarra más que en una anciana. Se apoyaba en un bastón negro y le tomó varios minutos acercarse debidamente hasta la cuna, pero ninguno de los cortesanos, ni siquiera el príncipe, dejaron traslucir el menor indicio de impaciencia.

A Marra se le cruzó por la mente que a la madrina le mostraban el doble de la deferencia que recibía el rey.

Iba vestida de gris paloma, pero su piel era tan pálida que la ropa se veía casi negra en contraste. Llegó lentamente hasta la cuna y no fue sino hasta que levantó una mano que Marra notó las exquisitas capas de encaje que recubrían sus mangas.

La propia Marra había intentado hacer encaje una vez y se había dado por vencida. Era espantosamente costoso, un verdadero derroche. Incluso el príncipe y los nobles de mayor jerarquía sólo lo llevaban en los puños y bordes de la ropa, y aquí llegaba la madrina con encaje suficiente como para comprar un palacio.

La fina tela se balanceó con el movimiento de la madrina al intentar abrir el velo de la cuna, y una sombra en forma de mano huesuda se tendió en el aire, sobre la cabeza de la recién nacida.

—He aquí un don —dijo la madrina. No hablaba en voz muy alta, pero el silencio era tal que sus palabras llegaban hasta el último rincón del salón—. Le serviré a ella tal como lo he hecho con todo su linaje, mi vida unida a las de su familia. No habrá magia que llegue de otros reinos que pueda dañarla. No habrá enemigo que la haga dejar su lugar en el trono. Así como ha sido con todos los descendientes de la familia real, que sea con ella, mientras yo siga en este mundo.

El rey inclinó la cabeza. El príncipe también. Cuando la madrina se volvió y empezó su lento recorrido hacia la puerta, la nueva princesa del Reino del Norte rompió a llorar.

Kania hizo ademán de acudir en su ayuda, pero el príncipe la sujetó con fuerza del brazo. Una nodriza se apresuró desde uno de los lados del salón, sus pisadas amortiguadas por la alfombra, y alzó a la bebé, calmándola con susurros suaves pero frenéticos.

*Ni siquiera en su propio bautizo tiene permitido llorar.* Marra bajó la cabeza para que nadie pudiera ver cómo le temblaban los labios. Ella también había sido una princesa, alguna vez.

*Y yo no sé qué desearte en la vida, sobrinita mía, pues no soy más que la hija menor, vestida de monja, y a nadie le importa lo que yo piense en un sentido u otro.*

Regresar al convento fue un alivio. Las paredes blancas se veían calmas y frescas después de la opulencia del color. Marra tenía la cabeza llena de puntadas y diseños de tejido, y echó a perder unos cuantos retazos de tela tratando de reproducirlas.

Varias de las novicias, que seguían considerándola una hija ilegítima del rey, querían que les contara sobre el palacio y el bautizo y la princesa. Marra trató de responder a sus preguntas, pero se encontró con que tenía muy poco qué decir al respecto. ¿Que si los hombres eran todos buenos mozos? No le había parecido así. ¿Que si las mujeres eran todas muy bellas? Se acordaba de las ojeras oscuras de Kania y sus labios apretados. ¿Qué si el príncipe era muy guapo? La verdad es que no tenía la menor idea. Trató de describirlo, y la única palabra que se le vino a la mente fue que era *bajito*.

Eso no era lo que las novicias querían oír, y todo lo demás que Marra les hubiera podido contar no eran cosas para decirse en voz alta. Con el tiempo, dejaron de preguntarle, y se distanciaron, una y otras decepcionadas.

La abadesa también tenía preguntas, a las cuales Marra a duras penas pudo responder. Quería saber del hada madrina del príncipe Vorling, pero más todavía de los sacerdotes y clérigos presentes en el bautizo.

—¿Viste al arzobispo Lydean?

Marra extendió las manos para expresar su incertidumbre.

—No lo sé. ¿Debía estar allí?

—Es una persona joven —respondió la abadesa—, la más joven que ha llegado a un cargo tan alto en la jerarquía. Debía estar cerca del Archimandrita, un hombre muy anciano vestido de azul.

Marra recordaba vagamente al anciano, que era como un manchón azul en la multitud. Sí, lo había visto. Había tosido mucho, y parecía más bien un pedazo de cielo que se estremecía constantemente.

—¡Ah! —exclamó la abadesa—. Hemos sabido que no anda muy bien de salud. Cuando muera, lo sucederá Lydean, que recibirá la mitra y se convertirá en Archimandrita, pero habrá resistencia por el hecho de que sea tan joven.

—Muy bien —dijo Marra, consciente de que la política que se arremolinaba a su alrededor tenía poco que ver con las princesas.

La abadesa le dio una palmadita en la mano y salió de nuevo. Marra aprendió a hacer las nuevas puntadas y diseños, y desyerbó el jardín, permitiendo que el silencio del convento la cubriera como una cobija abrigándola del frío.

Seis meses después, una carta de la reina mencionaba que Kania estaba embarazada de nuevo, cosa que inquietó a Marra más de lo que hubiera querido admitir. Parecía demasiado pronto y, por supuesto, la reina no lo habría mencionado a menos que el embarazo ya estuviera algo avanzado. Marra no había pensado que se pudiera quedar embarazada tan rápido después de dar a luz, pero la hermana apotecaria dijo que era posible.

Los meses pasaron, y Marra esperaba que en cualquier momento la mandaran llamar para asistir al nacimiento y al bautizo, hasta que un día hizo cuentas con los dedos y se dio cuenta de que Marra ya llevaría por lo menos once meses de embarazo. "Debió perder el bebé", pensó, "o tal vez nunca hubo bebé".

Sabía más sobre pérdidas de lo que debería saber una princesa. Su amistad con la hermana apotecaria había continuado, y como ella podía leer e investigar y escribir con pulso firme, empezó a hacer pequeñas tareas para la hermana. Hasta que un día uno de los labradores llegó a la puerta, gritando de dolor por una pierna rota, y Marra se vio sosteniendo la lamparilla y pasándole a la hermana las vendas, como un segundo par de manos dedicado a la labor de curar.

Bien pasada la medianoche, la hermana se lavó las manos en un balde de agua sanguinolenta y le dijo a Marra:

—Estuviste muy bien.

El elogio le hizo sentir algo en su interior, que la entibió hasta los huesos, porque era verdad y no tenía nada que ver con que ella fuera una princesa.

Unos días después golpearon a su puerta, ya cerca de la medianoche. Marra abrió, intrigada pues en el convento de Nuestra Señora de los Grajos no había misa de gallo sino en los solsticios y los equinoccios, y vio a la hermana apotecaria sosteniendo una bolsa de cuero cuarteado.

—Un nacimiento —dijo escuetamente—. Ya has visto uno, ¿cierto?

—¿Uno...? —preguntó Marra—. Solamente uno.

—Entonces ya le llevas ventaja al hermano enfermero. No ha vuelto a tocar esa parte de una mujer desde que él mismo llegó al mundo por ahí. Mi asistente está resfriada y necesito a alguien que me sostenga la lámpara.

Marra tragó en seco. Aguardó un momento a ver qué haría luego, más o menos convencida de que terminaría echándose en la cama a lloriquear, pero en lugar de eso se enderezó y al encontrar su voz, dijo:

—Muy bien. Sólo espere a que me ponga los zapatos.

El parto fue más o menos igual al de Kania, lo cual extrañó a Marra. *Entonces, campesinas y princesas desaguan lo mismo y sangran de la misma manera, así que imagino que no debería asombrarme que tengan bebés de igual forma.* Tras haberse anticipado sin querer a varios siglos de ideas políticas revolucionarias, Marra se dedicó a poner a hervir agua y preparar té.

Las cosas sucedieron más rápido que con Kania, al menos, pero aún quedaba un buen rato, largo y tedioso. Marra se adormeció más de una vez y a veces se acercó con la lámpara en la mano a la hermana apotecaria, acurrucada entre las piernas de la parturienta, y pensó si en realidad la hermana estaría despierta o si estaba teniendo un sueño muy extraño.

El amanecer pasó, y también casi toda la mañana para cuando el bebé emergió, miró a su alrededor y rompió a llorar.

—Ya te acostumbrarás —le dijo la hermana al bebé, y se lo entregó a Marra, que lo miró fijamente con pánico intenso. Estaba ensangrentado, arrugado, de un color gris rojizo, y parecía algo que uno ahuyentaría con agua bendita para que volviera al infierno, de donde provenía.

—Hummm —exclamó Marra.

—Es… Está… —la madre jadeaba y a duras penas conseguía respirar—. Lloró. Está vivo, ¿cierto?

—Pero claro —dijo Marra apurada—. Muy vivo —miró a la criatura, tratando de encontrar algo más qué decir—. Tiene brazos y piernas… y… hummm… cabeza.

—¡Qué bien! —dijo la madre, y empezó a reírse a carcajadas agudas e histéricas—. ¡Qué bien! Está muy bien que tenga cabeza.

—Virgen de los Grajos, ten piedad de mí —murmuró la hermana apotecaria, pero lo dijo directamente ante el canal de parto, así que nadie más que Marra la alcanzó a oír.

Afortunadamente, la placenta fue expulsada de inmediato y la hermana apotecaria se la entregó, tomando al bebé.

—Ve a llevársela a su marido —le indicó—. Él sabrá qué hacer.

Marra asintió bajando la cabeza y salió.

El marido era un granjero de cara juvenil y manos retorcidas y avejentadas. Recibió la placenta con toda reverencia, como si fuera otro bebé.

—¿Me va a ayudar, hermana?

Marra tragó saliva.

—Yo... no soy una hermana. No he llegado a ese punto.

Él sonrió levemente.

—No se necesita que lo sea para esto.

Caminó con él y tomó la pala que le señaló. Enterraron ese extraño trozo de carne carente de músculo bajo un nogal, justo entre las raíces.

—Se acostumbra hacerlo bajo un roble —dijo el granjero, recostándose mientras Marra aplanaba la tierra en el lugar—. El roble es fuerte. Pero el nogal trae buena suerte. Ya tenemos dos chicos fuertes, y al tercero le podría venir bien algo de suerte para abrirse camino en la vida.

Marra reprimió un suspiro, pensando en su propia hada madrina, que les había prometido como dones buena salud y una boda con un príncipe. Un poco de suerte les habría servido también a todas.

La siguiente vez que llamaron a la hermana para hacer de partera llevó consigo a Marra. Al parecer a veces comenzaban los dolores de noche, cuando la comadrona del pueblo dormía a pierna suelta. En una o dos ocasiones al mes se oía un golpecito en la puerta de Marra, y era la hermana que salía a atender a una mujer de parto.

Nunca se le pidió que hiciera nada más que sostener manos y llevar agua, y a pesar de todo, aprendió. Entre otras cosas, aprendió a fingir que no oía las terribles amenazas pronunciadas por las parturientas. Aunque parezca raro, eso le apaciguaba la mente. Kania no podía haber tenido intención verdadera de decirle lo que le había dicho al oído.

*Fueron los dolores de parto... nada más. Cuando a la mujer del molinero le acercaron al esposo a su cama, ella amenazó con poner sus testículos en la piedra de molino y molerlos muy finos si él llegaba siquiera a ponerle el ojo encima de nuevo.*

Vio bebés nacer y madres morir. Vio a otras que a pesar de tener un parto sencillo, y luego la hemorragia no se detenía hasta que morían lívidas y desangradas, sobre la almohada. Vio unas cucharas de parto y la manera en que se usaban para extraer a los bebés que no habían vivido lo suficiente para poder salir solos.

Fue durante el quinto o sexto o décimo parto, cuando iban caminando de regreso al convento, que Marra no pudo seguir guardando silencio:

—¡Es una tontería! —dijo.

La hermana apotecaria la miró sin resentimiento.

—Pero ambos salieron con vida —añadió—. Eso, para mí, es un buen resultado.

—No es eso —dijo Marra. Tanto mamá como bebé habían sobrevivido, aunque el parto había sido más difícil de lo que todos hubieran querido—. Es que... ¡por la Virgen de los Grajos! Nos tendemos bocarriba o nos sentamos en una silla y pujamos para expulsar algo que es demasiado grande ¡y entonces todo se desgarra y acaba untado de sangre! ¡Qué manera más idiota de tener hijos!

—Ah, te refieres a eso —dijo la hermana—. Sí, a menudo lo he pensado. Las vacas tienen menos dificultades. Y las cabras y las ovejas. Es cierto que las patas de las crías son más difíciles de desenredar, pero no es ni la mitad del problema que enfrentan los humanos.

—Me niego a hacerlo —dijo Marra.

—Nadie te lo está pidiendo —contestó la hermana, e hizo una pausa. Marra tenía cierta certeza de que la hermana sabía exactamente quién era ella, y quiénes eran sus padres, y estaba tratando de encontrar la manera de formular la siguiente frase—. Al menos no por el momento. Y si llegara alguien y... bueno... siempre hay cosas que se pueden hacer.

*Huye. Arruina tu reputación. Haz lo que sea, pero por nada del mundo permitas que te arrastren a este infierno junto con nosotras.*

Marra se pasó la lengua por los labios. ¿Habrían usado unas cucharas con Kania, para el bebé que pasó demasiado tiempo sin nacer?

—¿Cosas?

La hermana miró alrededor, como si alguien pudiera estar escuchando esa conversación a hurtadillas en un campo remoto justo antes de la salida del sol.

—Cosas —dijo—. Hierbas, más que nada. Esponjas empapadas en jugo de limón. Ninguna de esas maneras funciona a la perfección, y quien te lo afirme te estará mintiendo. La mayoría son peligrosas. A veces sucede que alguien muere, y no hay nada que se pueda hacer. Pero hay algunos trucos que sirven para que el embarazo sea menos probable.

El corazón de Marra dio un brinco. ¿Podría averiguar? ¿Podría contarle a Kania? El único objetivo de las reinas y las princesas era servir de hembras de cría para la realeza, pero si había maneras de impedirlo…

—Quiero aprenderlos —dijo—. Todos.

La hermana apotecaria suspiró.

—Se puede arreglar —comentó—, pero no hoy.



La hermana apotecaria cumplió con lo prometido. Para Marra todo esto era muy abstracto en principio, pero memorizó los métodos e incluso preparó una ampolleta entera de un extracto, con la hermana supervisándola para asegurarse de que lo hiciera como debería ser.

—Te preocupas mucho por esto —dijo la hermana.

Marra se encogió de hombros. No quería tener que preocuparse. No quería pensar que su temporada en el convento podía terminar, que la arrastrarían de vuelta al tablero de juego con todos esos peones y príncipes.

*Pero, si me toca, no partiré sin tener con qué defenderme. No. Tengo que aprender. Y tal vez pueda contarle a Kania.* Ya había visto que las mujeres se desgastaban con tantos embarazos y partos.

Había una carta en su celda, otra carta cortés y educada de su madre, y al final le decía que Kania estaba embarazada, de nuevo.

*Es demasiado. Seguro es demasiado. Se está acabando con tal de tener un heredero, y si ella muere…*

Marra se dijo que lo que la movía por dentro era el temor por lo que pudiera pasarle a su hermana, y no a ella misma.

Se aferró al susurro traidor de que tendría que ocupar el lugar de su hermana, como yegua de cría del príncipe.

*No voy a hacerlo. No. Pero no llegará hasta ese punto. Aprenderé...*

# Capítulo 5

En la primavera del decimoquinto año de Marra en el convento, una fiebre asoló el reino. A Marra la obligó a permanecer en cama durante muchos días, y cuando al final logró ponerse en pie, fue para descubrir que la abadesa estaba al borde de la muerte. Durante casi una semana, su situación fue muy precaria. Como Marra se había recuperado, se le permitió atender a la anciana. La verdad es que no había mucho que hacer, aparte de sentarse cerca de ella y practicar su bordado, y estar atenta al silbido de su respiración que seguía siendo dificultosa.

La abadesa se recuperó, pero quedaron hebras blancas en su pelo de color acero, y sus movimientos eran más cautelosos que antes. Ahora necesitaba un bastón para subir las escaleras, y era evidente que eso la enfurecía. Nunca había mostrado paciencia con sus propias debilidades.

Marra se recuperó sin secuelas, pero había días en que lo único que quería hacer era dormitar frente a la ventana y no mover ni un dedo. Incluso lo que veía allá afuera le recordaba la peste. Habían perdido a dos novicias, y el hombre mayor que les vendía la leche de cabra fue reemplazado por su hijo, quien les dijo en voz baja que su padre no volvería.

Estaba mirando por la ventana, no del todo despierta, sumida en pensamientos que se iban desembrollando uno tras otro, cuando oyó un golpecito en la puerta, y abrió para encontrarse a la hermana apotecaria esperando allí.

—Malas noticias —dijo, sosteniendo una carta en la mano—. La abadesa me pidió que te la trajera. Lo habría hecho ella misma, si no fuera porque le cuesta mucho subir y bajar escaleras. No sé qué dirá la carta, pero no es nada bueno.

Marra rompió el sello. Si la hermana dijo algo más, ella no se enteró. El corazón le latía con fuerza y era lo único que alcanzaba a oír. Si la abadesa había sido informada del contenido de la carta, debía ser algo malo; tenía que ser...

Lamento informarle que la fiebre arrancó la vida de su sobrina, Virian. El funeral se celebrará tan pronto como la familia pueda llegar al Reino del Norte. Si se encuentra en condiciones de salud adecuadas para viajar, enviaremos un carruaje a recogerla.

—Ay —soltó Marra. La horrorizó darse cuenta de que lo que sentía era alivio. No había sido su madre, ni su hermana, ni su padre. Le dolía en el alma la pena de Kania, pero una parte de su ser le decía "No es más que una criatura que viste unos momentos en su bautizo y nunca más", y odiaba sentirse así, pero la pérdida no la tocaba de tan cerca, y su amor por la niña era abstracto y no el tipo de afecto que surge de la familiaridad.

—Es mi sobrina —dijo, al darse cuenta de que la hermana apotecaria estaba aguardando una respuesta—. La fiebre se ha llevado a mi sobrina. Habrá un funeral. Tengo que ir. Yo... hay que dar aviso a alguien... No sé qué debe hacerse ahora, pero se supone que vendrá alguien a buscarme...

Y así fue. Dos días después, se hallaba en un carruaje con rumbo al norte. Los caballos que lo tiraban eran negros, los arreos eran negros, el conductor iba vestido de gris muy oscuro. El Reino del Norte desplegaba nuevamente su riqueza, y Marra se vio llorando, mas no por su sobrina sino por Damia. *Tarde, como siempre,* pensó. *Eso fue hace muchos años. Una vez más llego tarde, y hasta ahora la puedo llorar. Tal vez logre llorar por mi sobrina dentro de unos diez años,* cosa que resultaba un consuelo un poco ingenuo, porque quería decir que ella no era un monstruo sin sentimientos. Se lo había estado preguntando desde que tuvo esa sensación inicial e instintiva de alivio.

La recibió un lacayo que la condujo a los aposentos de Kania. Todo se asemejaba tanto a la primera vez que casi esperaba encontrar a su hermana dando a luz nuevamente. Pero no fue así. Kania estaba de pie ante una ventana, y su madre la rodeaba con un brazo. Lo primero que Marra vio fue la redondez de su vientre.

—Estás encinta de nuevo —se le escapó. A lo largo de los años había habido cartas anunciando embarazos, pero nunca nacimientos. Con el tiempo dejaron de llegar, y Marra pensó que tal vez su hermana se había dado por vencida. *Quizá sólo dejó de anunciarlo.*

Kania y la reina la miraron. Su hermana tenía ojeras azulosas alrededor de los ojos y la cara hinchada, pero seguía siendo tan parecida a su madre que era como si la estuvieran observando la reina y su imagen en un espejo. Marra tartamudeó una disculpa, o tal vez fue apenas un balbuceo y Kania se apiadó de ella.

—Así es —contestó.

—Tú... hummm. Felicidades. Imagino que debes estar muy... —*¡Diablos! ¿Cómo va a estar encantada? Acaba de perder a* *una hija, una que sí logró nacer.* Marra miró a su alrededor inquieta, esperando que salieran de sus labios las palabras adecuadas, pero no fue así, y el silencio terminó por extenderse tanto que ningún comentario hubiera servido para disimularlo.

La reina suspiró, pero Kania soltó una risa reprimida y atravesó la habitación para ir a abrazar a Marra.

—Me alegra que estés aquí, hermana.

—Lo siento —dijo Marra con tristeza—. Siento mucho lo que le sucedió a Virian, a ti, o... lo lamento. No sé qué decir.

—No te preocupes —contestó Kania—. Yo tampoco —se enjugó los ojos y retrocedió un paso. Marra pensó que estaba apenas al comienzo del embarazo, pero que la forma de su vestido servía para acentuar el vientre, o quizá Kania era una de esas mujeres a las que se les nota el embarazo casi de inmediato.

—¿Hay algo que yo pueda hacer? —preguntó Marra—. Cualquier cosa.

—No hay nada qué hacer —respondió Kania—. Quédate aquí conmigo. El funeral será mañana —Marra asintió y se sentaron junto a la ventana y ella trató de no decir alguna otra tontería, con lo cual permanecieron en silencio casi todo el rato.

Había una cena familiar esa noche. Todos estaban muy tensos y sólo picoteaban la comida. Había demasiados platillos, demasiado sustanciosos, y los sirvientes los retiraban de nuevo, aunque los comensales escasamente los habían tocado. Marra vio pasar tortugas, cocinadas en su caparazón, y codornices con albaricoque, y venado con bayas y trufas y postres, y se preguntaba a quién se le habría ocurrido un menú tan fausto para los deudos entristecidos.

El anciano rey estaba en uno de esos días de tener la mente en otra parte, pero con ciertos momentos de lucidez intercalados. El hermoso rostro imberbe de Vorling era más liso y frío de lo que Marra recordaba. Pensó si ya estaría empezando a envejecer tal como le había sucedido al rey. No tenía idea de cuál sería su edad. ¿Cuarenta? ¿Cuarenta y cinco? No parecía viejo. Tampoco se veía joven. Daba la impresión de estar tallado en mármol. Kania, a su lado, se veía evidentemente hecha de carne. Tenía las muñecas y los tobillos hinchados y la piel tirante. Marra hubiera querido tomar sus manos y suplicarle que no quedara embarazada de nuevo, y volcar sobre el regazo de su hermana todo lo que había aprendido sobre cómo prevenir la concepción.

No lo hizo porque ni siquiera ella estaba tan fuera de sus cabales como para hacerlo en esa cena, en especial con el marido que había comprado a su hermana para que le diera hijos varones. Jugueteó con el tallo de su copa de vino y se limitó a esperar a que los infinitos platillos del menú desaparecieran de la mesa. Al final, así fue. Retiraron el último plato y el rey se puso de pie, y el resto de los comensales también.

—Mañana —dijo Vorling. Su mirada se posó en Kania—. Arréglate para la ocasión. Da miedo verte.

Marra tomó aire. ¿Había sido capaz de decirle semejante cosa? ¿O ella habría oído mal? ¿Por qué nadie reaccionaba? Era un comentario horriblemente cruel. No podía ser que lo hubiera dicho.

Miró a su madre, en busca de confirmación, pero la cara de la reina tenía una expresión completamente serena, la misma que usaba cuando hablaba con enemigos y diplomáticos. Los dos lacayos que le había ayudado al rey a levantarse lo llevaron hacia la puerta, y Vorling los siguió.

—Me gustaría velar a mi hija esta noche —dijo Kania a la espalda de su marido—. En la capilla.

Vorling se volvió. Marra vio que tenía los labios apretados, vio que estaban a punto de pronunciar una negativa, pero el anciano rey miró a Kania y sonrió con ojos llorosos, para luego responder:

— Sí, sí. Está muy bien. Es lo correcto…

Un relámpago de furia cruzó el rostro de Vorling. Fue tan raro e inesperado que Marra casi no reconoció el sentimiento. Por un instante, pensó que al príncipe le dolía algo o que estaba a punto de sufrir un ataque. Pero pasó, y su cara volvió a tener esa calma lisa y plana.

—Enviaré un séquito de guardias —dijo.

—Preferiría velarla a solas —agregó Kania. La voz le temblaba levemente, como si estuviera pidiendo un enorme favor—. Pero lo haré con mi hermana, para mayor consuelo.

La cara de Vorling se dirigió hacia Marra. Había algo en su expresión que le recordaba a una máscara, y Marra hubiera querido retroceder, pero Kania también la estaba mirando, al igual que el anciano rey.

—Por supuesto —murmuró, plegando sus manos dentro de las mangas de su hábito—. Será un honor.

—Debes tener guardias —insistió Vorling.

—Debo velarla y llorarla —contestó Kania—. Una monja basta como chaperona, me parece.

Marra hubiera querido decir que ella no era propiamente una monja, pero sabía que su hermana estaba enterada, y si Kania pensaba que era importante encubrirla en esa mentira, ella no era nadie para corregirla.

Una lágrima rodó por la cara del anciano rey, y se la limpió. Su fino pelo blanco pareció flotar mientras asentía.

—Así debe ser —tomó a su hijo por el hombro—. Tienes que dejar que las damas lloren a su manera.

Los labios de Vorling se cerraron, apretados sobre su dentadura.

—Mis guardias las escoltarán —dijo con voz entrecortada, se dio vuelta y se alejó.


Los guardias llegaron ante Marra esa noche, después de la cena. Ella ya había despedido a la doncella y estaba observando los tapices que cubrían su habitación. Sobre todo, representaban firmas de tratados y eran terriblemente aburridos, pero no pudo evitar admirar la destreza de quien lo había tejido para insinuar escritura en las páginas sin llegar a formar un mensaje con letras. *Es un diseño de tejido muy bueno. Tal vez yo podría hacer algo parecido…*

Uno de los tapices se movió, por un golpe de aire tal vez llegado desde el palacio de polvo y cenizas que había debajo. Al día siguiente, su sobrina iría a unirse a los antiguos reyes allí. Era un lugar frío y solitario para dejar a una niña.

Alguien tocó a la puerta, y de inmediato la abrió. Entraron dos guardias, con las túnicas blancas de la escolta personal del príncipe.

—Nos han enviado por usted —dijo el más alto.

Marra asintió. Se le cruzó por la mente, un poco tarde, que los guardias debían dirigirse a una princesa con algo más de respeto, pero en este lugar construido sobre los reyes difuntos, tal vez no se consideraba que las princesas fueran de gran valía. Caminó tras ellos, con la cabeza baja, concentrada en producir una apariencia convincente de monja.

*Virgen de los Grajos, perdóname por ser parte de esta farsa, pero parece que es importante.*

La capilla en la que se encontraba el cuerpo de su sobrina se veía más grande en la noche, con las velas que titilaban y proyectaban sombras en los rincones. Kania estaba apenas en el umbral, con la cara desprovista de cualquier expresión, como si se hubiera recogido en un lugar más profundo de su ser.

Había otros dos guardias con ella, también de uniforme blanco. Los cuatro recorrieron la capilla, revisando debajo de cada una de las bancas y hasta el fondo de las sombras. A Marra le dio la sensación de una parodia de vigilancia. En la capilla no había dónde esconderse. ¿Acaso pretendían impresionarla con su celo, buscando asesinos bajo las bancas?

Le sorprendió que no miraran dentro del sarcófago cerrado, pero no lo hicieron. Una vez que peinaron todo el recinto, el líder de los cuatro saludó a Kania con un gesto brusco de asentimiento, y salieron. Marra oyó un pasador que entraba en una cavidad, y quedaron encerradas adentro.

—Eso fue… muy minucioso —murmuró.

Kania resopló.

—El príncipe teme que yo oculte amantes tras cualquier arbusto —respondió—. Si el rey no hubiera considerado que era un gesto "conmovedor" —paladeó la palabra en su lengua antes de escupirla con desprecio—, ni siquiera se me hubiera permitido este rato de soledad.

—¡Oh! —exclamó Marra en voz baja. Tragó saliva. ¿Kania? ¿Amantes? Registró todas las palabras, pero no lograba comprenderlas todas juntas—. ¡Ah!

Se hincaron de rodillas las dos, en un reclinatorio ante el ataúd. Kania lo hizo con dificultad, su vientre prominente apoyado sobre las piernas. Marra quería decirle que habían sido demasiados embarazos, quería preguntarle si sabía que había maneras de no concebir, pero ¿cómo iba a hablar de eso en una habitación en la cual había una niña muerta? En lugar de eso, bajó la cabeza e intentó rezar. *Virgen de los Grajos, por favor... por favor...*, no se le ocurría ningún motivo por el cual rezar. ¿Qué pide uno cuando ha muerto una niña? *Por favor, haz que esta prueba sea lo menos difícil posible para mi hermana*, pensó al fin. Eso parecía ser lo único que valía la pena pedir.

Miró el féretro de piedra y pensó de nuevo en el alivio que había sentido al saber que había sido su sobrina la que había muerto. La invadió una oleada de vergüenza. Bajó la mirada hasta sus manos.

—Aprendiste a rezar en el convento —dijo Kania en voz baja.

—Supongo —contestó Marra—, pero sobre todo aprendí a tejer en telar y a bordar. Y a limpiar un establo. Y últimamente, a ayudar a traer bebés al mundo —miró a Kania, pensando si esa sería una manera de abordar el tema, pero su hermana no respondió.

Permanecieron de rodillas. Las velas se iban quemando despacio, una gota de cera resbalaba por las pálidas columnas.

Tras un rato que pareció una hora entera, Kania habló:

—Mi hija está en ese ataúd, y yo no siento nada —miró el pequeño sarcófago, sin derramar una lágrima—. ¿Te enseñaron en el convento qué hacer cuando sucede algo así?

Marra tragó saliva y negó con un movimiento de cabeza.

—Me la quitaron apenas nació —siguió Kania—. ¿Te acuerdas? No la pude tener entre mis brazos, ni siquiera un instante. Se la entregaron a su padre, y luego a la nodriza. Tuvo un ejército de niñeras y tutores. Yo la veía apenas unos minutos cada día, si acaso —meneó la cabeza lentamente—. Hay tantas cosas de las que me perdí, y ni siquiera me daba cuenta de que me las estaba perdiendo. Dio sus primeros pasos y dijo sus primeras palabras, y yo sólo me enteré por los relatos de las niñeras.

—Quizás en esos momentos sentiste el dolor que ahora no sientes —dijo Marra, con la firme esperanza de que fuera verdad. *Yo tampoco la lloré, y ahora parece que a nadie le doliera su muerte, no de forma genuina, y eso no está bien.*

—Tal vez. Pero ahora debería estarla llorando —contestó Kania, y sonaba pensativa—. Debería estar destruida. Este debería ser el dolor más grande que una madre puede llegar a sentir. Pero es como si hubiera muerto la hija de una desconocida. Me da tristeza esa desconocida, pero no siento que tenga nada que ver conmigo.

—Lo siento mucho —dijo Marra con voz ronca.

*Virgen de los Grajos, ayúdame para decirle lo que necesita oír. Virgencita de los Grajos, concédeme el favor de arreglar esto porque yo no sé cómo hacerlo.*

—Yo también lo siento —Kania se acomodó el vientre con un gesto. Apoyó la mano en la parte baja de la espalda haciendo una mueca, y luego extendió los brazos sobre el reclinatorio—. Me quitaron a mi hija y ahora me han quitado también cualquier posibilidad de llorarla. Los bebés que perdí antes de que nacieran parecían más reales que ella.

Ese habría podido ser un momento para hablarle de las pérdidas en embarazos anteriores. Habría sido el momento indicado. Pero la mirada de Marra quedó paralizada en la muñeca de su hermana, sobre una hilera de marcas de un morado negruzco que había allí.

Alargó la mano, levemente estremecida, y se dio cuenta de que las marcas coincidían. Huellas de dedos. La mano de un hombre, más grande que la suya, pero eran huellas de dedos, sin duda alguna.

—Kania —empezó con voz ronca.

Kania bajó la mirada hacia su brazo y tiró de la manga para ocultar las marcas.

—Ah —contestó.

—¿Ésas son...? ¿Cómo te hiciste...? —se le cerró la garganta. No podían ser lo que parecían. *Debió ser un accidente... con toda seguridad. Ella resbaló y él la agarró para evitar la caída...*

—Normalmente tiene buen cuidado de no dejarme marcas donde puedan verse —dijo Kania, con una voz tan agobiada que las figuras talladas en las paredes hubieran podido cobrar vida y ponerse a llorar—. Pero como estoy encinta, esa posibilidad se ve limitada. Y estaba muy enojado porque yo quisiera velar a la niña a solas.

Marra la miró fijamente. Las palabras cayeron en sus oídos como piedras en un pozo, y las oyó bajar rebotando por su cerebro, pero no conseguía entender su sentido. No podía ser que tuvieran sentido.

—¿Él...? —tuvo que interrumpirse y tragar saliva. De repente tenía la garganta seca—. ¿Él... te lastima?

Kania le lanzó una de esas miradas rápidas y cortantes que Marra recordaba de su niñez, cuando ella era demasiado lenta para captar algo. Era la misma mirada que le había concedido cuando ella se había rehusado a creer que Damia estuviera muerta. Marra reaccionó como si hubiera recibido un golpe.

—Pero por supuesto que sí —respondió Kania—, aunque casi nunca lo hace cuando estoy embarazada. No quiere que pierda otro bebé, pero eso es lo que termina por suceder en todo caso —sonrió con amargura—. Aunque no es un gran consuelo, porque durante esos meses almacena una enorme reserva de furia. Uno se imaginaría que se desahogaría con prostitutas, pero el hombre siente pánico de pensar en hijos bastardos, así que es conmigo o con nadie.

—El príncipe —dijo Marra, y sentía que iba un paso atrás en la conversación—. ¿Es el príncipe quien te hace eso?

Kania le lanzó otra de esas miradas.

—Claro que sí. ¿Quién más iba a ser?

—Pero… alguien tiene que impedirlo —contestó Marra—. El rey… o… —se interrumpió. ¿Quién iba a poder detener a un príncipe? ¿Serviría llamar a los guardias? Eso no era posible, ¿cierto?

—El rey está senil —respondió Kania—. Tú misma lo viste. Se aparece en las ceremonias, balbucea unas palabras, saluda, y vuelve a su lecho. Vorling es el verdadero gobernante aquí. Lo ha sido desde hace años.

—¿Cuánto tiempo lleva sucediendo esto? —susurró Marra.

—Desde el principio.

—¡Oh! —Marra tragó en seco. Sin rey. Sin guardias. Sin nada que pudiera salvarla—. Entonces, vuelve a casa. Abandónalo y regresa a casa, donde no te pueda alcanzar.

Kania la miró como si le tuviera lástima.

—Entonces él tendrá un pretexto para declarar la guerra a nuestro reino porque violamos el pacto matrimonial. ¿No crees que ya he estado haciendo averiguaciones? No se me ha permitido volver a casa ni de visita. Te dije, le aterra tener un bastardo, y eso se manifiesta de dos maneras. Si no me tiene ante su vista durante un día completo, piensa que otro hombre me va a dejar embarazada. Me dice que no tolerará bastardos en el trono. Es el hechizo, ya sabes. La bendición de la madrina. Ningún enemigo ascenderá al trono, pero sólo mientras continúe el linaje de su familia. Un bastardo en el trono quiere decir que el Reino del Norte puede caer. O al menos eso es lo que él cree.

Cada una de las palabras resonó desagradablemente, como el ruido de un hacha que se clava en madera. Marra negó con la cabeza despacio. Era desconcertante. Horrible. Absurdo.

—¡Pero tú no harías nada semejante!

Kania dejó escapar una risita breve y áspera.

—Sin pensarlo dos veces —susurró, bajando la voz—. De inmediato. Si pensara que así puedo tener un bebé que no lleve la sangre de ese monstruo…

Marra miró fijamente el ataúd, porque no soportaba clavar la mirada en los ojos de su hermana.

—Al principio, estuvo lejos en una campaña militar —explicó Kania—. Duró años. Cuando volvió, no quiso ni tocarme en los primeros nueve meses. Lo hacía para estar seguro, me dijo. Del todo seguro —se rio con aspereza de nuevo—. Ésos fueron los mejores años de mi matrimonio. Pero yo aún era joven e ingenua y creía que podría hacerlo cambiar.

Marra respiró hondo.

—Entonces, tienes que matarlo —afirmó, y su voz apenas se elevó por encima del volumen de un susurro. ¿Acaso los guardias en la puerta alcanzarían a oírla? Habló aún más bajo—: Apuñálalo mientras duerme.

Kania la miró con lástima y desdén.

—No duerme conmigo.

—Entonces… cuando estén… tú me entiendes —Marra sintió que se ruborizaba con un rojo intenso.

La expresión de Kania se suavizó viendo a su hermana.

—Tiene a sus guardias consigo, incluso en esos momentos —dijo con tono bondadoso—, creo que lo excita pensar que están mirando.

El mundo a su alrededor se ladeó, perdiendo el piso. Marra jamás había pensado… nunca había pasado por su cabeza…

—Oh —exclamó.

No podía asimilarlo. No tenía cómo procesar esa información en su mente. Trató de pensar en algo más, algo que pudiera arreglar las cosas. Kania permaneció sentada en silencio, las manos plegadas, la mirada puesta en el ataúd de la hija que no le habían permitido llegar a amar.

—Si tú… Si llegaras a darle un heredero —empezó Marra—. Si le dieras un heredero, ¿te dejaría en paz? Podrías dejarlo e irte a otro lugar. A vivir en otro palacio o mansión, ¿o a casa? Algo así. Ya no te necesitaría.

—Ya no me necesitaría —dijo su hermana, de acuerdo con la idea—. Y en el momento en que deje de necesitarme, en el momento en que tenga un hijo varón para gobernar nuestro reino y el suyo, en ese momento mi vida valdrá menos que la del más humilde campesino. Y entonces, aunque quizá no muera de inmediato, acabaré haciéndolo.

—¡Pues no tengas más hijos! —exclamó Marra, perdiendo las esperanzas. Tenía la mente llena de imágenes de caballos con arreos negros, un cortejo fúnebre, un cuerpo amortajado que debía ser el de Damia—. ¡No puedes! ¡Uno de esos hijos podría ser un varón!

*Y si no tiene hijos, ya no le servirá para nada. La matará para casarse con la hermana que le sigue, para tener ese varón.*

*La hermana que le sigue.*

Kania la miró fijamente, y Marra se dio cuenta de que eso que acababa de entender lo debía tener plasmado en la cara.

—Ya ves cómo son las cosas —dijo Kania sin alterarse—. Si hay una salida a todo eso, no he conseguido encontrarla

—se enderezó con ademanes y porte de reina—. Pero voy a resistir. Por nuestro pueblo, resistiré.

Los tres días que siguieron fueron repugnantes por la permanencia del horror. Marra no se atrevió a hablar con nadie de lo que sabía ahora. El príncipe podría oírlo. Con certeza. Kania no se había aventurado a comentarlo sino en la capilla, a su hermana y al cuerpo de su hija difunta.

*No me atrevo a contárselo a nadie. Él lo sabría. Él lo sabría.*

Pero así como no había manera de hablar del tema, tampoco había cómo dejar de pensar en él. No había un instante, ni despierta ni dormida, en que Marra no tuviera el asunto presente en su mente. Se tragaba como podía el pan reseco y pensaba con las marcas en el brazo de Kania, y lo único bueno en medio de su situación era que todos interpretaban su miedo como tristeza.

El ataúd de su sobrina fue sepultado en las criptas debajo del palacio. Marra no recordaba mucho más que las grandes puertas de hierro que se habían abierto y después un cortejo recorriendo un laberinto de fríos corredores de piedra. Caminó detrás de Kania, con las manos metidas en las mangas, y observaba la cara de Vorling, para darse cuenta de que nunca antes en su vida había sentido odio. Eso debía ser un nuevo sentimiento. Ocupaba tanto espacio en su pecho que no sabía si quedaba suficiente lugar para respirar.

Cuando dejó el Reino del Norte con su madre, el alivio que la invadió fue tan grande que casi se sentía como dicha, como si pudiera salir de un salto del carruaje para ponerse a bailar en el camino. *No puedo sentirme así. Kania sigue atrapada. Yo nunca fui la que estuvo en peligro. No merezco sentirme dichosa.*

Pero no podía evitarlo, y la vergüenza de su sentimiento la azotaba en oleadas, y cuando estas oleadas retrocedían, la dicha loca de estar lejos del palacio de Vorling seguía ahí.

Se quedó apenas una noche en el palacio de su padre. Su antigua recámara se había conservado intacta para alojarla. Incluso un reino pequeño y pobre puede darse el lujo de mantener una habitación para una princesa. Era demasiado infantil, repleta de peluches, y Marra ya tenía treinta años cumplidos. *Pero no puedo pedirles que la redecoren, pues apenas la uso para pasar una noche cada diez años. Sería un desperdicio.* La abadesa hubiera considerado que tal cosa era una extravagancia escandalosa, pues hubiera permitido alimentar a los pobres, y la hermana apotecaria hubiera sacudido la cabeza con desaprobación en medio de risas.

Pero había una cosa que sí podía hacer en casa de su padre, una sola cosa. Marra se armó de valor. No se le había cruzado por la cabeza que su vida conventual la hubiera privado de valentía, y enfrentarse a su madre le parecía todavía más difícil que cuando niña. Era bien consciente de que la señora era la reina, ante todo, y que en segundo lugar era su madre, y que la propia Marra no era más que una pieza insignificante en el tablero.

—Necesito hablar contigo —dijo cuando su madre levantó la vista para mirarla—, hummm, Su Alteza… madre… por favor.

*Eso estuvo aún peor de lo que me imaginaba,* pensó. Nunca fue muy hábil con las palabras, pero, al parecer, había perdido la poca habilidad que tuvo en otros tiempos.

Entre las cejas de la reina se formó un pliegue.

—Retírense —ordenó a las damas de compañía, y ellas salieron en fila, girando la cabeza para mirar hacia atrás, con curiosidad.

—Kania está en problemas —dijo Marra tan pronto como se cerró la puerta tras las damas de compañía.

La reina ladeó la cabeza:

—¿Es eso cierto?

—Por el príncipe —Marra tragó saliva. Sentía la garganta muy seca. *Me está escuchando, y eso ya es algo*—. Por el príncipe Vorling. Está asustada. Muy asustada. Creo que... Estoy bien segura...

No se atrevía a pronunciar las palabras. Las tenía bien claras en la mente. *Él la está maltratando.* Pero no conseguía sacarlas de allí. *No puedo decirlas. ¿Por qué no puedo pronunciar esas palabras?*

Era como si estuviera a punto de decir algo horrible y vergonzoso. La garganta se le cerraba, como para evitar que dijera algo tan feo, aunque fuera cierto, aunque no fuera culpa de Kania sino de Vorling, pero por alguna razón el simple hecho de decirlo se le hacía imposible. Tragó saliva. La cara le ardía.

*Dilo. Dilo.* Pensó en la hilera de huellas moradas una vez más, y trató de concentrarse. ¿Por qué le resultaba tan difícil? Kania no le había pedido ayuda, pero necesitaba desahogarse de esas palabras. Su madre lo arreglaría. La reina podía arreglar las cosas. Era por eso que su padre se había casado con ella. Entendía la política y de oportunidades y buscaría la manera de solucionarlo.

—Él le... la está... —Marra respiró hondo. *Dilo. Tienes que decirlo*—. La está maltratando. Tenía unas marcas. Tenemos que sacarla de allí.

—Ah —replicó la reina.

*¿Será que sí me cree? ¿Y si no me cree?*, todos los recuerdos de su infancia retrocedieron en su memoria, todas las mentiras

pueriles, Kania diciendo que sentía envidia porque ella no tenía un príncipe… *Virgen de los Grajos, ¿qué hago ahora? ¿Me la llevo de regreso al Reino del Norte para mostrarle el brazo de Kania con esas huellas?*

La sola idea la dejó destrozada. Vio que la reina agachaba la cabeza sobre el trozo de tela que estaba bordando. Marra podía identificar la puntada, punto mosca, y pensó que ella la hubiera bordado mejor, con más precisión. Eso le dio una minúscula gota de valor, el hecho de constatar que era mejor en algo que la reina, y que le quedaba tan poco coraje.

—El príncipe Vorling es un monstruo —dijo la reina cortante—. Sin duda alguna, la está maltratando de muchas maneras, aunque ha aprendido a no hacer nada que pueda llevar a que pierda un bebé. Esperemos que el siguiente sea un varón, para que tu hermana tenga la posibilidad de quedar fuera de su atención inmediata.

La boca de Marra quedó abierta, pero no encontraba ninguna palabra en su garganta.

*Es que no va a permitirle irse. En ese momento, la matará.*

—Hasta que le dé un hijo varón, está a merced de él. Y nosotros también.

—Pero… —replicó Marra.

La reina pasó la aguja a través de la tela con un movimiento impaciente.

—¡Piensa, Marra! Somos un reino insignificante y nos ha puesto la espada en el cuello. Si nos retirara la protección del Reino del Norte, el Reino del Sur marcharía sobre nuestras tierras para apropiarse del puerto.

—Pero… pero antes no… —Marra se sentía como si estuviera dando traspiés con los pasos de un baile que era mucho más complicado de lo que ella había creído.

—No lo hicieron porque el Reino del Norte lo habría impedido. Tal vez no por nosotros en sí, sino para impedir que los del sur controlaran el puerto. Pero si el Reino del Norte hace saber públicamente que hemos caído en desgracia y que ya no están interesados en protegernos, entonces en cuestión de un par de semanas tendremos a las tropas del sur rodeando el palacio.

Marra trató de imaginarse los campos alrededor del castillo cubiertos de tiendas y espadas y alabardas y demás.

Otro golpe de la aguja atravesó la tela. La puntada iba a quedar muy apretada, frunciendo la tela.

—O, si desafiamos a Vorling antes de que tenga un heredero que pueda llegar a heredar nuestra corona, bien puede decidir invadirnos con su ejército y arrasar esta ciudad hasta los cimientos en una sola jornada sangrienta.

Marra pasó saliva.

—Pero Kania…

—Kania está en una situación muy delicada en este momento. ¿Te pidió que la sacáramos de allí?

—No… —Marra se sintió como si fuera varios pasos detrás de sí misma, del todo fuera de ese mundo que podía ser tan extraño, tan cruel y complicado—. No, yo… no.

La reina asintió.

Marra quería decir mucho más. Quería decir que Kania pensaba que un hijo sería su muerte, pero tal vez estaba equivocada o a lo mejor la equivocada era la reina o quizá todos estaban en un error y nada podía hacerse para corregirlo. Pero otra idea estaba revoloteando en su cerebro como una polilla contra un cristal.

—¿Lo sabías? —preguntó Marra—. ¿Desde antes?

—Sabía que él tenía apetitos cuestionables —dijo la reina. Nada en su rostro o en su voz dejaba entrever la menor señal de arrepentimiento—. Tuve la esperanza de que fuera lo suficientemente sensato como para controlarlos. No creí que fuera tan bruto como para atormentar a su esposa hasta el punto de hacerla perder bebés o llevarla a la muerte —sacudió la cabeza, con los labios apretados en una línea dura.

*¿Muerte? Pero...*, se tardó bastante en llegar a la conclusión de que su madre se refería a Damia, y no a Kania.

*Oh.*

*Ah.*

*De manera que él la mató.*

*Y Madre lo sabía.*

Marra no supo cómo reaccionar. Era algo demasiado grande, demasiado extraño. No sabía si prefería llorar o estallar de ira y arrojarse desde lo alto de las murallas del castillo. No había nada en su corazón o en su historia que le indicara qué hacer con eso que ahora sabía. Era demasiado sobrecogedor. Tenía que hacerlo a un lado y centrarse en Kania. De otra forma, corría el riesgo de perderse del todo.

—Podríamos llevarla lejos —dijo Marra, como última esperanza—. Podría ir a quedarse conmigo. Hacerse monja junto con las hermanas. Él no podría llegar hasta ella.

—Marra —contestó la reina, suavizando la voz—, Marra, corazón, ¿tú crees que un hombre que tortura a su esposa y que estaría dispuesto a arrasar un reino por puro capricho se detendría ante las altas paredes de una abadía?

Seguía varios pasos detrás de sí misma, como atrapada en ámbar. Se vio agachar la cabeza, para luego decir:

—No, claro que no.

La furia que crecía en su interior se aplacó de inmediato. Su madre lo había sabido, y también sabía que no había nada que pudiera hacer al respecto. Era demasiado tarde. Tal vez había sido demasiado tarde desde que el príncipe Vorling empezó a cortejar a Damia, muchos años antes.

"Por nada del mundo permitas que te arrastren a este infierno junto con nosotras", le había dicho Kania, con la mirada embotada de dolor, aferrándose a la túnica de su hermana. "Huye".

El conocimiento se extendió en su interior como la sangre que empapa un vendaje. El príncipe Vorling había escogido un reino pequeño y vulnerable, que no podía defenderse. Lo había hecho deliberadamente. Se había casado con las hijas de ese reino, sabiendo que las podía torturar a su gusto, y que ellas tendrían que conformarse con lo que él les diera, con tal de mantener a salvo a su pueblo.

*...Oh.*

—No vayas a hacer ninguna tontería —le dijo la reina—. No hables de esto con nadie. Si el príncipe llegara a enterarse, la que pagará todo será tu hermana —dejó su bordado a un lado—. Tampoco vayas a decir eso, por la misma razón.

—¿Y ella va a estar bien? —preguntó Marra. Sabía que la respuesta era "no", pero quería que la reina la consolara, que le dijera que todo iba a estar bien, tal como lo había hecho cuando Marra era niña.

—Se las ha arreglado durante todo este tiempo —contestó la reina—. Va cabalgando a lomos de un dragón, y todos nosotros en este reino cabalgamos junto con ella.

# Capítulo 6

Marra había pasado quince años en el convento, día con día. Era la mitad de su vida, meses más, meses menos. Sabía bordar, coser y tejer, y sabía también, quizás, algo más de política que una monja común y corriente. Pero no había nada que pudiera hacer para salvar a su hermana.

Había pensado que volver a la rutina habitual del convento la calmaría, pero no fue así. Transcurrieron los días luego de su regreso desde el Reino del Norte, y no conseguía quedarse quieta. Daba vueltas para un lado y para otro, y los dedos le hormigueaban presas de la inactividad, incapaces de soportar la quietud del convento. ¿Qué podía hacer ella? Tenía que ayudar a Kania, pero no podía, tenía que hacerlo pero no podía pero…

—Tú estás enamorada o embarazada —le dijo la hermana apotecaria.

—Ni lo uno ni lo otro —contestó Marra, horrorizada.

—No te pongas así. Estás más inquieta que un saltamontes, y ésos son los dos males que sé que comienzan así.

—Pues no —dijo Marra. Confiaba plenamente en la hermana apotecaria, pero recordaba bien lo que la reina le había dicho sobre el riesgo de que el príncipe se enterara…

—No. Me preocupa mi hermana. Ella… ha tenido muchos embarazos. Demasiado seguidos. Y ha perdido varios y… ya sabe.

—Lo sé —respondió la hermana convencida—. Lo veo todo el tiempo. "Por cada bebé, un diente menos", como dicen las campesinas, y la mitad de esas pobres mujeres ya no tienen dientes que puedan darse el lujo de perder. Se consumen teniendo hijos. Pero tu hermana es una princesa, y las princesas reciben más cuidados que el resto de nosotras. Está en buenas manos.

*Justamente lo que me preocupa son las manos del príncipe… manos que pellizcan y aprietan y estrangulan…*, recordaba la hilera de huellas amoratadas en la muñeca de Kania.

—Tengo que hacer algo al respecto —murmuró, dando vueltas de un lado a otro, sujetándose las muñecas con las manos.

—No es algo que tú puedas resolver —dijo la hermana—. ¿Crees que yo no impediría que las mujeres se embaracen una y otra vez hasta que eso termine por matarlas? Pero no soy yo quien puede hacerse cargo de eso. No puedo andar de casa en casa, sacando a patadas a los maridos de las camas. Puedo preparar grandes cantidades de ese té especial, pero no puedo obligarlas a beberlo.

Marra se miró las manos.

—Tengo que hacer algo.

—Buena suerte —contestó la hermana, levantando hacia ella un vasito de cordial—. Si encuentras la manera, cuéntame cómo hacerlo.

Los días se hicieron semanas, mientras a Marra la consumía la desazón, y se clavaba las uñas en la piel. La abadesa se preocupaba, y la hermana apotecaria preparó un bálsamo para los arañazos y le dijo:

—Estás dándote cabezazos contra el mundo, eso es todo.

Era cierto, tal como lo decía, pero a Marra le incomodó. Eran el tipo de cosas por las que uno pasa a los dieciséis años, no a los treinta.

*Siempre he sido lenta para crecer y madurar, pero esto ya es excesivo.*

La semana llegó a ser un mes, y otro mes, y luego otro, y Marra no hacía más que dar vueltas sin sentido y preocuparse y sintiéndose inútil sin remedio.

*Tengo que hacer algo. Debería ser capaz de hacer algo. Debería poder solucionar esto de alguna forma.*

No conseguía imaginar una manera de hacerlo. Era una tarea para héroes, tal vez, y Marra no sabía cómo sacar habilidades heroicas de su interior. Se quedaba despierta en las noches, sin poder pegar el ojo, persiguiendo fantasmas más allá de su vista, reviviendo momentos en la capilla, momentos con su madre, una y otra vez. Hacía planes dramáticos en la oscuridad, y los descartaba a la luz del día. Podía ir a pedir una audiencia con Vorling y apuñalarlo. (No. Los guardias lo impedirían). Intentaría seducirlo a condición de que los guardias los dejaran a solas y entonces lo apuñalaría. (Ella era prácticamente una monja. ¿Qué iba a saber de las artes de la seducción?). Tomaría hierbas de la bodega de la hermana apotecaria y lo envenenaría. (¿Qué tan cerca podría llegar de la comida que le servían al príncipe?). Haría esto… Haría lo otro…

Al parecer, no haría nada. Cada uno de sus planes acababa con Marra muerta y su hermana o su reino destruidos. Los planes se desarrollaban en su mente noche tras noche, y todos resultaban infructuosos.

*Planes inútiles. Marra inútil. ¿Acaso no sirvo para nada?*

Se le cruzó por la cabeza que el embarazo de Kania debía estar ya avanzado.

*Si ya se le nota la barriga, a lo mejor está a salvo. Dijo que la deja en paz cuando está encinta. Generalmente.*

Se acordó de la ropa de su hermana, de la manera en que se le notaba el embarazo desde muy pronto. A veces sucedía justamente eso, pero Kania no tenía un pelo de tonta, y tal vez su costurera le ajustaba los vestidos para que la preñez fuera evidente.

*Suponiendo que éste no lo haya perdido, claro.*

Pero no fue un bebé lo siguiente que perdió. En lugar de eso, llegaron los rumores, no cartas sino chismes, de que el rey había muerto, y que el príncipe Vorling era ahora el rey Vorling del Norte.

*¿Para mejor será?*

*¿Para peor?*

*¿Habrá más ojos vigilándolo?*

*Pero ahora es rey y nadie puede detenerlo.*

No tenía ninguna respuesta a esas preguntas. No sabía si eran buenas o malas noticias, o si eran terribles. No sabía si sería la salvación para Kania, o su sentencia de muerte. No conseguía pensarlo con cabeza fría.

Lo de *Rey Voling* no tenía sentido. En su mente, seguía siendo *Príncipe Vorling*.

Se acordaba del relámpago de ira que le había cruzado la cara cuando Kania le pidió velar a su hija. ¿Cómo era posible que un hombre como ése fuera rey y que tuviera todo un reino bajo sus órdenes?

Se dedicó a desmalezar el huerto con intensidad salvaje. Acedera y llantén y gordolobo, todas arrancadas de raíz, con las mandíbulas bien apretadas.

*Si yo fuera hombre, lucharía con él.*

*Si Kania fuera hombre, no habría nadie que la obligara a aguantar un embarazo tras otro. Si yo fuera hombre, no sería la siguiente en turno para casarme con él si llega a matar a mi hermana. Si fuéramos hombres...*

Se miró los dedos, engarrotados en la tierra. Nada importaba. Ninguna de las dos era hombre y la historia del mundo se escribía en el útero de las mujeres con sangre de mujeres y ella nunca podría cambiar eso.

La recorrió la furia, una furia tal que sería capaz de derribar los salones del cielo, y luego se desvaneció bajo la consciencia de su propia impotencia. La furia sólo servía de algo si uno podía encauzarla hacia algún fin útil.

Seguía mirándose fijamente las manos cuando oyó a dos hermanas legas que conversaban.

—No sé qué hacer —dijo una—. Ya no se me ocurre nada.

—Ve con la señora del polvo —le aconsejó la otra—. Ella sabe muchas cosas.

—¿Qué tipo de cosas?

—Magia, cosas de ésas.

Marra levantó la vista de golpe. Y resultó que el movimiento fue demasiado repentino. Las dos la vieron y se alejaron apresuradamente, bajando la voz. Pero habían sembrado la semilla.

La señora del polvo.

En esa zona del reino, todos los cementerios, sin importar su tamaño, tenían una señora del polvo. Marra era vagamente consciente de su existencia, pero ella provenía de la parte occidental del reino, donde había una diferencia marcada. En la costa, en los cementerios se enterraba un perro para que sirviera de guía y guardia para los difuntos. Se les llamaba "perros guardatumbas". En la región al oriente de las montañas, había señoras del polvo. (En una o dos zonas el centro, tenían ambas cosas en los cementerios: guardatumbas y señoras del polvo. Como dijo una de ellas: "No implican inconvenientes, y es bueno tener un perro cerca").

Las señoras del polvo vivían en una casita pequeña en los alrededores de los cementerios. Funcionaban como una mezcla de brujas y sepultureras, cavando las tumbas y enterrando a los muertos, o sea, a cargo del polvo en el que se convierten los difuntos. Incluso cuando una señora del polvo estaba ya demasiado vieja y débil como para poder cavar una tumba, iba hasta el lugar con una pala y removía la primera palada de tierra para que luego otros que habían sido contratados para excavar, se encargaran del resto. De otra forma, cabía la posibilidad de que los muertos pensaran que los excavadores eran saqueadores de tumbas, y les arrojarían hechizos y maldiciones, de los cuales los protegía la bendición de la señora del polvo.

Se decía que estas mujeres podían hablar la lengua de los difuntos y que conocían todos los secretos que los muertos convertidos en polvo guardaban bajo la tierra. Cuando una señora del polvo moría, su cuerpo se cremaba y las cenizas se esparcían por todo el cementerio, de manera que la que llegara a sucederla pudiera tener a la mano la sabiduría de sus predecesoras.

Marra se cubrió el pelo con la capucha de su capa y salió a buscar a la señora del polvo. El convento tenía su propio cementerio pequeñito, pero esas ánimas pertenecían a Nuestra Señora de los Grajos. Debía ir al pueblo, a la iglesia grande, consagrada a Nuestra Señora de las Cosechas, al cementerio que había allí.

91

La señora del polvo estaba ocupada trabajando a la intemperie, arreglando las tumbas. Era una mujer gorda y corpulenta, de cara sonrosada.

—Buenas tardes —le dijo—. ¿Puedo ayudarte en algo, jovencita?

—Necesito un hechizo —contestó Marra sin rodeos, y se quedó allí de pie, sin saber bien si había cometido una terrible descortesía. ¿Acaso se suponía que era importante entablar primero conversación con la señora del polvo? ¿O rogarle? ¿O prometerle dinero a cambio?—. Perdón... no sé... —se llevó las manos a las mejillas. Se sentían muy calientes.

La señora del polvo se puso de pie y le dio una palmadita amable en la mano.

—Vamos a empezar por el principio. Me llamo Elspeth. ¿Cómo te llamas tú?

—Marra —contestó, antes de que se le ocurriera que sería mejor mentir.

—Un nombre sólido y contundente. Igual que nuestra princesa. Ven a sentarte conmigo y me cuentas lo que sucede.

Marra tomó aire. La advertencia de su madre pesaba en su mente. ¿Qué tanto podía decir?

—Mi hermana está casada —empezó, sentándose en la pared junto a la señora del polvo—. Él no... no es bueno con ella. Ella se embaraza una vez tras otra para que él no la azote. Pero los embarazos son mucho para ella. A veces pierde a los bebés, y las cosas se ponen peores. Yo no... Tengo que ayudarle. Pero él... hummm. Él no la deja irse —se miró las manos.

—Pobre chica. ¡Qué difícil! ¿Y él? ¿Tiene la importancia suficiente como para no rendir cuentas por eso y salirse con la suya?

Estallar en carcajadas histéricas no habría servido para nada, así que Marra se limitó a contestar:

—Sí.

Elspeth se recostó en la pared, muy seria.

—¿Y qué es lo que quieres que haga yo, mi niña? No parece que le pueda servir la esterilidad. Podría darte un conjuro para hacer el embarazo más fácil y llevadero pero, a decir verdad, es poca cosa y no alcanzaría a salvar a un bebé que no quiere venir al mundo.

Marra cerró los ojos y pensó en traición y regicidio y murmuró:

—¿Puede darme un hechizo para matarlo?

La señora del polvo permaneció en silencio un buen rato. Marra abrió los ojos, esperando ver consternación en su mirada, pero lo que encontró fue tristeza y comprensión.

—No —contestó—. Si pudiera, lo haría, aunque no tengo dotes de verdugo y tendría que enterarme de más detalles antes de ensuciarme las manos con sangre ajena. Pero el tipo de magia que buscas está fuera de mi alcance. Eso es poder en serio, y no conjuros y encantamientos y la posibilidad de comunicarse con los muertos —miró hacia otro lado, al parecer sopesando sus palabras con cuidado, y luego siguió—: Si vas a la capital, allí hay una mujer que, según me han dicho, sabe mucho de venenos.

Marra negó con la cabeza. El príncipe tenía un catador, claro, pero eso era algo que ella no podía contar en detalle.

—Si muriera envenenado, inmediatamente la acusarían a ella —se limitó a decir.

Elspeth alargó el brazo y tomó la mano de Marra, que pensó por un instante que la mujer le ofrecía consuelo, pero la sujetó con demasiada fuerza. La miró, sobresaltada, y vio que los ojos de la señora del polvo lucían extraños y ausentes, las pupilas enormes y los iris casi invisibles.

*Los ojos de los muertos*, pensó Marra. *Así debieron verse los ojos de Damia*.

Y luego Elspeth parpadeó, y sus ojos volvieron a verse normales. Soltó la mano de Marra y se restregó la cara.

—Muy bien. Entonces eso es lo que pasa.

—¿Perdón? —exclamó Marra.

—Los muertos pueden ayudarte —dijo Elspeth—, pero necesitas una señora del polvo de verdad, una que se haya entregado enteramente al barro y los huesos y la tierra de las tumbas, y no una vieja bruja herbolaria que apenas es buena para cavar agujeros —entrecerró los ojos e hizo un guiño, como si la luminosidad del día la lastimara. Marra vio una lágrima que rodaba del rabillo de uno de los ojos de la señora del polvo, y le rodaba por la mejilla.

—¿Y dónde encuentro una así? —preguntó Marra.

—Hacia el sur —contestó Elspeth—. Al sur y después al este. No por estos lares. Rodea las montañas por el sur. ¿Conoces los llanos áridos?

—Los conozco —Marra asintió. Su padre había llevado a las princesas allí una vez, como parte de un cortejo real, por entre la tierra más reseca que los huesos, más árida que las piedras, por la cual avanzaban levantando enormes nubes de polvo blanquecino.

—Hay una gran necrópolis por allá, pero no es eso lo que buscas. Detente antes de llegar allí. En la ladera de las montañas y las cuevas talladas, las viviendas abandonadas y los cráneos de toro. Allí hay una señora del polvo que se ha sabido ganar su nombre. Los muertos estarían dispuestos a caminar de rodillas hasta ella con tal de entregarle sus secretos.

Marra asintió de nuevo.

—Gracias —dijo, desprendiéndose de la pared.

—No me agradezcas —contestó Elspeth—. Ven luego a contarme lo que suceda, cuando hagas lo que tienes que hacer.

Pensando en el largo viaje hacia el sureste, Marra meneó la cabeza, negando.

—Puede ser que no viva para contarlo —reconoció.

—Lo sé —dijo la señora del polvo con tono bondadoso—. Pero en cualquiera de los dos casos seré capaz de oír tu historia.

Era un largo camino. La única persona a quien le contó de sus planes fue a la hermana apotecaria, que la miró con fijeza y luego le entregó una bolsa llena de monedas y otra llena de hojas de té.

—Magia —dijo—. Eso es algo que no figura en mis habilidades. Vuelve si es que lo consigues, y si no lo consigues, espero que el destino sea benévolo contigo.

Marra ya no conservaba ninguna fe en el destino. Había nacido como princesa, que debió ser un augurio de buena fortuna, pero el precio de no padecer hambre había sido quedar atrapada en la lucha entre personas tan poderosas que nunca podría acudir a la justicia para liberarse.

Hubiera querido que la hermana apotecaria le dijera que no se fuera, porque entonces habría tenido algo contra lo cual resistirse. Estaba acostumbrada a ser terca, y que alguien estuviera de acuerdo con ella la desconcertaba y no le dejaba mucho margen de maniobra.

Una vez que la hermana apotecaria se hizo cargo de encubrir su ausencia, Marra se puso la capucha y volvió al pueblo.

La señora del polvo la condujo con un pastor que iba a llevar vellones de oveja a Bandai Bajo, en el sur, y Marra viajó con él hasta esa ciudad. Al pastor parecía agradarle la compañía, pero no era un gran conversador. A Marra eso le venía bien, pues no tenía mayor cosa qué decir fuera de "Dios mío, Dios mío, ¿qué es lo que estoy haciendo? ¿En qué me estoy metiendo?...

Desde Bandai Bajo había diligencias que viajaban en todas direcciones. Se despidió del pastor y tomó una hacia el sureste, tan lejos como pudo, y luego otra. Sus monedas las destinaba para comer y dormía en los carruajes o en bancas mientras esperaba su siguiente diligencia. Estaba cansada y malhumorada y a menudo la capucha le servía para ocultar el desastre de su cabello, pero su reserva de monedas no se reducía tan rápido como si hubiera pagado por alojarse en los hostales.

Nadie hubiera imaginado que era una princesa.

La primera vez que tuvo que pedir un asiento en una diligencia fue aterradora. Jamás lo había hecho, y temía decir algún disparate que hiciera que el conductor se riera en su cara y le negara el asiento. Pero hizo acopio de valor y simplemente lo dijo:

—Necesito ir a Essemque —y el conductor le respondió con su precio. Ella le entregó una moneda, y él asintió y le dijo que el coche partía en veinte minutos y que se asegurara de estar a bordo.

La siguiente vez fue más fácil, y la que vino después. Se acostumbró a las diligencias y aprendió que ir apretujada en ellas era la receta perfecta para el mareo y las náuseas, pero también era la manera más barata de viajar. No sabía bien de donde había venido esta repentina frugalidad, pero algo en el fondo de su mente le susurraba que nadie la ayudaría si se le acababa el dinero, y que no tenía forma de ganar más. Sus únicas destrezas eran el bordado y desmalezar huertos. *Imagino que podría vender mi cuerpo, pero no sé bien cómo es que eso se hace.* Le parecía que debía ser mucho más complicado que conseguir un asiento en una diligencia. ¿Sería que uno se acercaba a una persona, o era la persona interesada la que se acercaría a ella? ¿Y cómo se empezaba una conversación que terminaría en acordar dinero a cambio de sexo? ¿Acaso había alguna norma de etiqueta al respecto?

Eso no era el tipo de cosa que se enseñaba en un convento. Resultaba más sencillo dormir en los coches.

De siesta en siesta, de mal dormir a no dormir, fue haciendo su viaje hacia el sur y el este, rodeando el último extremo de las montañas. Se le cruzó por la cabeza que la abadesa probablemente habría tenido que contarle a la reina que ella había desaparecido. ¿Habría huido? ¿Era posible huir cuando uno ya había cumplido los treinta?

En medio de todo, tenía suerte. Nadie la importunaba, o no mucho al menos. Sólo una vez un hombre trató de entablar conversación con ella, y las cosas se pusieron tensas.

—¿Adónde vas? —le preguntó, sentado frente a ella en el carruaje. Tenía la dentadura completa y Marra podía ver todos y cada uno de sus dientes en su sonrisa.

—Al sur —contestó ella.

—¿A cuál ciudad?

Marra se encogió de hombros.

—Al sur —repitió, tratando de disimular su pulso acelerado. ¿Acaso la habría reconocido? ¿Por qué se lo preguntaba?

Le pidió que le dijera su nombre y ella lo miró guardando silencio. Le hizo más preguntas… adónde iba y si tenía familia allí… y al ver que ella no respondía, pasó a un tono desagradable. Le espetó un insulto, sin importarle que los demás pasajeros pudieran oírlo.

Fue una mujer de mediana edad la que la salvó, al inclinarse hacia el hombre y hacer sonar los dedos frente a su cara.

—¡Qué grosería, joven! —le gruñó—. ¿Acaso no ve que es una monja? ¿Por qué ofende a una monja en peregrinación?

El hombre estaba a medio camino de pronunciar un improperio dirigido a la mujer cuando las palabras de ella le calaron al fin. Calló en medio de la obscenidad, y las consonantes se le quedaron atoradas en la lengua, para mirar a Marra con su túnica manchada por las jornadas de viaje, como si la viera por primera vez.

—¿Una monja? —preguntó.

Marra aprovechó la oportunidad.

—Me consagré a Nuestra Señora de los Grajos —le dijo a la mujer. No era una mentira tan grande, al fin y al cabo—. Gracias —*¡Virgencita, perdóname!*

El hombre murmuró algo, sonrojándose, y no la importunó más. Se bajó en la siguiente parada. Pero la señora de mediana edad se sentó junto a Marra hasta que llegó la siguiente diligencia, con sus ojos débiles y lacrimosos, pero tras esa debilidad, una mirada cortante como pedernal.

—Diles desde un principio que eres monja —le aconsejó—. Hay muchos hombres por ahí que no lo piensan dos veces antes de maltratar a una mujer, pero que le temen a un hábito y a los símbolos sagrados. Puede ser que eso te evite problemas de aquí en adelante.

Marra asintió. A partir de entonces, trató de caminar igual que la abadesa, plegando las manos dentro de las mangas, como hacían las hermanas. Tenía una gargantilla con una pluma de grajo tallada que su madre le había enviado, y que ella había pensado en vender, pero ahora decidió más bien usarla por fuera de la túnica para que se viera. Se parecía bastante a las medallas religiosas, con lo cual le daban algo más de espacio en las diligencias, un tris más de distancia a su alrededor. Las personas que hubieran podido empujar a Marra al ver sólo a una mujer más, retrocederían ante Marra, la monja.

*¿Y ante Marra, la princesa?*, pensó, divertida. *¿Se harían a un lado ante ella?*

La situación nunca iba a presentarse, claro. Una princesa no viajaría en coches comunes y corrientes. No se sentaría en las bancas de los patios donde los coches esperaban, ni se quedaría dormida apoyando la cabeza contra una pared. La princesa que había sido en otros tiempos ahora estaba muerta, tanto como Damia en su tumba, tan muerta como los bebés que Kania intentaba tener, fracasando en el intento.

En el último pueblo antes de llegar a la gran necrópolis, buscó el camino al cementerio, y allí encontró a la señora del polvo del lugar, una mujer tan vieja que a duras penas podía sostener la pala para remover la tierra.

—Busco a la señora del polvo —dijo Marra—. La... la poderosa.

—Ah —contestó la anciana—. Ya sé de quién hablas. Sal de la ciudad, hacia el sol naciente, hasta que veas dos muros, algo más altos que la estatura de un hombre. Hay un tramo de tierra entre ambos, y muchas piedras sueltas. Camina entre los dos, y verás una planicie llena de tumbas, y una pequeña cresta rocosa. Su casa está en esa cresta.

—Gracias —respondió Marra.

—Ten cuidado —le advirtió la anciana. Los muertos miraban a través de sus ojos, y Marra se preguntó de quién exactamente vendría esa recomendación—. Sé cortés. No es que ella sea un diablo, pues no va a tratar de tenderte una trampa con sus palabras, pero sí sabe demasiadas cosas.

Marra quiso preguntar cómo era posible *saber demasiado*, pero entonces pensó en todas las cosas que había aprendido sobre el príncipe Vorling y la muerte de Damia. Le hizo una reverencia a la señora del polvo, como ninguna princesa se ha inclinado ante nadie, y la señora del polvo suspiró y se quedó mirándola mientras se alejaba pesadamente hacia el este.

Los muros ya no eran tan altos como un hombre. Quizá lo habían sido durante la juventud de la anciana, o tal vez su memoria los había hecho parecer mayores. Marra caminó entre los dos muros que le daban hasta los hombros y miró a través de cientos de piedras sueltas y planas, cada una del tamaño de su mano, con inscripciones en una lengua que ella desconocía.

En medio del mar de piedras se levantaban unas pequeñas edificaciones ovaladas, como colmenas, pero sin aberturas. Marra supo al instante que eran tumbas. A veces se veían ese tipo de lápidas, incluso en el norte, en el lugar donde una familia tenía su propio lote.

Las piedras planas no se prestaban para pisar con firmeza. Marra iba caminando con mucho cuidado. Si se viera en la necesidad de correr, podría terminar con un tobillo torcido o roto, o algo peor. Las piedras resonaban y se resbalaban bajo sus pies, como si se hablaran unas a otras en lenguaje pétreo, diciéndose todas las palabras que habían estado reservando desde la última vez que un humano había caminado sobre ellas.

Marra iba mirándose los pies y no tanto al frente, cuando oyó un sonido que la sorprendió, pero no por lo extraño que le resultaba sino lo contrario, por la familiaridad. No era un sonido que esperara oír en esa rara planicie pedregosa en el límite de las antiguas tumbas. Miró hacia el frente.

—Bok —repitió el pollo una vez más, ladeando la cabeza para verla mejor.

Marra dejó escapar una risa jadeante. Había una cresta de piedra y una casa circular construida a un lado. En el patio frente a la casa, un pequeño grupo de pollos rascaban el suelo y caminaban por ahí. Mientras ella los miraba, una gallina se inclinó y le dio un picotazo a uno de sus congéneres, que soltó un chillido y corrió hacia las piedras.

La casa se asemejaba mucho a las tumbas de colmena en construcción, capas de piedras planas apiladas, pero con una boca abierta y oscura como entrada. Hubiera resultado aterradora si no estuvieran los pollos al frente, con su manera tan típica de actuar. Era difícil temerle a lo desconocido, cuando lo desconocido criaba pollos.

—Sí, sí —oyó que alguien decía desde adentro. La voz no sonaba débil ni quejumbrosa, pero había algo en ella que insinuaba una avanzada edad—. Sí, te oigo. Supongo que tenemos visitas.

Marra quedó paralizada, sin saber si debía acercarse a la casa o golpear a la puerta o saludar. Una de las gallinas decidió que una humana inmóvil de pie era una amenaza extrema para todos los pollos y salió huyendo, cacareando alarmada.

—Anda, sigue —dijo la voz—. Apúrate que cada vez me hago más vieja —y después, casi como una reflexión posterior—: Cuidado con la gallina colorada. Está poseída por un demonio.

Marra miró alrededor y no vio ninguna gallina colorada cerca de ella. Tomó aire, enderezó los hombros, y avanzó para hacer frente a su destino y obtener las armas para matar a un príncipe.

# Capítulo 7

La primera prueba era la más sencilla, de cierta forma.

—Es muy simple —dijo la señora del polvo—. Esto es mimetiseda —pasó la mano por la tela. No brillaba ni resplandecía a la luz, pero tenía algo que engañaba a la vista. Había unos cuantos trozos de tela esparcidos por el techo plano de la casa de la señora del polvo—. Hazte una capa con esta tela. También deberás hilar el hilo para coserla —le señaló un huso y una rueca y una masa confusa de algo que se veía apenas más sólido que el humo—. Con eso.

Marra arrugó el entrecejo. Parecía demasiado fácil, y desconfiaba de las cosas que se veían sencillas. Ya tenía experiencia en hilar, pues en el convento todas hilaban con husos, mientras conversaban o permanecían sentadas en silencio o rezaban sus oraciones. Era la única manera de abastecer a las tejedoras con hilo y fibras. Se requerían seis hermanas con husos por cada una de ellas que estuviera en el telar.

Estiró la mano para tocar la masa que parecía humo y rápidamente retiró el dedo. Le ardió como si algo le hubiera picado. Se lo llevó a la boca para refrescarlo.

—Es pelusa de ortiga —la señora del polvo no hablaba con petulancia, y eso era lo único que le hacía llevadera la situación—. Deberás hilarlo para poder coser los retazos de mimetiseda. Te va a lastimar siempre que pueda.

—Solían tejer telas con hilo de ortiga —dijo Marra—, pero no puede haber sido esto.

—Oh, no. Dejas los tallos en el campo durante unos meses y se pueden convertir en cualquier cosa. Ésta es la lana de un carnero que quedó atrapado en los espinos durante cien años, mientras las púas crecían y se incrustaban en su sangre y sus ojos —la señora del polvo removió la pelusa con su bota.

—¿De verdad? —preguntó Marra incrédula.

—Seguramente no. Pero es una cosa endiablada, está encantada —se enderezó—. Tendrás desde el amanecer hasta el anochecer y luego otro tanto igual para hacer la capa. Hay agua en ese cántaro —se balanceó sobre la escalera para bajar y dejó a Marra a solas en el tejado, con la lana imposible de hilar.

Al final ella logró hacerlo, claro. Tenía el mismo sentimiento de amargura que cuando había limpiado el establo con la pala: *Lo voy a hacer. Nada me lo impedirá.* Probó varias maneras de cubrirse las manos, pero sólo sirvió para constatar que la tela le entorpecía los movimientos o que era demasiado fina como para protegerla de verdad. Finalmente miró la nube de pelusa y pensó: *Tengo una prueba heroica ante mí y las pruebas heroicas no se hacen a medias. Habrá que aguantar el dolor. El dolor de Kania es mucho peor que el mío*, y metió la mano izquierda en la nube de humo y ortigas y empezó a hilar.

La pelusa le hacía arder la piel: ardor, quemazón. Marra bufaba y decía palabrotas y se acunaba la mano contra el pecho. *No. Sigue. No puedes parar una vez que has empezado.* Pensó en todos los nacimientos que había presenciado. Esas mujeres habían tenido un dolor mucho más intenso, y habían seguido adelante, porque una vez que habían empezado, no podían parar. *Sólo la mano izquierda. Necesito la derecha para enhebrar la fibra.* Podía cubrirse la mano derecha con tela para hacer esa parte pero la izquierda la necesitaba para colocar la pelusa lanosa en la rueca y no había cómo protegerla.

Era torpe con la mano izquierda, pero no tenía que hacerlo bien, sólo tenía que hacerlo y ya. Las yemas de los dedos se le pusieron de un rojo carmesí y las coyunturas empezaron a inflamarse, pero eso no importaba. Bastaba con mantener los dedos en posición y dejar que la molesta pelusa corriera entre ellos. El sol fue subiendo por el cielo. La membrana de piel entre el pulgar y el índice le dolía y le dolía tanto que la sensación dejó de ser dolor para convertirse en algo completamente diferente.

Era difícil mantener el huso girando lentamente. Hubiera querido apurarlo. Pero un huso que gira más rápido significa un hilo más fino, y ella lo quería grueso y rústico, para unir los trozos de la capa, y para no tener que usar demasiado. Se mordió el interior de la mejilla hasta hacerlo sangrar, y miraba su mano izquierda, cual garra, preguntándose si alguna vez podría volver a hacer otra cosa con ella.

Por fin, tenía suficiente. Tal vez. La pelusa de ortiga ya casi se había terminado, y sólo quedaba una enorme espina muy aguda, del tamaño de una pata de oveja, con una punta capaz de perforar el corazón de un hombre. Dejó caer el huso y se llevó la maltrecha mano al pecho. Estaba roja y amoratada y las articulaciones gruesas e hinchadas. Cuando trató de abrir los dedos, sintió los tendones raspando contra los huesos y no pudo contener un alarido.

Miró hacia arriba. El sol estaba en el horizonte lejano y las sombras iban cambiando de color para verse azules. Bebió un poco de agua, sosteniendo el cántaro sólo con la mano derecha. Intentó verter un poco en la mano izquierda. No sirvió de nada. Lloró un poco, cosa que tampoco sirvió de nada.

Marra había reservado su mano derecha para la parte más delicada. Tomó aire y soltó el hilo del huso, mientras le ardía la piel como si se hubiera prendido en llamas. El hilo había quedado tosco y disparejo, feo, pero no había nada que pudiera hacerse para remediarlo. Tampoco tenía más pelusa para hilar. Pensó en que ojalá pudiera entorcharlo para hacerlo de doble hebra, pero no tenía tiempo suficiente ni sabía si podría soportar más dolor.

No había aguja. Miró los retazos de mimetiseda y el hilo que tenía en la mano y no pudo creer que hubiera pasado eso por alto. *Siempre hay una aguja*, pensó abrumada. *Soy bordadora; siempre tengo agujas.* Empezó a reírse para sus adentros, la risa ronca de la herida mortal. Todas sus agujas estaban en su celda del convento, cuidadosamente encajadas en un alfiletero en forma de ratita blanca. Había sido un regalo de la hermana apotecaria.

Miró por toda la azotea, buscando algo que hubiera pasado por alto: el resplandor del hueso o el metal a la luz de la luna. ¿En qué momento había salido la luna? ¿Había pasado tanto tiempo de verdad?

Marra no encontró aguja. En lugar de eso, vio el brillo mate de la luz en la sombría espina que había estado en medio de la lana de ortiga.

La tomó entre sus dedos hinchados y miró la punta. Era lo suficientemente afilada para usarse como lezna y abrir agujeros. Tendría que hacer pasar el hilo a través de los agujeros con los dedos, y tomarlo por el otro lado, tirando de él, y le iba a quemar los dedos hasta que ya no los pudiera mover bien, y entonces, Virgen de los Grajos, tal vez tendría que usar sus dientes.

*¿Pensabas que las pruebas imposibles eran fáciles de llevar a cabo?*

Miró su triste y deforme montoncito de hilo y la suave y cambiante mimetiseda, y lloró un poco más, y después se puso manos a la obra, inclinándose sobre la tela.

—¡Por las nueces del Altísimo! —dijo la señora del polvo una semana más tarde, mirando al perro de huesos—. Lo lograste —no parecía en absoluto satisfecha con lo que veía. Tampoco había sonado ni un poco alegre con la capa de ortiga, cuando Marra había bajado con sus manos descarnadas y los labios hinchados y le había dejado caer el trozo confeccionado de tela a los pies.

—Lo logré —contestó Marra—. ¿Cómo empiezo la siguiente prueba? ¿Luz de luna en un cántaro de barro?

La señora del polvo gimió. Se levantó sin responder y fue a rebuscar en la despensa. Al final, encontró un puñado de huesos de pollo y se los arrojó al perro de huesos.

Marra tenía la vaga idea de que los huesos de pollo no les sentaban bien a los perros, pero no estaba muy segura de que el perro de huesos pudiera terminar lastimado con ellos. Se echó muy contento y empezó a mordisquearlos. Cuando tragaba, de su gaznate llovían trocitos de hueso triturado.

La señora del polvo sacó un asiento y se dejó caer en él, junto a la mesa. Era alta y huesuda y de hombros caídos, mientras que Marra era baja y robusta.

—¿Sabes por qué se le da a alguien una prueba imposible? —preguntó.

Marra la miró ceñuda. Era el tipo de preguntas que detestaba, el tipo de preguntas que hacía la clase de personas que querían mostrarse más listas a costa tuya. Pero la señora del polvo había sido justa y ecuánime hasta el momento, así que pensó en qué contestarle.

—¿Para ver si pueden hacerla? —buscó en su cerebro, pensando en todas las antiguas leyendas: Mordecai y el gusano; la venada blanca que amaba a un humano y sus grandes esfuerzos para salvar a su amado; la ratoncita que mató al dragón el día de su boda—. ¿Para ver si son héroes?

—Héroes —repitió la señora del polvo con un resoplido potente—. Que los dioses nos protejan de los héroes —miró a Marra, y su rostro inexpresivo se pintó de melancolía—. Pues tal vez eso es lo que te reserva el destino a ti. No, mi niña, cuando a alguien se le da una prueba imposible de cumplir es para que esa persona no sea capaz de lograrla.

Marra examinó semejante declaración desde todos los puntos de vista.

—Pero, logré hacerlas —dijo—. Dos veces.

—Ya me di cuenta —contestó la señora del polvo sin ninguna alegría—, y es muy probable que también triunfes en la tercera, y que entonces yo me vea obligada a ayudarte a matar a tu príncipe.

—No es *mi* príncipe —exclamó Marra con amargura.

—Si estás planeando matarlo, lo es. Es tu víctima. Tu príncipe. Da igual. Le clavas un cuchillo a alguien en las tripas, y quedas unida a esa persona en ese momento. Si observas a un asesino andando por ahí, verás también a todas sus víctimas detrás, unidas a él por hilos negros, sombras de fantasmas acechando su oportunidad —tamborileó sobre la mesa con los dedos—. ¿Estás segura de querer eso para ti?

—Él mató a Damia —contestó Marra—. Está torturando a Kania. Merece la muerte.

La señora del polvo no contestó. Durante unos instantes, no se oyeron más sonidos que el crujir de los huesos y el caer de las astillas en el piso.

—Hay muchas personas que merecen la muerte —dijo al fin la señora del polvo—. No todo el mundo está listo para convertirse en asesino —suspiró pesadamente—. No puedo hacerte cambiar de idea, ¿cierto?

—No.

—Muy bien —la señora del polvo arrastró su asiento hacia atrás, levantó un largo brazo y tomó un recipiente de un estante—. Toma —dijo, entregándoselo a Marra—. Destápalo.

Era un pesado tarro de arcilla, achaparrado, y sin nada que llamara la atención. Marra abrió la tapa con cuidado. La luz de la luna bañó su cara, un resplandor de un blanco azulado radiante.

—Ciérralo —ordenó la señora del polvo—. Ahí lo tienes: la luna en un tarro de cerámica. Entrégamelo, por favor.

Marra lo tapó, completamente atónita, y se lo devolvió a la señora del polvo. Sus ojos habían quedado deslumbrados por la luna que se había aparecido a mediodía en el interior de la casa.

—Ya está —dijo la señora del polvo—. Acabas de entregarme luz de luna en un tarro de cerámica. Muy bien. Ésa es la tercera prueba.

—Pero... —Marra la miró, y al pequeño recipiente que contenía la luz de luna—. Pero no hice nada. No logré nada.

—Era una prueba imposible —contestó la señora del polvo—. Las otras dos debían haber resultado imposibles, pero aquí te veo, con un perro de huesos y una capa confeccionada con mimetiseda y ortiga. Aunque atrapar un rayo de luna es algo que no hubieras conseguido hacer. Ésa no es una prueba para un mortal que pretenda mantener su corazón en el pecho.

—Pero...

—Yo no quería tener que hacer esto —dijo la anciana—. Por eso te puse pruebas imposibles de superar, para que fracasaras en el intento y no me pidieras nada más. No me gusta viajar ni ir a otros lugares y voy a tener que buscar a alguien que se encargue de cuidar a mis pollos. Además, esto es un perfecto disparate y probablemente vamos a acabar muriendo en el intento.

—¿Pero...? —una esperanza empezó a florecer en el corazón de Marra. Trató de aplastarla, diciéndose que debía estar equivocada.

La señora del polvo negó con la cabeza.

—Quieres un arma contra el príncipe. Pues no tengo una espada mágica o una flecha encantada ni ninguna cosa que sea fácil de transportar —se recostó en el respaldo del asiento—. Entonces, tu arma contra el príncipe soy yo. Eso es.

Partir de casa de la señora del polvo tomó más tiempo del que Marra hubiera querido.

—Tres días —dijo ella—. Tengo que empacar unas cosas y dejar otras en orden —en el patio, la gallina colorada miraba por encima del hombro al perro de huesos, aparentemente imperturbable ante su ausencia de ojos.

—Kania podría estar muerta en tres días —dijo Marra.

—Pues, entonces, estará muerta —contestó la señora del polvo, implacable—. Porque nos tomará semanas llegar a pie hasta la capital del Reino del Norte, sobre todo por las paradas que tenemos que hacer en el camino.

Marra respiró hondo y decidió ser paciente. Hasta las princesas aprendían a serlo en el convento, y lo que no le habían enseñado las monjas, lo había aprendido de bordar y tejer. La prisa sólo llevaba a hilos rotos y medias fruncidas. Con la vida de Kania en juego, no podían darse el lujo de cometer errores por la prisa.

*Además*, pensó ella sin mucho optimismo, *ya has esperado muchos años. Si hubieras notado los moretones de Kania cinco años antes, o diez, todo ya habría terminado.* El perro de huesos, cansado del asedio de un pollo, se tendió de costado en el patio. Era imposible saber cuándo dormía, pero se notaba cierto ritmo relajado en la manera en que subía y bajaba su costillar.

—¿Cómo se llama? —preguntó la señora del polvo.

Marra parpadeó mirándola.

—¿Quién?

—¡El perro, niña! Los humanos les damos nombres a los perros. Es lo que evita que se hagan lobos.

—Hummm… hummm… ¿Perro de hueso?

—¿Me lo estás diciendo o preguntándome mi opinión?

—Se llama Perro de hueso —contestó Marra con tono más firme. En el patio, Perro de hueso rodó sobre su lomo, batiendo la cola en la tierra.

—La imaginación no es tu fuerte, ¿cierto? —anotó la señora del polvo. Una sonrisa agrietó los planos de su cara—. Pero no lo digo como insulto, niña, no te lo tomes así. Para este tipo de tarea, más te vale tener los pies plantados en la tierra, y no andar entre castillos en el aire.

La gallina colorada apareció por un lado de la casa, vio a Perro de hueso, y avanzó hacia él como un general que encabezara un pelotón. Picoteó la cola del perro y él le respondió con un ladrido fantasmal. Se enderezó sobre sus patas, desconcertado, y la gallina se dio a la huida, cacareando triunfante.

La señora del polvo sacó una capa toda hecha de frasquitos y bolsillos y tiritas, como una alacena ambulante, y se la echó por encima de los hombros. A Marra le sorprendió que no hiciera ruido al caminar. Después se la quitó de nuevo y empezó a llenar los bolsillos y las botellitas con el contenido de los frascos que tenía contra la pared, decantando los líquidos gota a gota y poniendo paquetitos aquí y allá. Marra la vio empacar plumas y cráneos de ratón y porciones de pelusa, y al final dijo:

—¿Y para qué sirve todo eso?

Las plumas de un colibrí resplandecieron cuando la señora deslizó un diminuto pellejo de ave en un bolsillo.

—No tengo la menor idea —contestó—. La mayoría de estas cosas no servirán para nada, pero acepté ayudarte, y eso quiere decir que obtienes lo mejor que te pueda dar —se humedeció los dedos con saliva y depositó tres cuentas negras muy pequeñas en un sobre de papel encerado, y luego hizo una pausa—. Déjame ver tus manos.

—¿Eh?

—Tus manos. Las estás protegiendo.

Marra tendió las manos hacia ella. Las coyunturas estaban tiesas y la inflamación en donde se había arañado con los alambres había empeorado.

—Santos y demonios —exclamó la señora del polvo—. Heridas abiertas en la tierra infecta. Estate quieta —bajó un frasco del estante.

—¿Se ve mal? —preguntó Marra.

112

—Es probable que te mate en cuestión de una semana —dijo la anciana, plegándole las manos—. Primero vas a sentir antojo de probar carne humana, que podría ser algo interesante para cualquiera... pero no pongas esa cara —abrió el frasco. A Marra le llegó un olor a miel, pero el líquido que la señora del polvo le untó en las heridas era color rojo fuego.

—¿Qué es eso?

—Miel de óxido, producto de abejas mecánicas —la señora le frotó la roja miel en las articulaciones, murmurando palabras que Marra no alcanzaba a distinguir. Al rato, se recostó en el asiento—. Con eso debería bastar. Te pido que me avises si sientes el apremio de darle a alguien una dentellada.

—Hay una buena cantidad de personas a las que quisiera atacar a mordiscos —contestó Marra secamente.

La señora del polvo resopló.

—Está bien. Entonces, nada más dime si además sientes la necesidad de masticar esos bocados.

Marra recogió ambas manos contra su pecho, abriendo y cerrando los dedos. Ya sentía menos tiesas las coyunturas. Se quedó pensando si las palabras que había pronunciado la señora del polvo eran algún sortilegio o si todo había sido obra de la miel.

Se fue adormeciendo en un rincón, pensando en eso, arrullada por el sonido de la señora yendo de aquí para allá, el ruido de los frascos al entrechocar, mientras empacaba fragmentos de magia entre los pliegues de su capa.

La gallina colorada iba posada en lo alto del cayado de la señora del polvo, en la pieza horizontal que cruzaba la vara vertical. Su cuerpo se movía al vaivén del cayado, pero su cabeza se mantenía inmóvil, de esa manera tan peculiar que tienen los pollos de hacerlo. Al principio, Marra se mostró escéptica, pero luego lo encontró divertido.

—¿Va a viajar con la gallina?

—Está poseída por un demonio —contestó la mujer—. Sería una grave descortesía dejársela a los vecinos y que tengan que lidiar con ella.

La gallina se mantenía en su puesto hasta media mañana, y entonces se estiraba, descendía por el brazo estirado de la señora del polvo y se trepaba a su morral. La tapa superior quedaba abierta justo para ella. La gallina se quedaba allí acurrucada durante cosa de un cuarto de hora, tras de lo cual soltaba un cacareo complacido, y después volvía a subir por el brazo hasta lo alto del bastón. La señora del polvo se detenía y sacaba un huevo grande y rojo de su morral, y lo guardaba en un bolsillo para tenerlo seguro. A la mañana siguiente, ponía el huevo a cocer, lo dividía en mitades iguales, y lo compartía con Marra.

Medio huevo no representaba una comida muy satisfactoria, pero era mucho mejor que ayunar. A veces Perro de hueso atrapaba un conejo y lo mataba, y hacían un alto para asarlo. A veces un granjero les vendía huevos o una hogaza de pan, aunque la señora del polvo tenía que ir sola a averiguar por su cuenta porque, si el granjero veía a Perro de hueso, habría preguntas que contestar.

Por la misma razón, no podían viajar en diligencia, y tampoco pedir que los llevaran en una carreta que fuera pasando por ahí. No podían pedir que las dejaran pasar la noche en un granero, donde probablemente haría menos frío. No había manera de disimular a Perro de hueso. Su avance en dirección noroeste se fue reduciendo a una velocidad semejante a la de un bebé gateando.

—Esto no nos sirve —dijo la señora del polvo al tercer o cuarto día—. Tu hermana se podrá morir de vejez antes de que alcancemos a llegar, y para entonces yo voy a estar tan encorvada por dormir en el suelo, que las maldiciones que podría arrojar al príncipe le caerán a la altura de las rodillas.

—¿Y qué podemos hacer? —preguntó Marra. Le habían puesto un collar a Perro de hueso, aunque más bien era una vuelta de cuerda alrededor de los huesos de su cuello. Marra deslizó una mano bajo la cuerda, con ánimo protector. No podía abandonarlo. Ella lo había traído a la vida y cuidarlo era su parte del trato, un compromiso aún más significativo que el que hacían los humanos con los perros vivientes que los querían.

*Pero tampoco puedo defraudar a Kania.*

—No tienes que sentirte tan agobiada —dijo la señora del polvo—. La luna está llena y el mercado de los duendes aún está en temporada.

—¿Eh?

—El mercado de los duendes —repitió la señora del polvo—. ¡Dioses de la tierra! ¿Acaso no te enseñaron nada en el convento?

—No mucho sobre duendes —contestó Marra—. Podría contarle bastante sobre tejido de vendajes y secado de hierbas medicinales y los días patronales de los santos menores.

—Bueno —murmuró la señora del polvo, con el tono de voz de alguien decidido a ser ecuánime—. Eso no es del todo inútil, cierto. ¿Y quién es el santo de hoy?

Marra tuvo que pensar por un momento qué día era.

—Santa Ebbe —dijo al fin—, patrona de los cazadores de jabalíes.

—Hummm… Pues los jabalíes son astutos y fieros y difíciles de matar, más o menos como tu príncipe, aunque les tengo mucho respeto a esas bestias. No estaría mal ofrecerle nuestras oraciones a esa santa.

Marra agachó la cabeza obediente y pronunció una oración. Se sabía tan poco de santa Ebbe, que no existía una forma específica de invocarla, de manera que usó la frase habitual que podía aplicarse a cualquier personaje del santoral:

—Santa Ebbe, cuida de nosotros. Santa Ebbe, protégenos y apártanos de todo mal. Santa Ebbe, intercede por nosotros...

Le sorprendió que al final la señora del polvo se uniera a sus plegarias:

—Que así sea —la anciana mujer no le había parecido en absoluto piadosa.

*Pero me puedo imaginar sin mayores problemas a alguien haciendo de la señora del polvo una santa, de aquí a cien años. A lo mejor algunas de las santas eran como ella... ancianas gruñonas con dones extraños.*

Recordó una imagen de Santa Ebbe que había visto, una mujer de pelo entrecano con un pie posado sobre el hocico de un jabalí, manteniéndolo inmóvil. Tanto la santa como el animal sonreían. En ese momento, ella había pensado que tal vez el pintor de la representación no era muy diestro.

*Pero si fueran a hacerle a la señora del polvo su retablo, tendrían que ponerle su gallina colorada al lado, y esa gallina sonreiría, de eso estoy segura.*

Se dio cuenta de que se había distraído de la conversación.

—¿El mercado de los duendes?

—Tal como suena —contestó la anciana—. El sitio donde duendes y otros habitantes del mundo de las hadas venden y compran de todo. También se ven humanos, los que llegan allá perdidos o por equivocación. En ese mercado se encuentran maldiciones y tesoros en igual medida. Y también cosas comunes y corrientes, claro.

—¿Habitantes del mundo de las hadas? —Marra se pasó la lengua por los labios—. ¿Es un lugar peligroso?

—Mucho —dijo la señora del polvo—. Pero todos los sitios son peligrosos si no tienes cuidado. El mercado de los duendes tiene sus reglas, y si las obedeces, no es mucho peor que cualquier otro sitio —lo meditó un momento—. Al menos si te mantienes fuera de la sombra de la luna. Las reglas cambian en la oscuridad, y a veces cambian de un momento a otro. Durante la luna creciente y la luna llena, es menos riesgoso. Iremos esta noche.

—¿Dónde queda?

—Eso no importa —la boca de la señora del polvo se torció, levantando una de las comisuras—. Si podemos encontrar un arroyo o alguna corriente de agua será más sencillo llegar. Si no, iremos por medio del fuego.

Marra tuvo que contentarse con eso, porque no iba a venir más información. Añadió el mercado de los duendes a la lista de cosas por las cuales debía preocuparse, y sintió que las ansias le roían el pecho por dentro de las costillas.

Al final, resultó ser terrorífico pero no difícil. Encontraron un arroyo amplio y poco profundo, que corría sobre un lecho de piedras, no muy lejos de allí. Caminaron por la orilla en la creciente oscuridad y al final llegaron a un vado poco profundo, lleno de guijarros grises que resplandecían de negrura cuando el agua pasaba sobre ellos.

—Hummm —exclamó la señora del polvo, distraída—. Hummm... —alargó una mano para hacer que Marra se detuviera—. Sí. Aquí hay uno. Suele estar en un vado.

Perro de huesos se sentó, aburrido, y trató de lamerse la parte trasera. Pero como no tenía lengua ni nada qué lamerse, no logró hacer mucho, aunque parecía satisfecho.

La señora del polvo trazó una línea entre los guijarros con la punta de su bastón, mientras que la gallina, adormilada, hizo un ruido molesta.

—No le vayas a hablar —le advirtió.

—¿A quién? —preguntó Marra, y después la señora del polvo invocó a los muertos.

# Capítulo 8

La primera indicación que percibió Marra fue que los grillos callaron. A lo lejos, un pájaro cantó con un gorjeo que parecía decir "Morirás, morirás", y como los grillos fueron quedando en silencio, el canto se oyó más. El rumor y el correr del río dieron la impresión de hacerse más lentos, y después, Marra distinguió movimientos distantes en el agua a medida que algo se aproximaba.

—Hay algo que se acerca —exclamó. Perro de hueso se estremecía en estado de alerta.

—Silencio —dijo la señora del polvo—. Con los ahogados siempre hay que tener cuidado.

Marra cerró la boca y se guardó lo que iba a decir, cuando algo más le respondió a la señora del polvo, un sonido de líquido borboteando que hubiera podido pasar por una risa o un sollozo.

Una forma venía de río arriba. La luna se había levantado apenas lo suficiente como para arrojar una luz fría y titilante sobre ella. Al principio, Marra pensó que podía ser un castor, una nutria, alguna criatura acuática, pero nunca habría existido una nutria tan grande ni con una cara semejante.

El muchacho muerto nadó corriente arriba, con la rapidez de un pez, y se afirmó sobre sus pies. El agua le brotaba por la boca y las cuencas vacías de los ojos. La piel se le había henchido de agua hasta rasgarle la ropa, y lo que se veía era una cosa pálida, inflamada, con carne que sobresalía entre tiras de algas.

*No voy a vomitar*, se ordenó Marra. *No voy a ceder a las náuseas. No hay sangre. No es tan terrible como esa vez en que el joven de la granja se fracturó una pierna y los huesos asomaban por la herida. No es así.*

Fuera lo que la señora del polvo haya dicho, Marra no lo escuchó. Sólo estaba vagamente consciente de que la mujer había hablado. Y entonces, el muchacho muerto respondió, un gorgoteo áspero, como si unos alambres perforaran su garganta, y Marra dejó de preocuparse por vaciar el estómago para pasar a rogar por no desmayarse.

—Bien —dijo la señora del polvo—. ¿Hacia dónde?

El muchacho ahogado levantó el brazo. Los dedos se le habían hinchado todos juntos hasta verse como un mitón blanco. Señaló río arriba y su respuesta fue un gorgoteo.

La señora del polvo asintió.

—¿Quieres alcanzar ya tu final? —preguntó con la misma brusquedad con la que hubiera negociado una hogaza de pan con un granjero.

Otro gorgoteo. La cara del muchacho se giró hacia Marra y ella supo que debía sentir compasión, y no horror, pero había algo extraño y malévolo en la forma en que se movía, como si supiera que ella le temía y eso le produjera mucho placer. Le hizo un gesto invitador con la mano hinchada y luego sofocó la risa cuando ella retrocedió asustada.

—Ya basta —exclamó la señora del polvo—. Ella no está destinada a ahogarse.

Más risas. El muchacho se adelantó un paso, y el agua subió alrededor de sus piernas, como si fuera arena, y después dio otro paso.

La gallina colorada soltó un ruido grave y hostil. El muchacho quedó inmóvil, mirando hacia arriba. Durante un rato que pareció eterno fijó su vista sin ojos en el ave, y luego agachó la cabeza.

—Canto de gallo y corazón de demonio —dijo la señora del polvo—. No me provoques, jovencito.

Gorgoteó molesto pero retrocedió.

Ella se llevó una mano al bolsillo y de allí sacó algo. Marra no alcanzó a ver qué era en la penumbra. Lo arrojó al río y el muchacho ahogado lo atrapó con sus manos deformes y blancas.

—Ve, pues —dijo la señora del polvo, agitando los dedos para despedirlo—. Vuelve al agua, y ten cuidado de no ahogar a un viajero a menos que haya violado los acuerdos.

El muchacho ahogado se encorvó para luego alejarse. La luna lo bañó con su luz mientras él avanzaba aguas abajo por el lecho del río, hundiéndose más con cada paso, hasta que sólo su cabeza asomó fuera del agua, como una nutria, y desapareció.

—¡Bah! —exclamó la señora del polvo—. Los que mueren ahogados suelen volverse muy malos. Debe haber algo en el agua que los hace oscuros. Prefiero mil veces los huesos en la tierra.

Marra se tapó la boca con la mano, concentrada en su respiración hasta que su estómago dejó de revolverse.

—¿Para qué convocó a eso? —le preguntó por fin.

*¿Qué especie de monstruo va viajando conmigo? ¿Qué voy a desatar aquí? No es sólo una anciana con una gallina…*

*Eso ya lo sabías*, se contestó. *Lo sabías, y fue por eso que la buscaste. Quieres matar a un príncipe. Ahora no me vengas con escrúpulos.*

—Indicaciones —respondió la señora del polvo—. Cosa que sí me proporcionó, aunque hubiera querido a cambio un pago mucho más alto de lo que yo estaba dispuesta a darle.

—¿Indicaciones?

—Claro. Ahora, sígueme, y veamos si sirven de algo.

Al parecer, sirvieron, y bastante, porque en cuestión de veinte minutos llegaron a un árbol retorcido que avanzaba desde la orilla por encima de la corriente.

—Ahí está —exclamó la señora del polvo. Una de las raíces del árbol se proyectaba sobre el agua—. Tierra y madera y agua —buscó en un bolsillo hasta encontrar un cordel con una piedra atada en un extremo, y lo amarró a la raíz, dejando caer la piedra al agua—. Aguanta la respiración —dijo, casi como de último momento, y se agachó para pasar por el arco que formaban el cordel, la raíz y la orilla que sobresalía del agua.

Dio dos pasos, zambulléndose, y atravesó el arco. Salió al otro lado, y se veía igual que antes a ojos de Marra, pero el sonido de sus pisadas en el agua parecía venir de muy lejos.

Perro de hueso colocó su pata sobre la raíz, pensativo. Nada sucedió, pero el gesto pareció darle gusto. Marra se imaginó que estaba conteniendo la respiración, a pesar de que en realidad no respiraba. Ella tomó una bocanada de aire y cruzó el arco de raíz.

No sucedió nada evidente. No era como la sensación pegajosa cuando salió de la tierra infecta. Pero unos cuantos pasos más allá, sintió que sus oídos se destapaban y, al volver la cabeza, todo parecía moverse con un retraso de una fracción de segundo, como si su mirada estuviera luchando por ponerse al día.

Salió a la orilla con algo de dificultad. La señora del polvo la esperaba impaciente, golpeando su cayado contra el suelo. La gallina colorada gruñó.

—¿La gallina también aguantó la respiración? —preguntó Marra.

—Está poseída. No tiene que hacerlo —la señora se volteó para empezar a caminar en la dirección por donde habían venido.

*Un momento: ¿acaso eso de que la gallina estaba poseída no era sólo una metáfora?*

—¿Quiere decir que su gallina tiene, literalmente, un demonio dentro, y no sólo es que sea una gallina… de mal carácter?

Esas palabras sonaron increíblemente tontas cuando las dijo, y la cara de la señora del polvo le dio a entender que no habían mejorado ni pizca al oírse en voz alta.

—Jovencita, ¿te he dado alguna señal en la semana que llevamos juntas de que yo bromee sobre algo?

—¿Y cómo fue que se le metió un demonio a la gallina?

—Pues como suele suceder. No consiguió entrar al gallo. Cuando un demonio logra meterse a un gallo, se convierte en basilisco.

Marra abrió la boca para preguntar cómo era que solía suceder eso, pero se interrumpió porque había una enorme escalinata que se había abierto en el suelo, y que con toda certeza no estaba allí cuando habían pasado un rato antes.

Tenía amplios escalones de piedra, por los que fácilmente podían pasar dos caballos lado a lado. Marra no podía haberla pasado por alto. La escalinata bajaba al interior de la tierra, indiferente ante la existencia del río cercano que debía haberla convertido en una cascada. La señora del polvo iba bajando sin hacer ninguna pausa, sin siquiera agachar la cabeza.

En los primeros escalones estaba algo oscuro pero más abajo una luz verde lo iluminaba todo. Marra miró alrededor en busca de la fuente de la luz, y luego hubiera querido no haberse enterado. En unos nichos a ambos lados de la escalinata había luciérnagas del tamaño de un gato doméstico que resplandecían de luz.

—¿Adónde lleva esto? —susurró, apresurándose para alcanzar a la señora del polvo. Las luciérnagas no le hicieron caso, pero movieron sus antenas lentamente en el aire—. ¿Quién construyó esto?

—Al mercado de los duendes —contestó la señora del polvo—. En cuanto a tu segunda pregunta, la respuesta es que no lo sé. No estoy del todo segura de que esto haya sido construido por alguien. Hay cosas que simplemente aparecen cuando su existencia se hace inevitable.

Marra estaba tratando de descifrar lo que había oído cuando la escalinata terminó en un rellano un poco más arriba de una habitación subterránea, y ella miró hacia abajo, al mercado de los duendes.

Se veía como un mercado, pero uno diferente a cualquier otro que Marra hubiera visto antes. Había puestos enjoyados justo al lado de chozas de barro y tiendas de campaña de cuero de animal, y unas cosas que parecían nidos de ave boca abajo. Los pasillos entre los puestos estaban abarrotados, pero la gente que circulaba por ellos no se movía como una multitud. Más bien parecían bailarines, unos ligeros, unos pesados, algunos girando en valses solitarios. A Marra le hacían pensar más bien en cortesanos en el palacio del príncipe que en gente en el mercado de la ciudad.

Los cortesanos le habían producido algo de temor, y ahora estaba más que asustada ante la gente que veía. Los cortesanos, a pesar de toda su vestimenta cuidadosamente almidonada y de la dudosa política que prodigaban, eran humanos, al fin y al cabo, y algunos de los que la rodeaban ahora... obviamente no lo eran.

*Y aquí voy yo con un esqueleto de perro que me pisa los talones y una mujer que lleva una gallina posada en el extremo de su cayado, así que ¿qué pensarán de mí?*

—No mires fijamente a nadie —murmuró la señora del polvo—, pero tampoco desvíes los ojos si alguien te mira. Haz todo lo posible por no dejar ver tus debilidades. No muestres tu acuerdo con nada ni aceptes nada sin escuchar primero su precio.

Tras decir eso, se internó entre la multitud, y Marra se apresuró a seguirla.

La mayor parte del gentío había parecido humano desde lejos, pero ahora que los veía de cerca, tenía sus dudas. Algunos tenían forma humana, pero piel verde o azul. Unos cuantos exhibían cuernos que brotaban de su frente, cortos y puntiagudos, como de antílope. Una mujer pasó a su lado con una cornamenta que hubiera sido la envidia de cualquier ciervo, con pajaritos negros posados en cada extremo de los cuernos, cada uno con un collar plateado alrededor del pescuezo.

Otros ni siquiera tenían forma humana. Un trío de jabalíes, con cuellos almidonados, caminaban sobre las patas traseras y pasaron a su lado gruñendo. Seis ratas blancas, que le llegaban a la cintura, cargaban un palanquín sobre los hombros. Y quién sabe lo que transportaban bajo ese manojo de trenzas de color blanquecino que cubrían a la figura de la cabeza a los pies.

*¿De dónde vendrán todos estos? ¿De otras partes del mundo o de aquí mismo? ¿Pero cómo pueden ser de aquí?*

Uno oye historias, claro. Cuentos del reino de las hadas, de gente pequeñita que vive detrás del mundo. Relatos de antiguos dioses que nunca habían aprendido a morir. Pero Marra jamás se había imaginado que hubiera tantos o que estuvieran justo allí, al otro lado de una raíz de árbol, no muy lejos, bajo las colinas.

Ni siquiera la tierra infecta la había preparado para algo semejante.

—Hummm —exclamó la señora del polvo. Se había detenido frente a una mesa en la que había una bandeja de madera dividida en casillas cuadradas. En cada una había una polilla, al parecer muerta—. Hummm. Ésa —señaló.

—Esa sirve para indicarle lo que usted necesita —dijo la mujer sentada al otro lado de la mesa, con voz aburrida. Era vieja y arrugada, con delgadas trenzas entrecanas enrolladas alrededor de la cabeza—. ¿Está segura de que no quiere la que le muestra el deseo más hondo de su corazón? Ésa es mucho mejor.

—Y también mucho más costosa, supongo.

La mujer sonrió. No tenía dientes. Y en su lengua se veían franjas negras y rojas y sus ojos eran dorados, como los de una serpiente.

—Sólo cinco años de su vida. Pero puede disfrutar lo que le queda con lo que tu corazón más desea, así que bien vale su precio.

—Me quedo con la que muestra lo que uno necesita, gracias —la señora del polvo le dio un toquecito a la polilla, que aleteó, sobresaltando a Marra. Era blanca, pero estaba cubierta de líneas negras irregulares, como una especie de escritura.

—Bueno... seis semanas de su vida.

—Seis días.

—Un mes.

—Una semana.

—Dos semanas, y ésa es mi oferta definitiva. Y luego no me culpe si la polilla va a terminar en un balde de agua para mostrar que lo que necesita es beber más agua.

—Dos semanas me parece un precio justo —la señora del polvo llamó a Marra—. Dos semanas de tu vida, jovencita.

—Hummm... —exclamó ella—. ¿Cómo?

—Ésa es la moneda de cambio usual en este sitio, a menos que tengas otra cosa que ofrecer.

—¿Y qué pasa si voy a morir en una semana?

—No funciona así. Se toma del tiempo que podrías llegar a vivir. Si te atropella un vagón de cerveza mañana, a pesar de eso todos reciben su pago.

Marra sintió un escalofrío que le bajaba por la espalda, y trató de no tomarle importancia.

*¿No estarías dispuesta a ceder dos semanas de tu vida por tu hermana? ¿Para salvarla de perder todos los días de la suya?*

—Está bien.

—Medio instante —dijo la mujer de lengua de serpiente. Sacó un ábaco de plata y movió a un lado y a otro las cuentas—. Ahí está. Dos semanas —la señora del polvo miró, y asintió en aprobación.

El ábaco tenía un platito en la parte inferior que contenía algo que parecía tallos de alguna planta. La mujer tomó uno y Marra se dio cuenta de que era una oruga.

—Sostenlo en tu mano.

Marra extendió la mano preocupada. ¿Le dolería? ¿Qué se sentiría perder dos semanas de vida?

La mujer de la lengua de serpiente dejó caer la oruga en la palma de la mano de Marra, y allí se desenroscó y caminó hacia un lado. Marra percibió, sin sorprenderse, que su mano temblaba.

La oruga enganchó un hilo de seda a la uña del pulgar de Marra, y desde allí se dejó caer. Se enroscó sobre sí misma y empezó a sacudirse con rapidez, hilando la seda por encima de su cuerpo. Marra se mantuvo completamente inmóvil, viéndola tejer un capullo con una velocidad mucho mayor a la de cualquier otra oruga que hubiera visto.

En menos de un minuto, ya se había cubierto por completo de seda, y se veía de un tono verde brillante.

—Ah… yo… ¿Qué se supone que debo hacer? —le susurró a la señora del polvo.

—No tardará mucho —dijo la anciana, mirando a la oruga. Perro de hueso se dio cuenta de que Marra no iba a moverse, y se sentó sobre el pie de ella, encajándole la pelvis en un tobillo.

El capullo se abrió. Una polilla de alas arrugadas, de color café aterciopelado, emergió estirando las alas húmedas.

—Listo —dijo la mujer de lengua de serpiente. Sujetó la muñeca de Marra y tiró de ella para romper el hilo y separar el capullo desechado y la polilla de su mano. El animalito se metió en una de las cajitas de madera, y la mujer se embutió el capullo vacío en la boca. Marra alcanzó a distinguir la lengua bifurcada, y se giró, levemente incómoda.

—Toma tu polilla —dijo la señora del polvo, señalando la blanca que seguía en la bandeja. Marra estiró la mano y tomó a la polilla blanca para liberarla—. Ahora, sopla sobre ella y dile que encuentre lo que tú necesitas.

Marra tenía la sensación cada vez más clara de estar en medio de un sueño, incluso más que cuando se hallaba en la tierra infecta. Sólo el peso sólido y consolador de Perro de hueso sobre su pie la convenció de que todo eso estaba sucediendo en realidad.

Levantó la polilla a la altura de su cara. Estaba cubierta de pelusa y tenía grandes ojos negros.

*No pienses que es un insecto. Piensa que es… que es un ratón. Un ratón que tiene plumas por orejas.*

Sopló sobre el lomo de la polilla.

—Por favor —le susurró—, encuentra lo que necesito para salvar a mi hermana.

Las alas se sacudieron. Por un momento, las líneas negras parecieron reacomodarse, formando letras, palabras, oraciones. Y luego extendió las alas y voló.

La gallina colorada abrió el pico cuando pasó la polilla, pero no alcanzó a tragársela porque la señora del polvo hizo el cayado a un lado.

—¡Qué vergüenza! —reprendió a la gallina, pero ésta no mostró la menor señal de arrepentimiento.

—¿Y ahora qué? —preguntó Marra.

—Ahora, ¡ve tras la polilla!

Se abrieron paso por el mercado de los duendes, por entre el extraño mar de gente. La polilla se mantuvo aleteando un poco por encima de las cabezas, haciéndose a un lado u otro para esquivar cuernos, estandartes y alas.

Pasaron de largo frente a dos pasillos y voltearon por el tercero cuando la multitud que las rodeaba se puso en movimiento. Los visitantes del mercado de los duendes retrocedieron, abriendo un largo camino en medio. La conversación se acalló, no con asombro sino con irritación. Marra recordó la manera en que el gentío se arremolinaba para evitar a un leproso que se anunciaba con una campana.

La mujer que venía por el centro del camino entre la gente se movía con la dignidad de una reina. Marra tuvo la impresión de que era muy alta, aunque, cuando se le acercó, se dio cuenta de que hubiera podido mirarla a los ojos sin inclinar la cabeza hacia arriba. Quizá la sensación de gran estatura era una cosa de la luz.

Porque no es que irradiara luz, no exactamente, pero se movía entre una nube luminosa como polvo que la envolviera. Sus pisadas levantaban partículas brillantes. La luz giraba alrededor de sus pies y la seguía como estela, rehusándose a asentarse en el suelo. En la mano derecha llevaba una mano cercenada. Su muñeca izquierda terminaba en un muñón que no se veía sangrante, simplemente estaba ahí. Las partículas de luz parecían agruparse en sus cercanías, formando dedos fugaces, y luego caían de nuevo al suelo.

—Santa —murmuró alguien detrás de Marra, en tono de disgusto.

Quizás era que Marra y la señora del polvo no habían retrocedido lo suficiente entre la multitud. Tal vez fue sólo la gallina colorada, que se resistía a dejarse intimidar por nadie, soltó un graznido molesto y esponjó las plumas del pescuezo. La santa volvió la cabeza.

Su rostro tenía la misma serenidad de las estatuas del convento. No era Nuestra Señora de los Grajos, de eso Marra estaba casi del todo segura, pero parecía que ambas hubieran podido conocerse. ¿Acaso los santos y santas se comunicaban entre sí? ¿Habría algún lugar en donde se reunían todos para conversar, poniendo los pies en alto, y luego hablar de las debilidades humanas?

Durante un instante, la santa la miró a los ojos, y se asomó en los de ella, sabios y profundos como los de un buen perro.

Las hermanas del convento nunca la prepararon para lo que debe hacerse al estar ante un santo. No se suponía que la situación fuera a presentarse. Marra dobló una rodilla, casi en una genuflexión, y miró a los ojos de la santa.

¿Acaso sus serenos labios se curvaron hacia arriba un tris? Marra no era capaz de decirlo. Le exigió un esfuerzo apartar la mirada. El mundo era oscuro, y parecía estremecerse en los límites de su campo de visión, como si hubiera estado mirando directamente a las llamas. Parpadeó para sacudirse las lágrimas.

La señora del polvo dijo algo que Marra no alcanzó a distinguir y la puso de pie de un tirón mientras el gentío se cerraba tras la santa. La gallina colorada soltó otro graznido.

—¿Adónde fue la polilla? —preguntó Marra. Se frotó los ojos, tratando de despejar la mirada del deslumbramiento que había tenido.

—No sé bien… ¡Allí! ¡Al final del pasillo! —salió corriendo hacia allá. Marra la siguió de cerca. Lo peculiar del mercado parecía ahora menos evidente, tras el paso de la santa, o tal vez la rareza era poco al lado de la gloria.

La polilla dio un giro allá arriba, demasiado cerca de una luz, Marra contuvo la respiración, y luego fue dejándose caer en un puesto de venta. Marra se acercó y vio un trozo de terciopelo sobre el cual había decenas de objetos blancos y pequeños. ¿Joyas? ¿Marfil? ¿Caracolas?

Dientes.

*Pues claro que serían dientes*, le dijo su cabeza, mientras que la piel le hormigueaba amenazando con desprenderse de su cuerpo y salir huyendo. *No tenía por qué ser nada horrible. Sólo dientes. Sí.*

Quien parecía ser el dueño del puesto tenía ojos de un amarillo brillante, como los de una lagartija. Estaba apoyado contra uno de los postes que sostenían el toldo, y miraba a la multitud. Sobre su pecho repiqueteaba suavemente el marfil de un collar hecho enteramente de piezas dentales.

*No puede ser que yo necesite un diente. ¿Dónde se metió la polilla?*

El blanco insecto había ido a posarse en el brazo de un hombre ancho de espaldas, que iba vestido con los andrajos de un jubón y un tabardo. Llevaba un delicado collar plateado, que daba la impresión de estar hecho más de encaje que de metal. Estaba apilando cajas cerca del fondo del puesto, con cara desprovista de expresión.

Marra no sabía qué hacer. ¿Era cosa de ir hacia el hombre y decirle "Perdón, pero parece que lo necesito a usted"? Eso podía malinterpretarse de muchas, muchas maneras. Trató de cruzar una mirada con él, pero él no volteó en su dirección, ni desvió la vista más allá de su trabajo.

La señora del polvo se inclinó para ver los dientes, soltando exclamaciones de apreciación ocasionales. El hombre de los ojos amarillos terminó por acercarse a ella, manteniendo la mirada vigilante en la gallina.

—¿La señora busca algo para comprar?

—Tal vez. Pero no logro ver lo que necesito.

—¿Y qué es lo que necesita?

—No lo sé bien, pero lo sabré en cuanto lo vea —movió con el dedo una muela especialmente grande, del tamaño de un zapato—. Hummm, quizá.

—Es de un cíclope. No va a encontrar una igual.

—La encontraré si busco en la boca de un elefante —lo miró con desconfianza—. No nací ayer, jovencito.

El vendedor ojiamarillo sonrió.

—Bueno, no va usted a culpar a un hombre por tratar de ganarse la vida.

La expresión de la señora del polvo daba a entender que sí podía juzgarlo. Se enderezó, paseando la mirada por el puesto.

—El grandote de allá atrás —dijo, con voz aburrida—. ¿Está sano?

—Lo suficiente. Y lo bastante tonto como para echarse a dormir en un fuerte de hadas. Lo saqué de allí a la fuerza antes de que le pasara algo peor.

—¿Está disponible?

—Podría ser. Aunque no sé por qué lo querría —se recostó de nuevo contra el poste—. Es un asesino. Tenía las manos ensangrentadas cuando lo encontré.

El hombre había dejado su labor y los miraba. Sus ojos se hundían en la sombra y era imposible saber su color.

—¿Para qué lo quiere?

*¿Acaso... acaso están hablando de comprar a ese hombre? No, no puede ser.*

Incluso allí, en el mercado de los duendes donde todas las reglas eran diferentes, uno no debería poder comprar personas. Ni siquiera en el horrible Reino del Norte con su monstruoso nuevo rey se permitía comprar y vender gente. Eso era cosa de bárbaros.

—Diez años —dijo el hombre de los ojos amarillos.

—Ni hablar. No durará diez años.

Marra interrumpió.

—¿Es un peón contratado?

El hombre de los ojos amarillos los puso en blanco.

—Cualquiera que decida dormir en un fuerte de hadas es presa fácil. Lo que uno haga con ellos una vez que los saca del fuerte es asunto suyo... si se los come, o se casa con ellos o los libera... da igual. Éste se encarga de cargar cajas para mí.

El hombre que había dormido en el fuerte de hadas se llevó una mano al collar plateado y lo tocó, como si estuviera arrancándose la costra de una herida.

La señora del polvo miró el collar que el vendedor llevaba al cuello.

—Olvídese de un precio en años. Le ofrezco un diente de monja.

Los ojos amarillos se entrecerraron, y su mirada se aguzó cual aguja.

—¿Un diente de monja?

—Un diente extraído, y no uno que se haya caído —puntualizó la señora del polvo—, ¿qué tal?

—¿En serio? —miró a Marra.

Marra tuvo un mal presagio repentino.

—Yo...

—Acérquese y podrá percibir su olor a convento —sugirió la señora del polvo.

—Pero...

—Calla —le dijo a Marra la señora del polvo, y se volvió hacia el vendedor—: Adelante.

El hombre se aproximó a la joven, con la nariz atenta. A ella le hormigueó la piel.

*¿Uno de mis dientes? ¿Será que me lo va a arrancar de la mandíbula?*

—Sssssssí... —replicó el vendedor, con las fosas nasales tan dilatadas que Marra alcanzó a distinguir un viso rosa en su interior, como las caracolas—. Sí, lo detecto. Una mezcla de fe y paja. Una pizca de rezos de vísperas. ¡Sí! Acepto. Un diente a cambio de ése.

—Un momento —dijo Marra, empezando a darse cuenta de que aquello sucedería de verdad y que estaban comerciando con *sus* dientes—. Esperen… no pueden…

El vendedor volvió la cabeza y gritó:

—¡Hey, Bailadientes! ¡Ven acá!

—La polilla indica que lo necesitamos, a ese hombre —explicó la señora del polvo—. Y una de tus muelas te ha estado molestando, ¿no es verdad?

—Bueno, sí, pero…

—Eso pensé. Se te nota cuando haces gestos al masticar.

—¡Eh! ¡Bailadientes! ¡Ponte en marcha!

—¿Pero le va a pedir a alguien que me saque la muela? ¿Ahora mismo? ¿Sólo porque un bicho fue a posarse en ese hombre? —agitó la mano hacia el hombre que había estado apilando las cajas. Él la miró sin mostrar ninguna emoción. Marra se preguntó si estaría bajo el influjo de algún hechizo, o si ya nada en el mundo le importaba. Y luego vio al Bailadientes que se asomaba tras una cortina, en la parte trasera del puesto, y dejó de pensar en el otro hombre.

El Bailadientes se veía como una cigüeña o una garza, con un pico largo y duro, y un cuello curvo y grácil. Iba vestido con un desharrapado traje negro, y sus plumas se asomaban por los agujeros del traje, y las manos parecían del todo humanas. Cuando volteó la cabeza, Marra vio media cara de hombre por debajo del pico, como si fuera una máscara, aunque sus ojos eran claramente los de una garza o garzón, con el color de monedas recién acuñadas, y estaban situados apartados del pico, como los de un ave.

Ella tragó saliva.

—Ésta —dijo el vendedor. La señora del polvo tomó a Marra por el codo.

—¿Dolerá? —susurró Marra, como si de repente hubiera vuelto a tener seis años, con un diente de leche que le molestara.

—No —contestó el Bailadientes con voz gentil. Sonaba como un amigo, y no como un monstruo con una máscara viviente—. Conozco bien mi trabajo —le dio unos toquecitos en la barbilla con un dedo chato—. Abra, por favor.

Marra abrió la boca y cerró los ojos. Era el colmo del absurdo, y no quería que le sacaran la muela, tal como no había querido a los seis años, pero sabía que tenía que hacerlo, porque así es la vida cuando un diente o muela se pudre. Uno abre la boca y...

Sintió algo presionando contra sus labios. Abrió los ojos, y se dio cuenta de que el Bailadientes le había metido el pico en la boca. Rápidamente hizo lo que pudo para cerrarlos.

*Tap, tap, tap...* el pico daba un golpecito en cada diente, con una delicadeza asombrosa, la punta mucho más fina de lo que parecía.

*Ay, dioses del cielo. Virgen de los Grajos... ¡esto no puede estar sucediendo!*

*Tap... tap.*

La señora del polvo le sujetaba el codo con firmeza. No le aconsejó a Marra que se relajara, y fue mejor así porque estaba más bien al borde de empezar a soltar alaridos.

*Tap-ta-tap-tap.*

El Bailadientes había encontrado la muela picada. Una de abajo, en el lado derecho. Le había estado dando punzadas de dolor a veces, al masticar, y por eso había empezado a usar más las muelas del otro lado, para prevenir un golpe de dolor lacerante en la mandíbula.

El pico se retiró. Marra cerró la boca de golpe, respirando pesadamente por la nariz. Tentó con la lengua, frenéticamente, y notó que la muela problemática seguía allí.

*A lo mejor es algo de magia, y tal vez me quita una especie de muela espectral, y todo va a estar bien...*

El Bailadientes sacó un silbato del bolsillo de su abrigo y empezó a tocar una tonadita alegre, con los labios humanos que Marra había visto antes. Se preguntó si el pico se abriría o no, y luego dejó de pensar porque sus dientes empezaron a bailar.

Se meneaban en su boca como si tuvieran vida. Chilló, pero no de dolor sino de pánico, la boca llena de huesos que se agitaban, como si estuviera en una de esas pesadillas en las que se le caían todos los dientes a la vez. Era como mascar y estrujar y mover un diente flojo, pero todos, unos contra otros, al compás de la tonadita del silbato.

Probó a atenazar las mandíbulas con fuerza, con la esperanza de aquietar la horrible danza, pero fue peor, mucho peor, todos los dientes golpeteaban unos contra otros, y le llenaban la cabeza con una especie de cascabeleo.

*¡Ay, dios, dios, no, no NO!*

Si la mayoría de los dientes se habían puesto a bailar, la muela podrida saltaba y pataleaba. Se sentía como si embistiera contra el lado interno de la mejilla y el resto de los dientes, como un pájaro contra una ventana, *bam, bam, bam.*

El Bailadientes se acercó inclinándose más hacia ella y tocó la tonada más rápido. Marra quería gritar para negarse, pero si abría la boca, todos los dientes saltarían fuera. Por dios, que esto era peor que cualquier cosa, peor que la tierra infecta, que estaba fuera de ella, porque esto estaba dentro, bajo su piel y dentro de su cara...

Con una sensación explosiva, la muela picada se liberó de la mandíbula. Aterrizó su lengua, rebotando cual insecto, y empezó a golpetear contra los labios, desde adentro. Marra gimió al sentir esa especie de cosa viviente, dura y moviéndose libre por el interior de su boca. Trató de escupir desesperada.

El Bailadientes dejó el silbato, se inclinó, y tomó diestramente con su pico la muela que reposaba sobre su lengua. Se dio la vuelta y la dejó caer, húmeda y brillante, en la palma de la mano del vendedor de dientes.

Después se inclinó cortésmente ante Marra, le dio una palmadita en el brazo y se alejó.

Marra cruzó los brazos por encima de sus costillas y cayó al suelo, jadeando. No le había dolido. Hubiera preferido que le doliera. Hubiera preferido jamás haber sentido que todos los dientes le bailaban y se le desprendían de las encías. Titubeando, llevó la lengua hasta el lugar que había dejado la muela, y percibió un regusto a sangre.

—Oh dios —dijo, con voz ronca.

Pensó que iba a romper a llorar, pero eso implicaría mostrar una debilidad ante todo el mercado de los duendes. Hasta donde sabía, bien podía existir una criatura que le extrajera las lágrimas del cráneo tal como acababa de suceder con su muela, para luego venderlas. Cerró los ojos con fuerza y pensó desesperada en la fosa de huesos, sus manos llenas de alambres, hilo de plata enrollado sobre hilo de plata, armando a Perro de hueso, construyendo la calma.

Un brazo la rodeó, tibio y macizo. ¿La señora del polvo? No, seguramente no. Entonces, ¿quién?

Durante un momento, sin pensarlo bien, creyó que era el Bailadientes, con su voz gentil, y una sensación de horror repentina la hizo abrir los ojos.

La polilla blanca se distinguía a duras penas en el hombro de él, arrodillado a su lado, con el brazo que la rodeaba, los músculos de su mandíbula tensos bajo la línea donde comenzaba la sombra azulada de la barba dura.

—Suficiente —le dijo al vendedor, o a la señora del polvo, o a ambos—. Ya basta. Yo no lo valgo.

—Lo hecho, hecho está —dijo el dueño del puesto, lamiendo la muela de Marra—. Ya no se puede deshacer.

Perro de hueso se había dado cuenta de que algo andaba mal, y trataba de llegar hasta ella. El hombre por el cual ella había entregado una muela se dio media vuelta, interponiendo su cuerpo entre ella y el perro. *No, no, no hay problema; él no lo sabe...* Perro de hueso debía de darle la impresión de ser un monstruo, en este lugar lleno de monstruos.

—No hay problema —dijo ella, contra el hombro de él—. El perro es mío. Mi amigo.

No supo si había hablado lo suficientemente alto, pero él debió haber oído. Se movió, sin dejar de rodearla con el brazo, y Perro de hueso saltó hacia ella, para lamerle la cara con una lengua inexistente. Sintió el rasqueteo de hueso y garras de alambre en la rodilla, a través de la ropa, y respiró hondo:

—Está bien, chiquito. Estoy bien.

—Toma —dijo la señora del polvo, y le entregó un minúsculo cuadrado de tela—. Apósito de telaraña de tabaco. Póntelo en el hueco de la muela, y eso evitará que se infecte.

Marra se embutió el cuadradito en el espacio que había quedado en su dentadura, y asintió.

—¿Mejor? —preguntó el hombretón que seguía sosteniéndola. Habló en voz baja, casi entre dientes. A lo mejor él también había aprendido a no mostrar sus puntos débiles.

—Mejor —contestó ella.

Él se puso en pie y le ayudó a ella a levantarse. El vigor de su brazo, entrelazado de músculos y tendones, la alzó sin esfuerzo, y aunque en otras circunstancias podría haber sido alarmante, en el mercado de los duendes resultaba bienvenido.

—¿Quieren el collar? —preguntó el hombre de los ojos amarillos.

La señora del polvo resopló con arrogancia.

—Quíteselo.

—Como usted quiera —estiró la mano hasta el cuello del hombre, y Marra vio que no hacía ningún intento por esquivarlo, y se preguntó cuánto le costaría mantenerse inmóvil. El hombre de los ojos amarillos engarzó la uña del pulgar en el collar y tiró de él tres veces, hasta que se reventó, deshaciéndose en telarañas y polvo.

El hombre tomó aire con fuerza. El de los ojos amarillos les dijo:

—Ahora el problema es de ustedes —y se volvió hacia sus mercancías, jugueteando con la muela de Marra.

La señora del polvo se alejó y giró en la primera esquina. El hombre esperó a que Marra se moviera antes de seguirla. Sus ojos se veían cafés en la cambiante luz del mercado, pero aún había sombras en ellos.

—Bien —dijo la señora del polvo—. Más tarde hablaremos, joven. Camina a nuestro lado, sin quedarte atrás, y te sacaremos de aquí en unos momentos.

—¿Ustedes son humanas? —preguntó, mirando a la señora del polvo y luego a Marra.

Marra asintió. La señora del polvo se encogió de hombros.

—Mis padres lo eran, en todo caso. ¿Puedes salir caminando de aquí por tus propios medios?

Él tragó en seco.

—Sí —fue lo único que dijo.

—Una cosa más que nos hace falta —añadió la señora del polvo, dando unas palmaditas sobre el cráneo de Perro de hueso—, y luego nos podemos ir.

—Otro diente no —agregó Marra con voz ronca. La señora del polvo se encogió de hombros.

Se abrió paso entre la muchedumbre, con una mano en el collar de Perro de hueso. Marra se apresuró a seguirla.

—¿Puedo ofrecerle mi brazo? —preguntó el hombre.

Marra parpadeó mirándolo. Le pareció que lo formal del gesto venía de un mundo remoto, un mundo en el cual ella era una princesa y no una monja. ¿Acaso pensaba que necesitaba su apoyo?

*Acabas de desplomarte ante sus ojos.*

Y después se le ocurrió que él había sido un prisionero en el mercado de los duendes mientras ella se movía libre. Quizás él trataba de asegurarse de que nadie iba a someterlo de nuevo.

—Por supuesto —contestó, deslizando su mano para enganchar el brazo doblado, y tiró de él para ir tras la señora del polvo.

La mujer se devolvió por uno de los pasillos que habían recorrido, y se detuvo ante un puesto que parecía estar dividido en dos. Una mitad crujía ante el peso de oro y piedras preciosas, apiladas, derramándose por encima de un mantel de seda. Un ave con plumas de fuego los miraba, desde una jaula cuyos barrotes brillaban como la luna.

La otra mitad de la mesa pasaba casi desapercibida a la mirada. Guijarros de río y hojas secas, sobre un costal viejo. También había un ave enjaulada, un pinzón de plumaje gris. Mientras Marra lo observaba, el pájaro abrió su pico y gorjeó dos notas breves y trémulas, y luego picoteó unas de las semillas dispersas en el fondo de su jaula.

Miró el fénix enjaulado sobre el montón de tesoros, y luego al pinzón, y el costal con los guijarros, y empezó a entender qué clase de cosas vendían en ese puesto.

—Necesito un glamur —dijo la señora del polvo. Tomó un guijarro y lo puso en el montón de tesoros. Se transformó, mostrando facetas y aristas, destellando cual rubí bajo sus manos. Tomó una moneda de oro con la efigie de un rey antiguo, y la pasó al otro lado de la mesa, donde se convirtió en una hoja seca cuyos bordes se iban convirtiendo en polvo.

La persona tras el puesto asintió. Su apariencia cambiaba por momentos: entre vieja y joven, alta y baja, masculina y femenina, ninguna de las dos, ambas.

—¿Qué es lo que usted quiere disimular?

La señora del polvo chasqueó la lengua hacia Perro de hueso, y de un jalón lo acercó al frente.

—Bonito trabajo —comentó el vendedor de glamures, saliendo de detrás de la mesa. Su apariencia se asentó de cierta forma, para verse como una persona cualquiera con enormes orejas de asno—. ¿Obra suya?

—Mía —aclaró Marra.

Las orejas del vendedor de glamures giraron en dirección a ella, y el personaje asintió.

—¿Qué es lo que busca?

—Vista y tacto —explicó la señora del polvo—, para que la gente alrededor no se dé cuenta de que su perro está bastante escaso de carnes —se interrumpió un momento—. ¿Imagino que el sonido es costoso?

—El sonido es costoso —afirmó el vendedor—. Las personas esperan ver o tocar ciertas cosas. Su mente hace la mitad del trabajo. Para jugar con la audición es necesario convencer al mundo entero, o si no, los ecos y resonancias no se proyectan adecuadamente. Y no me pida algo que también engañe a los ojos de los perros. Hago bien mi trabajo, pero no obro milagros.

—Si sirve para engañar a los humanos que lo vean, ya es bastante —dijo la señora del polvo—. ¿Cuánto me costará?

Las largas orejas grises se agitaron.

—¿Su demonio está a la venta?

Todos miraron a la gallina colorada, que soltó un cacareo con la misma entonación que la hermana apotecaria hubiera utilizado para anunciar la muerte de alguien.

—No —contestó la señora del polvo—. Es la mejor de mis ponedoras. Pero podría ofrecerle un huevo de demonio, en cambio.

—Trato hecho —dijo el vendedor de glamures. La señora del polvo buscó el huevo del día en su bolsillo, y el vendedor volvió tras la mesa y empezó a revolver el contenido de una canasta. A Marra le pareció que estaba llena de cachivaches inservibles, pero lo mismo le sucedía con lo que había en los bolsillos de la señora del polvo. Tanteó con la lengua el hueco en su mandíbula y encontró que ya no sangraba y que el cuadradito acolchado se había encajado en el lugar de la muela como si siempre hubiera estado allí.

El hombre a su lado tenía la actitud de un guardia de palacio. La misma postura erguida, el mismo aire vigilante. Marra quiso preguntarle cómo era que había terminado prisionero en el mercado de los duendes y qué era un fuerte de las hadas, pero seguramente ése no era el momento adecuado, ahora que estaban rodeados de criaturas atentas a cualquier indicio de debilidad... Llevó la punta de la lengua nuevamente al hueco.

El vendedor de glamures tomó un ovillo de cordel y un puñado de caracolas y empezó a tomarle medidas a Perro de hueso, mientras murmuraba.

—¿Se siente usted bien? —le preguntó Marra en voz baja al hombre cuando ya no se pudo aguantar.

Él la miro desde su alta estatura.

—No lo sé. ¿Tienen planeado matarme? —preguntó. Parecía que él estuviera comentando el estado del tiempo.

—¡No! Necesito su ayuda, y yo no... —se le ocurrió de repente que asesinar a un príncipe era algo muy peligroso, y que quizá la polilla se había posado en este hombre porque alguien iba a terminar muriendo, y eso era lo que ella necesitaba, a fin de cuentas. *¡Por todos los dioses! Eso no puede ser, ¿o sí?*—. Es que... no sé si yo... yo... —lo miró desde abajo, pues se había quedado sin palabras y deseaba desde el fondo de su corazón no haber empezado a hablar.

Una de las comisuras de los labios del hombre se curvó hacia arriba, muy levemente. Marra lo miró pensativa, intrigada porque alguien pudiera mantener cierto sentido del humor en un lugar tan aterrador. Él inclinó la cabeza hacia ella.

—Éste no es el momento ni el lugar —murmuró—. Podemos hablar de todo eso después.

—Muy bien —contestó ella entre dientes—. Cierto, sí.

—Cordel y caracolas, alambre y huesos —canturreó el vendedor de glamures, más bien para sí mismo, mientras sus orejas se agitaban y giraban—. ¡Ya está! —el cordel pasó de ser una red rala para verse como una malla más tupida, y luego la pusieron sobre Perro de hueso, que dio brinquitos como si le estuvieran ofreciendo un bocado apetitoso.

El glamur se acomodó sobre el esqueleto, dejando un olor a polvo quemado. Marra vislumbró los contornos de la carne, un sombreado de pelaje, y entonces Perro de hueso se sacudió, y se vio como un enorme perro gris con una cabeza que se asemejaba a un ariete demoledor y un manchón blanco en el pecho. La cola seguía siendo delgada cual látigo, huesuda, pero ahora estaba cubierta de piel. Tenía unos carrillos inmensos, y, al levantar la cabeza para mirar a Marra, se arrugaron formando una sonrisa gigantesca.

—Ay, Perro de hueso —dijo. El perro le lamió una mano, y ella pudo sentir la lengua, no del todo pero más tangible que antes.

—Ya basta de este lugar —exclamó la señora del polvo—. ¿Tienen todos sus almas consigo todavía? ¿Su sombra aún los sigue de cerca? Entonces, vámonos antes de que algo de eso cambie.

Subieron la escalinata muy despacio. Parecía mucho más larga al subir que cuando habían bajado por ella. Tal vez así eran las cosas en el mundo de las hadas. El hombre por el cual ella había pagado un rescate, el hombre que necesitaba, tenía su brazo enganchado en el de ella. Se apoyaban uno en otro, hombro contra hombro, dos humanos en un lugar al cual los humanos jamás debían acudir. Cuando Marra miró en su dirección, a la enfermiza luz de las luciérnagas, notó un terror plateado en sus ojos, controlado pero muy presente. Perro de hueso caminaba a su lado, y la mano de Marra sujetaba el collar de soga. Percibía la ilusión de pelaje contra sus dedos, y sólo en los instantes en que no la sentía, tenía la sensación fugaz de los huesos.

El cuadrado al final de la escalinata se veía de un azul profundo en lugar de negro. Se acercaba con cada paso, atravesado por la silueta oscura de la señora del polvo. Empezaron a distinguirse las estrellas en el cuadrado azul, pero los bordes parecían temblorosos, como si hubiera una sombra por encima de todo que no debía encontrarse allí.

*Hay algo acechándonos al final*, pensó Marra. *¿Cuántos de mis dientes costará que nos deje pasar? ¿Cuántos años de mi vida por la vía libre?*, soltó un suspiro largo y trémulo, y el hombre a su lado casi la cargó hasta el siguiente escalón, hasta que ella encontró de nuevo su impulso.

*Será lo que tenga que ser.*

Había algo al final. Marra nunca supo qué era. La señora del polvo llegó a la salida primero, y una sombra retrocedió, pero la gallina colorada echó la cabeza hacia atrás y cantó como un gallo al amanecer.

La sombra huyó. La gallina se calmó, con un cacareo de indignación.

—Lo sé —le dijo la señora del polvo para consolarla—, lo sé. Cantar así siempre es una vergüenza para una dama.

La gallina soltó una especie de graznido grave, esponjando las plumas del pescuezo.

Salieron, tambaleándose, a la luz de las estrellas. El hombre al lado de Marra jadeó al verse al aire libre como si nunca antes hubiera respirado de verdad.

—Estoy libre —dijo—. ¿Estoy libre de ese lugar?

—Casi —contestó la señora del polvo—. Aún no. Tenemos un pie en el otro mundo y más vale no demorarnos —los condujo por la orilla del río hacia la raíz del árbol. El hombre iba aferrado al codo de Marra, y ella no sabía si sentirse atrapada o alegrarse por ese contacto.

146

El muchacho ahogado estaba aguardándolos al otro lado del arco de raíces, hundido en el agua hasta la barbilla. Los increpó con unos gorgoteos y la señora del polvo soltó una exclamación irritada y le hizo un gesto fugaz y cortante, respaldado por magia. El muchacho ahogado se hundió en el agua y se alejó nadando como una nutria.

—Ahora —dijo la señora del polvo inclinando su cayado—. Ahora ya hemos regresado. Ahora ya eres libre.

# Capítulo 9

—Fenris —dijo el hombre. Iba a decir algo más, a añadir un apellido o un rango, tal vez, pero se interrumpió. En lugar de eso, repitió—: Fenris.

—Marra.

—Fenris —siguió la señora del polvo. Resopló, mirando a Marra—. Entonces... te construiste un perro y encontraste un lobo. Si llega a aparecer una zorra que diga que te busca, tendremos un cuento de hadas como debe ser, y yo empezaré a preocuparme.

—¿Por qué? —preguntó Marra—. Si en verdad estoy en un cuento de hadas, puede ser que tenga probabilidades de salir bien de todo esto.

—Los cuentos de hadas no tratan nada bien a los que no son los personajes principales —contestó la señora del polvo pesadamente—. En especial a las ancianas. Yo preferiría no tener que bailar con unas zapatillas de hierro hasta el momento de mi muerte, si no te importa.

—Tal vez usted sea el personaje de la zorra —dijo Marra.

—¡Ja! —la señora del polvo rio con una carcajada que sonaba un poco como ladrido de zorro—. ¡Me lo merecía!

—¿Tiene usted un nombre, ama de los zorros? —preguntó Fenris. Marra no podía saber si la conversación lo divertía o lo irritaba.

—Sí, lo tengo —contestó la anciana.

El silencio se prolongó. Marra pellizcó una hilacha de ortiga de su capa, esperando.

Si lo que hubo en esos momentos fue una guerra entre voluntades, la señora del polvo salió vencedora. La carcajada de Fenris no se diferenció mucho de la de la anciana... el sonido breve y cargado de crítica hacia sí mismo, de un hombre que aún podía reconocer el absurdo.

—Y, entonces, ¿cómo quiere que la llame, señora?

—"Señora" funcionará muy bien. Soy una señora del polvo.

—¡Ah! —asintió él—. ¿Una de las que viven entre los muertos? No existen en mi país, pero escuchamos de ellas.

El silencio se hizo palpable de nuevo. Marra se preguntó qué estaría pensando él, y qué impresión tendría de ellas.

*Una monja tímida y una mujer que convive con los muertos. Creo que yo no sé qué pensar de nosotras...*

"Es un asesino", le había dicho el hombre de los ojos amarillos. La idea era alarmante. Fenris era lo suficiente grande como para partirla en dos nada más con sus manos, y por más imponente que fuera la señora del polvo, lo cierto es que en el fondo no era más que una mujer de edad con una gallina. ¿Acaso él pensaba que todavía era un prisionero? Habían pagado un precio por él al vendedor de dientes, ¿cierto? Ella había insinuado algo sobre necesitarlo, en el mercado. Si decidía escapar a este supuesto cautiverio, la única defensa de la anciana y Marra era un perro que en ese momento estaba brincando y salpicando gozoso en el agua.

—No tiene que permanecer con nosotras —le dijo.

Fenris la miró, con ojos inescrutables.

—¿Perdón?

—Quiero decir… —*No, no vayas a explicarle lo de la polilla, porque es demasiado enrevesado y suena a disparate si lo dices en voz alta*—, hubo una especie de sortilegio que nos llevó hacia algo que necesitábamos. Y lo señaló a usted. Pero ya no es un prisionero.

—¿Un sortilegio les señaló que me necesitaban a mí? —ahora sonreía, pero era una sonrisa igual a su carcajada, no provocada por el buen humor sino por la incredulidad con respecto al mundo en general.

—No saques conclusiones apresuradas —atajó la señora del polvo—. Podría ser que nuestra suerte esté en el interior de un frasco y necesitamos a alguien que le quite la tapa.

Su risa ahora sí reflejaba humor genuino, y eso sorprendió al propio Fenris, y también a Marra.

—¿Tenemos tiempo para que me lave? —preguntó, cuando se alejaban del río—. Hace mucho que…

La señora del polvo negó.

—Aquí no. Los muertos están inquietos y pasarán uno o dos días antes de que se calmen. Te buscaremos un estanque en el que nadie haya perdido la vida ahogado.

—Bien. Me gustaría no perder la vida ahogado.

La búsqueda les tomó cosa de media hora. Aunque a Marra le parecía que durante la visita al mercado de los duendes había transcurrido una eternidad, la luna escasamente había avanzado en el cielo. Derramaba una blanca claridad sobre un estanque para ganado. Varias vacas dormían al otro lado de una cerca, siluetas negras en el pasto iluminado por la luna.

—¿Cómo fue que terminó en el mercado de los duendes? —preguntó Marra, mientras Fenris se sentaba en la orilla del estanque y desataba las botas.

—Me porté como un tonto —dijo él—. Dormí en un fuerte de hadas. Sabía que no debía hacerlo, pero... —desvió la mirada.

—¿Qué es un fuerte de hadas? —preguntó Marra.

—Un círculo en la tierra. En los bordes del círculo crecen los árboles, pero el centro está despejado de vegetación. Dicen que son ruinas, ruinas de pueblos desaparecidos. Moradas de los ocultos. Sitios misteriosos. No debí meterme allí.

—Estabas huyendo de algo —dijo la señora del polvo tajantemente—, o tratabas de matarte pero no tenías el temple de empuñar tu propio cuchillo. Eres de Hardack, o eso parece por tu acento, y ningún hombre de esa comarca dormiría en un fuerte de hadas, ni siquiera porque estuviera completamente ebrio y con ambas piernas rotas.

Los labios de Fenris se estremecieron. Inclinó la cabeza hacia la señora del polvo.

—Tal como usted lo dice.

—¿Y bien? —la anciana se dejó caer al suelo. La gallina colorada miró amenazante a Fenris—. ¿Cuál de esas razones fue el motivo?

—Ambas —contestó él. Se frotó la frente—. Yo soy... era... un caballero. En Hardack, tal como usted dice. Estaba al servicio de los Padres, de ningún clan en particular. Los Padres gobiernan los clanes, pero su poder no es absoluto. Quienes están a su servicio ofician como diplomáticos y también como fuerzas del orden.

—¿Y? —preguntó la señora del polvo, inclemente.

—Y yo me comporté como un idiota —lo dijo sin ninguna entonación particular, sin culparse; sencillamente estableciendo un hecho—. No me di cuenta de lo que sucedía en mis propias narices y llegó el día en que tuve que matar a un hombre por eso. Al jefe de un clan.

Marra aguzó las orejas, muy atenta de repente. ¿Acaso un jefe de clan estaba tan bien protegido como un príncipe?

—No había nada que yo pudiera hacer, en el ámbito de la ley —dijo Fenris—. La palabra de un jefe es ley en su clan. Los Padres podían censurar al jefe, pero no mucho más. Así que yo podía dejarlo seguir con las manos ensangrentadas, o vérmelas yo con la justicia, con mis propias manos teñidas de sangre —se encogió de hombros—. Maté a tres hombres que no habían cometido más crimen que defender a su señor, y asesiné al jefe, y dejé mi espada sobre su cadáver para que todos supieran quién lo había matado. Y luego me alejé y pasé la noche en un fuerte de hadas.

—*Deliberadamente* —comentó la señora del polvo pensativa—. Querías morir, pero no a manos de otro ser humano.

Fenris cruzó una mirada fugaz e incómoda con ella.

—Por más que digamos que servimos a los Padres, todo el mundo sabe de qué clan provenimos originalmente. Soy un criminal, pero cualquiera que me matara se convertiría en enemigo de mi clan. Por el contrario, si me dejaban con vida, entonces el clan del jefe al que yo asesiné sufriría la humillación mientras yo siguiera vivo —arrojó un guijarro al agua—. No era culpa del clan entero que su jefe fuera un monstruo. Habían sufrido bajo su mando mucho más que el resto de nosotros.

—Y los hombres de Hardack consideran que el suicidio es una vergüenza —explicó la señora del polvo.

Fenris se encogió de hombros.

—No es que mi honor valga mucho para mí, pero morir por mi propia mano sería admitir que lo que hice estaba mal —suspiró, y algo de emoción se dejó oír al fin en su voz. Sonaba a agotamiento—. Así que aquí estoy. Pasé mucho tiempo en el mercado de los duendes y me siento muy muy cansado.

Marra miró hacia el estanque. Fenris había pedido algo de privacidad para bañarse. Ella se preguntó si en realidad lo estaba haciendo, o si más bien había huido por el bosque, para poner entre él y ellas la mayor distancia posible.

*No le puse correa al Perro de hueso, y volvió conmigo.*

Frotó el cráneo de Perro de hueso, y sintió el pelaje fantasmal bajo los dedos, al apretarlos contra el glamur.

—¡Qué historia más triste! —dijo al fin en voz alta—. Pobre hombre.

—Si es cierta, tienes razón —contestó la señora del polvo.

—¿No le cree?

—Hummm —la señora se encogió de hombros—. No da la impresión de ser un mentiroso, pero eso sólo quiere decir que él cree en lo que dice. Imagino que la mayor parte es verdad, más o menos. Aunque hay hombres que matan a un rival y luego se convencen de que lo hicieron por motivos nobles —entrelazó los dedos por detrás de su cabeza, tendiéndose en su esterilla—. Todos hacemos de nuestros pecados una historia. A veces para restarles importancia, a veces para calificarlos de imperdonables. En realidad, depende de la persona. A este muchacho lo veo más como un mártir que como un defensor de sus propios actos, pero una nunca sabe.

—¿Cree que trate de huir?

La señora del polvo se encogió de hombros otra vez.

—Si reaparece esta noche, lo dudo. Pero si tiene dos dedos de frente, aprovechará su libertad y no lo volveremos a ver.

Marra se mordió el labio.

—La polilla indicó que lo necesitábamos.

—Lo necesitábamos en ese momento, sí —la señora del polvo ladeó la cabeza—. Es posible que ya haya hecho lo que necesitábamos que hiciera.

—¿Qué? —Marra frunció el entrecejo—. ¡Pero si eso fue hace apenas una hora!

—Sí, y puede ser que nos hubieran atacado en el mercado de los duendes si no hubiéramos tenido ese guardaespaldas de gran tamaño a nuestro lado, y con eso cumplió su propósito.

Marra parpadeó.

—¿Cree... que... que eso sea probable?

La señora del polvo se encogió de hombros una vez más.

—Pero si no, ¡todavía lo necesitamos!

—Claro. Pero el hecho de que necesites a alguien no quiere decir que esa persona esté en la obligación de concederte algo. Él puede irse y ver qué le sucede en cualquier otro lugar.

—No me he ido —dijo Fenris desde las sombras. Marra se sobresaltó. ¿Cómo era posible que un hombre caminara sin hacer ningún ruido? ¿Qué tanto habría alcanzado a oír?

Levantó la vista, y vio a Fenris salir de entre las sombras, con paso lento y pesado, como un caballo de tiro.

—Tal vez no tengo dos dedos de frente, señora —siguió. De nuevo esa sonrisa de desconcierto. Dirigió su mirada a Marra—. En mi tierra, pagamos por liberar prisioneros a menudo, pero casi siempre lo hacemos con oro. Usted me liberó con hueso y sangre propia. El poco honor que me quedaba es suyo y, si puedo servirles, con gusto habré de hacerlo.

El desayuno a la mañana siguiente fue pan duro y ni siquiera un tercio de huevo para cada quien. Fenris devoró su porción en tres bocados pero no se quejó por lo escaso de las raciones. Marra pensó en cómo iban a alimentarse todos de camino al Reino del Norte.

Al principio, Fenris caminaba mucho más aprisa que cualquiera de ellas, unas zancadas que reducían la distancia y que probablemente lo llevarían al Reino del Norte antes de que Marra y la señora del polvo hubieran podido llegar a la frontera del Reino del Sur. Tuvo que detenerse varias veces y ajustar su marcha, casi como disculpándose.

La propia Marra se veía en un momento difícil. Se había acostumbrado a esconderse de los otros viajeros, para asegurarse de que Perro de hueso quedara fuera de la vista. La primera vez que una carreta de granja les dio alcance, tomó al perro por el collar y prácticamente se arrojó a un seto de arbustos.

El granjero que conducía la carreta los miró fijamente, aunque no reparó en Perro de hueso. En lugar de eso, le llamó la atención la gallina colorada posada en el cayado de la anciana y sonrió desmesuradamente.

—¿Cómo le enseñó a hacer eso? —gritó.

—Nada le enseñé —respondió la señora del polvo—. No conseguí evitar que lo hiciera —el granjero se rio a carcajadas, llevándose la mano al sombrero, y siguió adelante, mientras Marra trataba de sosegar su corazón desbocado.

—Así de fácil —murmuró Fenris.

Marra estuvo a punto de reaccionar irritada, pero luego volvió la mirada hacia él y se dio cuenta de que no era sencillo saber si lo había dicho para sí mismo, o si lo comentaba con ella.

*¿Cuánto tiempo había pasado él en el mercado de los duendes? ¿Esto de ahora le resultaba raro también?*

Le dio vueltas en su cabeza a estas preguntas durante unos instantes, y luego terminó por pronunciarlas.

—Demasiado —Fenris miró hacia arriba, al cielo, que había perdido los matices grises y dorados del amanecer y se iba volviendo azul—. Era difícil seguir el paso de los días. Dicen que quienes se meten en un fuerte de hadas bailan allí durante una noche, y al salir se dan cuenta de que han transcurrido años. No sé si eso será verdad. No sé si el mercado de los duendes siempre está abierto. Me parecía que yo siempre estuve en el puesto, pero a veces me dormía y tenía la impresión de que había pasado mucho, mucho tiempo. Y a veces... a veces era diferente.

—¿A qué te refieres con eso de *diferente*? —preguntó la señora del polvo sin rodeos.

—Más frío. Más oscuro... Diferente... por las cosas que veía.

—¿Cosas? ¿Te refieres a personas? —siguió la señora del polvo.

—Quiero decir que cuando el que me capturó vendió un diente, la cosa a la cual se lo vendió parecía una mujer, hasta el momento en que lo mordió y lo partió en dos, como si fuera una manzana —su voz era serena, y no miraba a ninguna de las dos al hablar—. Y luego saltó y arremetió contra la primera persona que pasó y la dejó muerta en el piso del mercado. Y ese insensible de ojos amarillos sólo se quejó del desorden que había hecho y llamó a alguien para que se llevara el cuerpo a rastras.

Por primera vez desde que Marra podía recordar, la señora del polvo se vio levemente avergonzada.

—Ah, la sombra de la luna. En esas noches, el mercado de duendes se pone peor que nunca —fue lo que la anciana dijo.

—¡Qué tristeza! —añadió Marra.

Fenris la miró. Sus ojos se veían fríos e indiferentes, pero se obligó a esbozar una leve sonrisa.

—A mí también me entristecía. Me daba tristeza la situación de todos nosotros. Éramos unos cuantos humanos allá, creo, trabajando en otros puestos. No es fácil saber cuántos. Nos saludábamos con un gesto, pero no teníamos ocasión de hablar —tomó aire y enderezó la espalda—. Bueno. Supongo que si eso fue durante la sombra de la luna, debí estar allá unos tres meses. Hubiera calculado más bien que eran unas cuantas semanas. Los días se me hacían muy largos, pero no tanto.

—¿Y qué hacía usted allá? —preguntó Marra.

Fenris se encogió de hombros.

—Pensaba, más que nada. Le daba vueltas a todas las maneras en que había fracasado, y a todos los momentos en que hubiera podido desviarme de ese camino que tomé. Pensaba en escapar —sacudió la cabeza—. No podía hablar con nadie más que con el Bailadientes, que no era mala persona, a pesar de su apariencia. Pero era un lugar cruel —exhaló lentamente por la nariz—. Y yo, que soy un completo egoísta, sólo podía pensar en huir. Tal vez debí haberles dicho a ustedes que se llevaran a otro en mi lugar. Merecía permanecer en cautiverio.

—Eres el que necesitamos. O quien la polilla indicó que necesitábamos.

Se encogió de hombros de nuevo.

—Quizá cuando todo esto llegue a su fin —dijo Marra sin pensarlo mucho—. Tal vez podríamos volver, y buscar a los demás.

La mirada que él le lanzó fue de asombro.

—Entonces, ¿sacrificaría un diente por cada uno de ellos?

La piel le hormigueó de sólo pensarlo... pero ¿qué era un diente comparado con una vida?

—Si no hay otra solución.

El silencio se prolongó más de la cuenta, y luego él le tendió la mano, no para tomarla sino para estrecharla y sellar lo dicho. Eso hizo Marra. Sintió los dedos de él, callosos contra su piel.

—Entonces —dijo Fenris—, ahora que nos hemos comprometido en nuestras respectivas empresas desesperadas, ¿puedo preguntar hacia dónde vamos para llevar a cabo la suya?

—Al Reino del Norte —contestó Marra.

—Nunca he estado allí —dijo Fenris—. Deberá advertirme si hay alguna costumbre que yo desconozca que pueda meternos en dificultades.

—No creo que haya ninguna —respondió Marra. Rebuscó en su memoria, tratando de pensar en algo útil—. Pero no sé si yo sería la persona para saberlo. Me crie cerca de ese reino, así que mi gente haría algo parecido, imagino. Hummm... no vayas a golpearle la cara con un guante a nadie, ¿tal vez?

La expresión de Fenris fue indescriptible.

—¿Acaso eso es algo que su gente hace a menudo?

—No, a menos que quieran batirse en un duelo. Cosa que nosotros no queremos. Quiero decir, que yo no quiero.

—Podría ahorrarnos mucho tiempo —dijo la señora del polvo—. Lo mandamos a batirse en duelo con el príncipe y acabamos de una buena vez.

Marra sopesó la idea. Fenris era un poco mayor que el príncipe, pero mucho más grande en tamaño. ¿Eso importaría?

—Hummm...

—Un príncipe, ¿ajá? —Fenris la miró en busca de aprobación—. ¿Y lo quiere muerto?

—¿Hay algún inconveniente al respecto?

*¿Qué tal que huya y vaya a contarle al príncipe? No, no mencionamos su nombre, y éste jamás ha estado en el Reino del Norte. No puede saber que es Vorling. Además, Vorling es el rey ahora...*

—¿Y merece la muerte? —preguntó Fenris, como si estuvieran hablando del clima.

—Bien merecida.

—Entonces, no hay ningún inconveniente. Pero ¿los gobernantes de su pueblo aceptan que los rete a duelo un desconocido cualquiera?

—No... —contestó Marra. Por supuesto que las cosas no serían tan sencillas—. Estoy completamente segura de que no lo permitirían.

—Muy bien. Sería una manera absurda de escoger a los gobernantes, incluso si nos dificulta las cosas a nosotros.

—Es algo permitido en Hardack, si mal no recuerdo —dijo la señora del polvo.

—Así es —comentó Fenris—. Aunque allá también es una manera absurda. Resulta uno, por un lado, con un hombre competente, respetuoso de la ley, que conoce por su nombre a todos sus vasallos, que sabe encontrar el equilibrio entre las necesidades del clan y las de sus individuos... y luego llega una bestia cuya única habilidad es blandir un hacha. Y bien puede suceder que sale vencedor el hombre del hacha, y somete bajo el yugo a todo el clan hasta que alguien logra que los Padres vayan a resolver el asunto, y la mitad de las veces no logran hacer nada.

—Empiezo a sospechar que ya te has visto en esa situación antes —dijo Marra.

—¿Cómo lo adivina? —le lanzó una mirada sesgada—. Sí. He visto a cuatro clanes arruinarse así. Uno se salvó, también, pero hubiéramos podido encontrar otras formas de hacerlo. ¿Qué fue lo que hizo este príncipe?

La pregunta fue enunciada exactamente en el mismo tono que el resto de lo que dijo, y a Marra la tomó por sorpresa, como un golpe. Dio un traspié, y Fenris retrocedió para alcanzarla, pero se enderezó cuando vio que ella ya recuperaba el equilibrio.

—Mató a mi hermana —explicó—. Y a mi otra hermana... su esposa actual... él... —se le formó un nudo en la garganta—, él la maltrata. Le deja moretones y ella... ella trata de estar siempre encinta para que él no la lastime, pero sé que tarde o temprano terminará por matarla. Y entonces otra pobre dama compartirá su lecho, y volverá a repetirse toda esa demencia.

Fenris asintió, como si lo que ella acababa de decir fuera perfectamente comprensible, aunque en realidad Marra a duras penas lograba hacerse a la idea. Si lo sorprendió el hecho de que una monja fuera familiar de la esposa de un príncipe, no dio la menor señal al respecto.

—Entiendo —dijo Fenris—. Los hombres como él nunca cambian. Si fuera posible aislarlos o arrojarlos al enemigo, sería lo mejor, y entonces el clan recibe al fin algo bueno de ellos. Pero casi nunca puede hacerse algo así y por eso hay que buscar otras soluciones.

—Eso es lo que estamos tratando de hacer —dijo Marra—. Otras soluciones, sean las que sean.

—Es un perfecto disparate y probablemente acabemos muriendo en el intento —opinó la señora del polvo.

—¡Qué bien! —exclamó Fenris—. Siempre disfruto ese tipo de cosas.

—¿Y ahora qué? —preguntó Marra, dirigiéndose a la señora del polvo—. Usted tenía unas ideas antes. ¿O sencillamente echamos a andar hacia el norte hasta que lleguemos?

La señora del polvo rascó el esternón de la gallina mientras pensaba. El ave pareció irritada, pero siempre se veía así.

—Casi alcanzo a distinguir mi camino al frente —dijo—. Si fueran sólo mortales los que enfrentamos, entonces tú y yo y ese amigo grandote tuyo nos bastaríamos. Pero la madrina es el punto en el cual todo confluye.

—¿El hada madrina del príncipe?

La señora del polvo asintió.

—Han tenido la misma hada madrina durante muchísimo tiempo. Ha estado cerca de la familia real y se ha mantenido con vida mucho más allá del punto en que cualquier persona hubiera muerto de vieja. Su protección cobija al príncipe —se mordió el labio—. Soy capaz de dar órdenes a los difuntos, pero ella recurre a otros poderes.

—¿Más fuertes? —preguntó Marra.

—Diferentes —la señora del polvo hizo una pausa, y sonrió con tristeza—. Probablemente más fuertes. Yo hablo con los muertos, y les doy voz. El poder de la una y el de la otra no tienen nada en común. Podríamos cruzarnos en la calle sin dirigirnos la palabra, o ella bien podría borrarme de la faz del mundo.

—¿Supongo que usted no podría borrarla a ella antes? —preguntó Fenris.

—Nunca lo he intentado —admitió la señora del polvo—, pero no creo que tenga muchas posibilidades de hacerlo.

Marra suspiró.

—Entonces, ¿qué necesitamos para contrarrestar un poder como ése? Mi hada madrina era prácticamente inútil.

La señora del polvo levantó una ceja.

—¿Tienes hada madrina?

—Claro que sí. Las princesas, como sabrá…

—No todas las princesas —contestó la señora—, ni siquiera la mayoría, a decir verdad. Y las que tienen madrina suelen estar en reinos mucho más grandes, y no en los pequeños, maniatados entre vecinos peligrosos. Poder llama a poder.

Marra resopló.

—Bueno, no es que ella fuera la gran cosa, así que usted no se equivoca.

—¿Eh? —exclamó la señora del polvo.

—Nos bendijo a todas con buena salud —explicó Marra sombría—. Y dijo que a Damia la desposaría un príncipe. Cosa que no fue bendición en realidad, pues él la mató.

—La salud no es poca cosa —opinó la señora del polvo—, si se le compara con la otra opción.

Marra torció la boca.

—Podría habernos deseado que estuviéramos siempre a salvo —gruñó—, o al menos que no nos casáramos con alguien que podía asesinarnos.

—Podría haberlo hecho —siguió la señora del polvo—, pero los padres no están de acuerdo con que la gente diga ese tipo de cosas en un bautizo, por alguna extraña razón.

—Uno pensaría que debían agradecerlo.

—No hay manera de entender la naturaleza humana.

Marra no conocía a Fenris lo suficiente para poder leer sus expresiones, pero hubiera podido jurar que quería agregar algo. No dejaba de mirar a la señora del polvo. Un pliegue se formaba entre sus ojos con cada mirada, hasta que finalmente pareció darse por vencido y se dirigió a la anciana:

—¿Ama de los zorros?

La señora del polvo resopló:

—¿Sí?

—Usted sostiene que es capaz de hablar con los muertos.

—No es algo que yo sostenga, sino que lo puedo hacer —respondió ella con calma—. Aunque la mayoría de las veces es más un asunto de escuchar que de hablar. Aquellos que en vida tenían dificultades para mantener la boca cerrada, una vez muertos siguen hablando sin parar.

Fenris negó con un movimiento de cabeza. Luego de unos momentos, habló, escogiendo muy bien sus palabras:

—No sé si creo en fantasmas.

—Pero crees en las hadas —respondió la señora del polvo, más divertida que ofendida—. Tanto, que fuiste a buscar la muerte en un fuerte de hadas.

—Y entonces, supongo que debería decir que eso es diferente —siguió él—, pero lo cierto es que tampoco creo en las hadas. Nadie que conozca cree en ellas —se pasó una mano por el pelo y Marra vio hebras blancas que salpicaban la melena oscura.

—¿No crees en las hadas pero te daba miedo un fuerte de las hadas? —preguntó Marra, confundida.

—Bueno… sí —Fenris le dedicó otra de sus sonrisas desconcertadas—. No creemos en ellas, pero tampoco llegaríamos a cortar los árboles de uno de esos fuertes o a pasar la noche en ellos. Sólo por si acaso, creamos en ello o no.

—Ahí está el asunto, pues —replicó la anciana—. Los difuntos están ahí, ya sea que creas en ellos o no.

—Hummm.

Marra sintió la urgencia de intervenir y tratar de apaciguar la conversación, pero no sabía cómo hacerlo. Nunca le habían gustado los desacuerdos, pero aquí los dos parecían

163

divertidos, en el fondo, más que acalorados por una discusión. Miró a Fenris a través de los párpados entrecerrados, tratando de no ser demasiado obvia.

A la luz del día, era aún más grande de lo que le pareció en el mercado de los duendes. Espaldas anchas, pecho como un barril. Incluso si era mayor que el príncipe y su cuerpo se había engrosado un poco por la edad, nadie llegaría a decir que no era un guerrero. Tenía las manos cubiertas de muchas cicatrices ya curadas, y los antebrazos se veían surcados de músculos. Y uno no consigue esos músculos a punta de cargar cajas, nada más.

*Si quisiera, probablemente podría asfixiarme con una sola mano.*

Marra se pasó la lengua por los labios, repentinamente secos.

*El hechizo dijo que lo necesitábamos. Y con certeza no íbamos a necesitar a alguien que fuera a tratar de matarnos. A menos que el mundo sea muy raro, y tal vez yo debería estar muerta y que así la señora del polvo me invocara para mandarme tras Vorling, en la forma de un espectro vengador.*

Eso parecía mucho.

Era evidente que la señora del polvo no le temía a Fenris, por más que fuera del doble de su tamaño.

—No crees en fantasmas, chico de Hardack —empezó—, pero ¿te atreverías a profanar una tumba?

Él abrió los ojos enormes, consternado:

—¡No! Claro que no.

—Ahí lo tienes.

Siguieron andando en silencio durante una media hora más. Perro de hueso olfateó algo entre unos arbustos, e intentó capturarlo entre sus dientes. Lo que fuera que había sido, cayó por el hueco en el fondo de su mandíbula y huyó corriendo por el pasto. El perro volvió sonriente, orgulloso de sí mismo.

Finalmente, Fenris rompió el silencio, diciendo:

—Puede ser que esté en lo cierto, ama de los zorros. Pero creo que para mí no es lo mismo un fuerte de hadas que una tumba. Incluso si no creo en ellos, los fuertes son… misteriosos. Siempre se siente algo de miedo, en el fondo. Miedo a lo desconocido. Y cuando pienso en profanar una tumba, no es pavor lo que siento, sino repulsión. No le temo a lo que haya en la tumba, sino que sería deshonroso profanarla. Casi repugnante. No es que le tema a un castigo, sino al tipo de persona en el que me convertiría de hacerlo.

La señora del polvo dio unos pasos más lentos y le lanzó a Fenris una mirada penetrante, sopesándolo. La gallina colorada soltó un chillido indignado y se meció en lo alto del cayado.

Una de sus muy poco frecuentes sonrisas curvó los labios de la señora:

—Sigues en el error, guerrero de Hardack —dijo—. Pero ese error resulta bastante interesante.

Fenris bajó la cabeza, cual caballero aceptando el elogio de una reina, y Perro de hueso batió la cola y les ladró calladamente a ambos.

# Capítulo 10

Viajar con Fenris era diferente a viajar únicamente con la señora del polvo. Diferente y más fácil, eso tenía que reconocerlo.

Era evidente que estaba acostumbrado a acampar en condiciones inclementes. Era capaz de encender una fogata en el tiempo en que Marra apenas alcanzaba a manipular torpemente el pedernal, y lograba que se mantuviera encendida más tiempo. No tenía nada propio tras su temporada en el mercado de los duendes, así que la señora del polvo le cedió una taza metálica que servía para medir y Marra le ofreció el más pequeño de sus dos cuchillos para que pudiera comer y beber.

Luego de dos días, ella ya no creía que Fenris pudiera atacarlas. Era un hombre sereno y de buen juicio y la señora del polvo lo aguijoneaba de manera más o menos constante, cosa que él se tomaba con buen ánimo. De vez en cuando, Marra cruzaba una mirada con él, una mirada de desconcierto cómplice, como diciendo "¿Puedes creer que dos personas sensatas como nosotros se encuentren en esta situación?".

Esa mirada la reconfortaba. No había compartido esa sensación de complicidad desde que había dejado a la hermana apotecaria en el monasterio.

Sin embargo, había momentos en que él se incorporaba demasiado rápido, o que se le acercaba y su enorme tamaño lo hacía ver amenazante, y una sombra en su mente le susurraba que, en el caso de Vorling, nadie había sospechado que tratara como lo hace a sus esposas. *¿Seré demasiado cautelosa? ¿O debería serlo más?* Y se acordaba del granjero que había tratado de matarla, aquel que ella pensó que era un buen hombre pero que sólo había visto en Marra a un monstruo procedente de la tierra infecta, y entonces trataba de tomar distancia con Fenris, y de hacerlo con disimulo.

Si él llegó a resentirlo, no dio ninguna señal.

Pero sí comía más que la señora del polvo y Marra juntas. Ella notaba que trataba de no hacerlo, pero también oía como le gruñía el estómago. Se detenían en granjas siempre que podían. Hubo una noche en que no cenaron nada más que té, pero a la tarde siguiente, Perro de hueso atrapó un conejo que Fenris limpió y asó al fuego, y comieron mejor de lo que lo habían hecho en días.

A medida que avanzaban hacia el norte, las jornadas se hacían más llevaderas. Todo el mundo necesitaba de alguien que le cortara la leña, y Fenris hacía uso del hacha con mucha destreza. Iban hasta las puertas de las casas que encontraban, a preguntar si necesitaban quien les cortara la leña a cambio de algo de comer, y por lo general la gente se alegraba de verlos. A veces llegaban incluso a darles indicaciones sobre alguien más, por el camino, que podría necesitar un par de brazos fuertes para algún trabajo. Entonces el estómago de Fenris dejó de gruñir, y ya no volvieron a pasar noches de irse a dormir apenas con un té en la barriga.

Pero, a medida que avanzaban al norte, el frío también aumentaba. Como Fenris no tenía nada de equipaje, tampoco poseía un cobertor. Dormían en graneros siempre que podían, pero no siempre lo conseguían. Una mañana Marra se despertó y se encontró con que había escarcha en el suelo y que Fenris estaba dormido tan cerca de la fogata que corría el riesgo de prenderse las barbas.

—Oye, Fenris —le dijo esa noche—, hace frío. Si quieres compartir mi cobija...

La señora del polvo resopló. Las cejas de Fenris se arquearon. Marra se preguntó si eso también sería un eufemismo en Hardack.

—No es eso —dijo, atropelladamente—. Lo que quiero decir es que, si tienes frío... Hace frío. O sea, que puedes taparte con parte de la mía. No estoy proponiendo nada más allá.

La señora del polvo tuvo un ataque de tos. Pero Fenris bajó la cabeza muy serio, y dijo:

—Tal vez no sea muy honorable privar a una joven de la mitad de su cobija, pero mis huesos tienen la edad suficiente para agradecerte.

—No soy tan joven —aclaró Marra.

—Y a mí no me hables de huesos viejos hasta que llegues a los setenta, jovencito —intercaló la señora del polvo.

Fenris la miró con gentileza:

—Eso será dentro de treinta años, y en ese momento, sin duda usted me dirá que no puedo quejarme hasta que llegue a los cien.

La gallina colorada cacareó y la señora del polvo golpeó el cayado contra el suelo hasta que la gallina se bajó, aleteando.

—No me vengas con esas tonterías —murmuró, y no quedó claro si se lo decía al ave o a Fenris, y nadie trató de aclararlo.

Marra desenrolló su cobertor. La señora del polvo se lo había dado, una cobija lo bastante larga como para que una persona se envolviera por completo, incluso si, como le pasaba a Marra, tendía a estirarse durante el sueño.

Era demasiado pequeña para ambos. Se tendían espalda contra espalda, la cobija cubriéndolos a ambos, aunque Marra estaba segura de que Fenris le cedía la mayor parte. Podía sentir la espalda de él contra la suya como un muro, aunque ambos llevaban encima demasiadas capas de ropa como para alcanzar a percibir el ritmo de su respiración.

Perro de hueso por lo general dormía echado sobre los pies de ella, las costillas encajadas en su tobillo. Al encontrarse con dos pares de pies, el perro no supo qué hacer. Dio vueltas, gimió un poco, y después se acomodó junto a las espinillas de Marra. El glamur procuraba suavizar los duros contornos de su pelvis, sin lograrlo.

Marra tampoco encontraba acomodo. Ya era difícil de por sí dormir en el suelo pero... ¿acaso la noche anterior el suelo era así de duro? ¿Habría una piedra debajo de ella? Tenía los brazos metidos bajo la capa, para abrigarlos, pero ¿las mangas de su túnica siempre se habían sentido así de estrechas antes?

Cambió de posición, tratando de acomodarse, y luego pensó si estaría despertando a Fenris, o si él seguiría despierto y ella no lo dejaba dormir. No se movía tanto cuando no tenía a otra persona al lado, ¿o sí? ¿O tal vez si lo hacía, pero no le había preocupado antes ni notaba que lo hacía?

¿Cuántos años hacía que no dormía junto a otro ser humano? Trató de recordarlo. En casas pequeñas, con pocas camas, se apiñaban dos o tres personas por catre, pero las princesas dormían solas en sus camas individuales.

Cuando era muy pequeña, a veces se había pasado a la cama de Damia. "Tuve un mal sueño", le decía. Su hermana mayor había sido extremadamente paciente, y levantaba las cobijas y le ayudaba a subirse a la alta cama. Marra recordó todo eso con claridad repentina, el aroma de la lavanda seca bajo la almohada y las sábanas limpias y planchadas. Hacía años que no pensaba en eso.

*No puedo acordarme del rostro de Damia*, pensó, mirando fijamente la oscuridad, *pero recuerdo la lavanda*.

La espalda se le había entibiado. Desafortunadamente, un lado de la nariz se le estaba congestionando. Normalmente, se habría dado la vuelta pero, de hacerlo, iba a quedar con la cara aplastada contra la columna de Fenris. Hubiera deseado poder dormir bocarriba, pero siempre que lo hacía se sentía sin aire (las mujeres de su familia no dormían bocabajo una vez pasada la pubertad. Ella no lo había intentado desde que tenía catorce años).

Siguió despierta. Ubicó una piedra bajo su cadera y trató de desplazarla sin moverse mucho. Perro de hueso se levantó, dio tres vueltas y volvió a dejarse caer exactamente en la misma posición.

*Seguramente Fenris se está arrepintiendo de haber aceptado este arreglo. A lo mejor está pensando que dormía mejor con la cara apenas a un pelo de las brasas.*

*Fui una tonta al intentarlo…*, pensó, y luego llegó la mañana, y la tibieza en su espalda desapareció, y la gallina colorada cacareaba irritada exigiendo su desayuno.

El día en que cruzaron de regreso al reino de Marra fue extraño, porque ella no sintió nada en particular.

170

Las fronteras eran permeables y a nadie le importaba, y se encontraban en un camino secundario en el que ni siquiera había un puesto de guardia. Había un letrero de madera, con una imagen aproximada del escudo real grabado al fuego, reconocible a pesar de que el dragón parecía más bien una serpiente, y la liebre, un perro deforme. Marra se detuvo en la línea, para luego dar un paso hacia delante como si fuera a meter el pie en agua fría.

*Debería sentir algo*, pensó. *Ésta es mi tierra. Soy hija de la casa real.*

Pero no fue así.

Iba dormida en el carruaje cuando cruzó en dirección contraria, y sentía tal ansiedad de encontrar a la señora del polvo que no había pensado mucho en eso. Pero esta vez sabía dónde estaba y que regresaba a su reino y le parecía que debía sentir… algo.

—¿Algún problema? —preguntó Fenris.

—Aquí vivo —dijo Marra. Removió la tierra con la bota—. Supongo que es como volver a casa. Sólo que no siento nada especial.

—Ah.

—Tarus, el poeta, dijo que cuando volvió a su hogar, la propia tierra cantaba bajo sus pies, y que su corazón se unió a esa canción.

—Tal vez sea algo exclusivo de los poetas —Fenris hizo ademán de apoyar la mano sobre una inexistente empuñadura de espada, pero se detuvo en pleno movimiento, y en lugar de eso embutió las manos en los bolsillos—. Regresé de mi primera campaña y pasé media hora en las tierras de mi clan antes de darme cuenta de que estaba allí de nuevo.

Ella miró su cara, asombrada.

—Tenía frío, estaba mojado y exhausto —dijo él—. Cuando al fin sentí algo, fue al notar que estábamos apenas a veinte minutos de nuestro refugio y allí podría entrar en calor de nuevo —se encogió de hombros—. Y otras veces, he regresado y lo que siento es como si finalmente me levantara de una larga enfermedad. Sospecho que esas cosas dicen más sobre nosotros que sobre el territorio en sí.

Marra estaba mirándolo y por eso pudo ver la repentina oleada de dolor que le cruzó el rostro, para ser rápidamente bloqueada, y las arrugas del entrecejo se hicieron más pronunciadas.

—¿Podrás volver algún día a las tierras de tu clan? —le preguntó.

—No —levantó la cabeza mirando alrededor. Esa zona de la campiña no se tornaba anaranjada y roja en otoño, sino amarilla y parda. El viento hacía crujir los secos tallos de las retamas a ambos lados del camino—. No. Puedo ir adonde me plazca por el ancho mundo, pero las fronteras de Hardack están cerradas para mí.

—¿No hay manera de hacer una apelación? —preguntó Marra—. ¿No puedes… por ejemplo… esperar a que determinada persona muera? ¿O que se olvide?

La sonrisa que esbozó mostraba que le agradecía el intento, no era de alegría. Fue fugaz y luego desapareció.

—No —dijo—. Mi regreso serviría para dar pie a una guerra insensata y vengativa. No quiero sentenciar a tantos a morir nada más porque siento añoranza de mi tierra.

—Lo lamento mucho.

—Igual que yo —la sonrisa pasajera se mantuvo durante unos instantes más esta vez—. Pero me dicen que esto es un perfecto disparate y que probablemente muramos en el intento, así que no dejaré que lo otro me entristezca.

Siguieron adelante, internándose en el reino de Marra, con Perro de hueso que iba y venía en zigag entre los dos. Marra pensó en todas esas historias de exiliados regresando a casa, y se preguntó cuántos, al igual que Fenris, nunca llegaban a volver porque el precio era demasiado alto.

*¿Y qué será de mí si logramos nuestro cometido? ¿Volveré a mi celda en el convento con la esperanza de que me dejen en paz otra vez?*

El príncipe Vorling era el motivo por el cual ella no se había casado. Él no iba a querer que hubiera otros aspirantes en la sucesión del trono del pequeño reino. Si él llegaba a morir, ¿cambiarían las cosas?

*Virgencita de los Grajos, por favor, te lo pido: permite que yo siga siendo insignificante. Déjame ser tan sólo una tejedora y una partera, no una princesa.*

Respiró hondo, e hizo la idea a un lado. *Esto sigue siendo un perfecto disparate y probablemente acabemos muriendo en el intento.* Una frase familiar. Era raro que resultara consoladora.

—¿Marra? —la señora del polvo la miró—. ¿Dónde vive tu madrina?

—¿Mi madrina? —Marra frunció el entrecejo—. No sé… un momento… —se frotó la frente, tratando de rebuscar entre viejos recuerdos. ¿Su madre había dicho algo al respecto alguna vez? Nada importante. El hada madrina no había sido importante, sencillamente una participante más de todo el drama del nacimiento. Pero habían ido en un carruaje años atrás, por la campiña en camino hacia otro lugar, y la reina había comentado algo sobre la madrina, que vivía allí cerca…

—Me parece que por los rumbos de Trexel —dijo al fin—. Fuimos en busca de halcones, y en Trexel hay…

—¿Sabes entrenar halcones? —preguntó Fenris.

—No, en absoluto —explicó Marra—. Pero existe una tradición absurda que dice que sólo la familia real puede cazar con halcones, así que tenemos que ir allá y hay toda una ceremonia ridícula en la que los cetreros nos regalan los halcones y entonces uno les pide que los conserven, para su propio beneficio, de manera que puedan usarlos para cazar. Es probable que todavía haya por ahí un par de aves que técnicamente me pertenecen pero, ¿qué voy a hacer yo con ellas? —iba recordando mejor la ceremonia, el ave de color pálido con sus ojos rojizos desorbitados y el pesado guante de cetrería en su mano—. Así que los cetreros pueden aprovechar esos halcones y llevar comida a la mesa de la casa que los cría y entrena... cuyo nombre se me escapa, en el lado materno de la familia... pero si alguien llegara a preguntar, los halcones le pertenecen a la casa real.

La señora del polvo hizo un alto para que la gallina bajara por su brazo y siguiera hacia el morral para poner su huevo diario, y resopló al oír la historia.

—No es el peor sistema del que tenga noticia. ¿El hada madrina vivía por allí?

—Eso creo —Marra tenía un recuerdo vago de su madre que trataba de entretenerla a ella y a su hermana, señalando hacia afuera por la ventana y diciendo "Su hada madrina vive por ahí. ¿No les parece interesante?".

—Entonces vayamos a Trexel —dijo la señora del polvo.

Marra hizo una mueca. Ella no quería ver a la mujer que había arrojado al mundo a sus hermanas con tan poca protección.

*Pero si la veo, supongo que puedo exigirle que me explique porque desperdició semejante oportunidad. Hubiera podido evitar todo eso mucho antes de que sucediera. ¿Por qué no lo hizo?*

—Sí —asintió Marra, y sintió que la rabia se le revolvía en lo profundo del estómago, rabia que, por esa única ocasión, poco tenía que ver con Vorling—. Sí, vayamos.

Una de las ironías de la vida, pensó Marra, era que dejaran el Reino del Sur sin ningún inconveniente, pues tan pronto entraron a su propio reino, recibieron un ataque.

Marra y la señora del polvo estaban sentadas junto a un pozo en un pueblecito gris atravesado por un camino gris, rodeado por campos grises. No había nada que pudiera hacer pensar a nadie que había peligro. Fenris había negociado una comida con el posadero a cambio de partir leña. Marra estaba sentada en el borde del pozo, cuando una sombra cubrió sus pies.

—¿Qué demonios se supone que son ustedes? —inquirió una voz.

Marra se enderezó de golpe, sintiendo que el pánico le corría por las venas. Tuvo que agarrarse del borde de piedra para no irse hacia atrás, al pozo.

El dueño de la voz no la estaba mirando. Era un hombre grande, huesudo, que se mecía levemente hacia los lados.

*Ebrio antes del mediodía*, pensó Marra. *Ay, Virgen de los Grajos.*

El hombre se cernía sobre la señora del polvo.

La señora no estaba para nada impresionada con el tipo. En circunstancias normales, Marra hubiera aplaudido su serenidad, pero se había topado con dos o tres ebrios en sus tiempos con la hermana apotecaria y a casi ninguno le gustaba ser ignorado. Eso los enojaba más. La hermana había tenido la habilidad de calmarlos, por lo general diciendo que estaba por nacer un bebé y proponiéndoles que se fueran a celebrarlo con un brindis. Pero eso no iba a funcionar en este momento, desafortunadamente.

—¿Es una bruja? —preguntó el borracho, señalándola bruscamente con un dedo—. ¿Es pariente suya? —dijo riéndose burlón.

Marra miró hacia todos lados con desesperación. ¿Dónde se había metido Fenris? Debía estar detrás de la posada, partiendo leña. ¡Maldita sea! Dos o tres personas que pasaban cerca se habían detenido y miraban lo que sucedía, pero nadie osaba intervenir.

—Vuelva a su botella, haga el favor —contestó la señora del polvo—. Deje en paz a esta anciana.

El tipo intentó agarrar a la gallina colorada. No tenía muchas posibilidades de conseguirlo, pero la señora del polvo dio un paso atrás, por si acaso. Marra estaba convencida de que la señora sabía defenderse y que, de hacerlo, tal vez tendrían que salir huyendo a la carrera del pueblo.

*¡Haz algo! ¡Acaba con esto! ¡Piensa! ¿Cómo vas a pelear contra un príncipe si no puedes con un simple borracho?*

*"Hay muchos hombres por ahí que no se lo piensan dos veces antes de maltratar a una mujer, pero que le temen a un hábito y a los símbolos sagrados".* Con esas palabras en mente, Marra se plantó frente a la señora del polvo, aferrándose al cordón del cual colgaba el pendiente de pluma de grajo que llevaba al cuello.

—Venimos en son de paz, hijo mío —dijo, tratando de sonar igual que la abadesa.

El borracho la miró, incrédulo.

—¿Quién diablos es ésta?

—Sirvo a Nuestra Señora de los Grajos —elevó una plegaria silenciosa a la Virgen y la añadió a su lista para estas situaciones cada vez más frecuentes.

*Albricias*, el borracho retrocedió. Marra alcanzó a pensar por un instante que habían salido bien libradas, que todo iba a funcionar, cuando Perro de hueso empezó a ladrarle al hombre.

Quizá si hubiera tenido un sonido de perro normal no hubiera importado. Pero la garganta y el hocico abierto del ladrido silencioso captaron la atención del hombre e intentó patear a Perro de hueso, con los resultados predecibles.

—¡Ay! ¡Ese maldito animal me mordió!

*¡Diablos!*

Marra sujetó el collar de Perro de hueso y dio un paso atrás.

—¡Me mordió! —le gritó a la creciente multitud—. ¡Ustedes lo vieron!

Hasta donde Marra alcanzaba a ver, Perro de hueso escasamente había rasguñado el cuero de la bota del tipo. Retrocedió otro paso, arrastrando al perro consigo. La señora del polvo murmuró algo entre dientes y se metió una mano al bolsillo. Marra tuvo la esperanza de que estuviera sacando algo para apaciguar al hombre, y no una cosa que lo matara al instante y que las dejara a ellas con un cadáver del cual tendrían que dar explicaciones.

Una sombra cayó entre ellas.

—Con permiso —dijo Fenris.

Marra sintió que la barría una oleada de alivio. Al menos si tenían que huir corriendo, no se separarían. Y era probable que el borracho atendiera razones de otro hombre, ya que no de una monja.

El borracho se dio la vuelta. Tuvo que alzar la vista para mirar a Fenris a los ojos.

—Esto no es asunto suyo, viejo —le dijo.

—Amigo mío —le contestó Fenris con un tono de confidencia—, está usted asustando a las monjas. Déjelas seguir su camino en paz. Los dioses las protegen, y nosotros deberíamos hacer lo mismo, ¿cierto?

—Su perro me mordió —farfulló el borracho.

—Ya veo, pero hasta las monjas deben tener sus guardianes, ¿no? Venga, venga. Acabo de llegar a este pueblo, y usted parece justamente el tipo de persona que podría contarme en dónde puedo encontrar lo que busco...

Fenris tenía una actitud franca y directa que hacía parecer que seguirle la corriente fuera lo más sencillo. El borracho dejó que lo escoltara hasta la puerta de la posada, mientras le contaba muy serio sobre herreros y arneses para caballos, y eso debería haber funcionado, sólo que un hombre de los que miraba lo que estaba sucediendo se burló diciendo:

—¿Está huyendo de una monja?

—¡Diablos! —exclamó la señora del polvo.

El borracho se dio media vuelta. Todo sucedió muy rápido y al mismo tiempo, y Marra tuvo que sostener con fuerza el collar de Perro de hueso y entonces el borracho estaba justo frente a ella y algo relumbraba entre sus manos y alguien lanzó un grito, y Marra advirtió a todo pulmón:

—Fenris, ¡tiene un cuchillo! —y al instante, casi disculpándose, él llegó y le dio un par de puñetazos en la cabeza al tipo.

El hombre sacudió la cabeza, como para recobrar el sentido, y Fenris volvió a golpearlo. Esta vez quedó tendido.

—Y ahora creo que deberíamos irnos —dijo Fenris—. De prisa.

Los tres salieron del pueblo, no corriendo pero tampoco a paso ligero. Perro de hueso quería regresar y morder al hombre, y a Marra le dolían los hombros de tenerlo sujeto con firmeza para evitarlo.

Luego de unos veinte minutos, cuando vieron que no aparecía nadie en su persecución, ella se relajó lo suficiente como para dejar lugar a otros sentimientos, y lo que sintió fue más rabia de la que hubiera querido.

—¡Fenris!

—¿Sí?

—¡Hubieras podido morir! —bufó furiosa—. ¡Tenía un cuchillo!

—Pero ustedes hubieran podido escapar —contestó él.

—Pero… —lo miró boquiabierta, sin saber bien si quería arrojarse entre sus brazos o zarandearlo hasta que sus dientes entrechocaran entre sí—. ¡Pero estarías muerto!

Él se encogió de hombros.

Marra suspiró hondo. ¿Por qué tanta ira? No tenía sentido que estuviera así de enojada, a menos que fuera por el susto, un susto tan grande que luego no había sabido cómo desahogar.

*Era sólo un borracho. Tú estás peleando contra un príncipe. Vas a enfrentar peligros mayores que éste.*

—Basta —los aplacó la señora del polvo—. Seguimos todos vivos. Más vale que salgamos de aquí mientras sea así.

# Capítulo 11

Fue fácil dar con la madrina una vez que llegaron a Trexel. Marra había imaginado a la señora del polvo utilizando su magia o preguntándoles a los muertos, pero lo que hizo fue inclinarse por encima de una barda y preguntar a una mujer con tres niños y cara de estar muy atareada con ellos:

—¿Hay por aquí un hada madrina que bendiga niños?

El rostro de la mujer se tornó brevemente alegre.

—Oh, sí... ¡No te metas eso a la boca!... El hada madrina. Es muy bondadosa... Te lo juro por todos los santos, Owen, que te voy a llevar al mercado y allá habrán de darme por intercambio una cabra coja... Sigan por el camino hasta llegar al cruce de un arroyo, y por ahí giren y vayan por la orilla y entonces... ¡Owen, ya basta!... Entonces verán una casita con un huerto y un poste al frente, con un anuncio. El letrero se cayó hace tiempo pero el poste sigue allí. Suele haber floripondios en el madero, y no creo que haya habido una helada suficientemente fuerte para... ¡Owen! ¡Hazme el favor de dejar a ese gato en paz!

Las indicaciones resultaron ser bastante buenas, a diferencia de Owen. Encontraron el huerto, la casa, y un poste con un travesaño del cual pendían dos aros oxidados que probablemente habían sostenido un letrero en otros tiempos. Los floripondios habían trepado hasta lo alto del poste, y en la punta había vistosas flores escarlatas.

—¿Buenas? —saludó la madrina de Marra, levantando la vista de su labor en el huerto. Marra la reconoció al instante, a pesar de que no la había visto desde que era una bebé. Algo en su interior se sintió atraído hacia la mujer como una limadura de hierro que cede a la atracción del imán.

*Ella. Ahí. Ésa es.*

El huerto estaba parcialmente abandonado. No era nada que una o dos semanas de trabajo de jardinería no pudieran remediar, pero había hierbajos proliferando alrededor de las plantas y podía ver los tallos marchitos de los frijoles de la cosecha anterior aún trenzados alrededor de las varas que los habían sostenido, a pesar de que los nuevos los cubrían. No se veía ningún preparativo para el invierno, aunque la primera helada podía llegar en cualquier momento.

*Tal vez es demasiado para una sola persona.*

Su hada madrina tenía la apariencia bonachona pero levemente ansiosa de alguien que siempre tiene demasiado por hacer. Le sonrió a Marra, una sonrisa con un dejo preocupado en las comisuras, y empezó a decir:

—¿En qué puedo servirl…? —y luego un pliegue se formó en medio de ambos ojos y a mitad de la frase pasó a—: ¡Oh! Eres una de mis bebés, ¿cierto?

Soltó la vara que había estado tratando de deslizar infructuosamente entre la exuberancia de los tomates. Era regordeta y se veía sonrojada, con perlas de sudor surcándole la frente. Marra la vio levantarse de su posición, enjugarse la cara y dejar una línea de tierra que cruzaba su mejilla, y no pudo evitar compararla con la aquilina majestad de la anciana hada madrina del príncipe Vorling. Sintió un aguijonazo de algo parecido a la desesperación.

—Eso nunca se me escapa —dijo satisfecha la madrina—. ¡Me llamo Agnes! —estiró el brazo para tomar la mano de Marra. Había tierra en sus dedos y una hoja seca prendida en el pelo—. ¡Es un gusto ver a una de las mías ya crecida!

*No tiene la menor idea de quién soy, ¿o sí?*

—Soy Marra —la señora del polvo cruzó la puerta de la huerta, con Perro de hueso y Fenris pisándole los talones—. La princesa Marra.

La señora del polvo se aproximó. En un rincón habían cercado una parte del patio para criar ahí media docena de gallinas. La gallina colorada las miró arrogante, y luego se volvió, profundamente indiferente a sus compañeras.

Agnes quedó boquiabierta.

—Oh… —exclamó con una voz muy diferente—. Oh, eres… oh —miró a Perro de hueso, y se le abrieron los ojos como platos—. Oh —se limpió las manos en la falda, dejando manchas en la tela—. Ya veo. Tú… ah… Entra, entra. ¿Una taza de té, quizá?

—Sería una gentileza de su parte —contestó la señora del polvo, inclinando la cabeza.

Siguieron a la madrina al interior de la casita. Estaba atiborrada de cosas pero todo se veía limpio, con ventanas amplias que dejaban entrar mucha luz. Agnes se apuró a poner el agua a hervir.

El despropósito de toda la situación fue como un golpe para Marra. Ésta era la mujer que les había dado a las tres el don de la salud y que había dicho que Damia se casaría con un príncipe. Y mientras tanto, la madrina de Vorling mantenía a todo su reino envuelto en magia inmortal que lo protegía de maldiciones del enemigo y usurpadores del trono.

—Deberíamos irnos —dijo Marra con disimulo—. Ella no podrá ayudarnos.

La señora del polvo le dirigió una mirada gélida. Agnes, que estaba a una distancia en la que seguramente alcanzó a oír, siguió preparando el té.

—Es un buen té —dijo—. Me lo trae el criador de caballos cuando viaja a vender a los potros. Yo bendije a la menor de sus hijas, y cada vez que viaja me trae té. Le he dicho que no hace falta que lo haga, ¡pero es un té tan bueno, y él es un hombre tan bueno por traérmelo!

—¿Con qué bendijo a la bebé? —preguntó la señora del polvo.

—Con buena salud, por supuesto. Siempre los bendigo con ese don...

—¡Salud! —estalló Marra. No pensó que pudiera sentir tal furia hacia esta mujer pequeña y tonta, pero ahí estaba... la furia enroscada alrededor del corazón, y de repente había encontrado una salida—. Usted le dio a Damia salud y vaticinó que sería desposada por un príncipe, y sana sí era, ¡hasta el día en que el príncipe la mató! Y Kania también goza de buena salud, y por eso sobrevive a las golpizas que él le propina y los embarazos que se ha obligado a sobrellevar uno tras otro. ¡Buena salud! ¿En qué pudo estar pensando?

La madrina dejó de moverse. Sus manos se aferraron al borde del pequeño fregadero, y su espalda se encorvó. Tras un momento, estiró el brazo lentamente para alcanzar el té.

La casita quedó en silencio sepulcral mientras Agnes preparaba el té y llevaba la tetera muy despacio hasta la mesa. Sacó tazas disparejas. Tenía los ojos anegados en lágrimas, y

Marra empezó a sentir vergüenza, a pesar de la ira que seguía dentro de ella. A Agnes le temblaban las manos. La señora del polvo recibió la tetera y sirvió el té.

—Siempre los bendigo con buena salud —explicó, cerrando los dedos alrededor de su taza—. Es un buen don. Ya saben, hay tantos niños que mueren víctimas de las fiebres... todos los años. Ninguno de los míos ha muerto de fiebres.

En la mente de Marra empezó a formarse una sospecha, pero la señora del polvo la abordó primero:

—Salud es el único don con el que puede bendecirlos, ¿cierto?

Agnes asintió:

—Es el único que podrían querer.

—Pero dijo que Damia se casaría con un príncipe... —Marra no terminó la frase.

—Parecía una apuesta segura —dijo Agnes, mirando el contenido de su taza—. Era la hija mayor de los reyes. Pensé que era muy probable que terminara siendo así —se pasó el dorso de la mano por los ojos. Su voz se quebró—. La salud es un buen don.

—Es un excelente don —intervino la señora del polvo, hablando en un tono que no dejaba lugar a la menor duda—. Has salvado muchas vidas.

El hada madrina sonrió fugazmente, y otra lágrima rodó y fue a caer, sin que nadie la detuviera, sobre la mesa.

Marra empezó a sentir que había actuado como un monstruo.

*Éste no es un gran poder que pudiera haberte salvado. Ella hizo lo mejor que pudo. Y nunca has estado enferma de gravedad en toda tu vida, ¿verdad? Te recuperaste de esa fiebre mortal. Y, si no fuera por ella, Kania no seguiría con vida y no la podrías salvar.*

—Perdón —dijo. Seguía enojada, más con el universo que con Agnes, y la disculpa sonó entrecortada. Intentó de nuevo—: No debería culparla. No sabía que... —movió la mano en un ademán vago.

—Está bien —contestó Agnes. Alargó el brazo y dio unas palmaditas en el aire, en dirección a Marra—. No sabía que tus hermanas... —otra lágrima le rodó por la cara—. Lo lamento mucho, mi niña. Ojalá hubiera podido ofrecerles algo mejor. Lo habría hecho, de haber podido —sonrió, pero le temblaron los labios.

—Sin ánimo de ofender —empezó Fenris, tomando la palabra por primera vez. Su voz se oyó como un rugido de trueno en ese pequeño espacio, luego de las voces de las mujeres—. La pregunta es ¿por qué escoger a una madrina con un talento tan específico, por más útil que sea, para bendecir a la familia real de este reino?

Marra admiró su diplomacia. Cuando él dijo que era guerrero y diplomático, ella le había dado más importancia a la parte de la espada que a la de la palabra.

—¡Ah! —exclamó Agnes. Se pasó la mano por los ojos una vez más—: ¿Nadie te ha contado la razón, Marra?

—¿Cuál razón?

—La razón para que yo sea el hada madrina —su sonrisa era más firme, aunque también se notaba que se estaba juzgando con dureza—. Yo soy tu tía abuela.

*Era obvio que tenía que haber un parentesco*, pensó Marra, cansada. *Era obvio que esta hada madrina inferior tenía que ser de la familia. Todos nosotros somos insignificantes, pero tenemos ínfulas de grandeza. A lo mejor lo llevamos en la sangre.* La cosa tenía cierto sentido, a pesar de todo. Que el Reino Portuario tuviera su propia hada madrina. "Poder llama a poder", había dicho la señora del polvo. *Y nuestra familia es tan poco poderosa que no pudo hacer más que recurrir a una parienta, que ni siquiera era poderosa.*

—No sabía que hubiera magia en la familia real —comentó Marra.

—Oh, no la hay. Y mi padre... tu bisabuelo... el rey —continuó Agnes—, era muy fiel a su esposa, casi siempre. Eso fue lo que resultó tan extraño. Había salido a cazar un día, y se topó con una mujer que lo hechizó. Alcanzaron a hacer el amor un par de veces, cuando él se dio cuenta de que la mujer tenía pezuñas de vaca, y se alejó de ella. Once meses más tarde, ella llegó al palacio. Fue... bueno, no exactamente un escándalo. La mujer fue muy discreta.

La señora del polvo sirvió más té en la taza de Agnes, sin esperar que ella se lo pidiera. Agnes tomó un sorbo y su voz se oyó más decidida.

—Era obvio que tu bisabuela lo sabía. Pero la mujer se apareció con sus pezuñas de vaca, así que la bisabuela no culpó al rey de todo el asunto, porque sabía que lo habían hechizado. Creo que, de ser por él, me habría mandado matar y luego compensaría a su esposa de alguna manera, pero ella dijo que yo era parte de la familia, aunque fuera una hija bastarda, y que nadie iba a mandar matar a nadie —Agnes tomó otro sorbo de té—. No en el palacio, claro. La vieja nana del rey se había retirado ya, al campo, y me mandaron con ella. Yo no tengo pezuñas de vaca, no —una sonrisa fugaz le cruzó la cara—. Estoy casi segura de que en este momento se estarán preguntando qué hay dentro de mis zapatos. ¡Nada de pezuñas! Pero tengo suficiente sangre de hada como para poder ser una madrina —suspiró, y la sonrisa se desvane-ció—. Siempre me he preguntado qué hubiera pasado si mi madre me hubiera conservado a su lado, si yo habría sido más poderosa. Sospecho que ella tenía un plan, y probablemente yo no encajaba en él. ¡Pero no quiero que vayan a pensar que alguien llegó a ser desagradable o malo conmigo, no! Para nada. Y obviamente, cuando ya pude ser madrina, la reina insistió en que saliera de mi encierro y fuera a bendecir a sus hijas. Creo que era su manera de acogerme como parte de la familia, ¿saben? Ella era muy cortés y bondadosa. No tenía por qué serlo, pero así fue.

Marra miró al rostro sincero y esperanzado de la madrina, y sintió que había sido indeciblemente cruel.

*¿Por qué pensé que ella me había despreciado? ¿Cómo no se me ocurrió que estaba haciendo lo mejor que podía?*

Respondió a su propia pregunta casi de inmediato. Por culpa del príncipe Vorling. Porque la única madrina que había visto de adulta tenía un poder aterrador, así que había concluido que todas las hadas madrinas encajaban en ese mismo molde.

*Vorling y su reino están protegidos contra la magia maligna, y no-sotros tenemos una bruja que sencillamente está agradecida porque su propio padre no la mandó matar y recibió la mínima buena voluntad de su familia. ¡Por los dientes de todos los santos y las santas!*

La furia que se había cocinado a fuego lento en su interior se encauzó hacia otro punto. ¿Cómo se habían atrevido a aban-donar a Agnes en medio de la nada? Si ella no tuviera tanto por hacer, habría llevado a su tía abuela al palacio para exigir que fuera tratada como a cualquier miembro de la familia real.

*¿Y eso en qué ayudaría exactamente? ¿Llevarla a vivir a un pa-lacio que no conoce, donde habrá cortesanos observándola a cada*

*minuto de su vida y no va a tener ni un momento de privacidad? ¿Acaso intentarían casarla a ella también con un monstruo para forjar una alianza?*

Marra se tomó la cabeza entre las manos y oyó que se le escapaba una risita ahogada. Por encima de su cabeza, podía oír a la señora del polvo explicando pausadamente lo que planeaban hacer con Vorling, y a su madrina exclamando:

—¡Oh! ¡No puede ser!

Alguien le puso una mano en el hombro. Fenris. Su mano se sentía tibia y Marra se apoyó un poco en ella, para sacar fuerzas del contacto. Quizá podía preguntarle a él cómo ayudar a Agnes. Él tenía una experiencia en diplomacia de la cual ella carecía. Y ella era casi una monja y apenas una princesa, y nunca había sentido tal ausencia de esa experiencia como en esas últimas semanas.

Perro de hueso rodó de puro contento, restregando su lomo contra el piso. Agnes lo miró pensativa.

—Tiene magia, ¿cierto? —preguntó—. No lo pregunto como alguien que sabe. No estoy segura de lo que quiero decir. Pero hay algo.

—Tiene un glamur —explicó la señora del polvo—. Trata de mirarlo a través de él.

Agnes frunció el ceño.

—No veo… espera… —volteó la cabeza y entrecerró los ojos—. ¡Ay! ¡Pero si no es más que los puros huesos, pobrecito!

—No me parece que le moleste —dijo Marra.

—Bueno, es que es un perro. Los perros no tienen una idea clara de lo que se supone que debe ser el mundo, así que no les atribula demasiado que no sea como debería ser —Agnes arrugó el ceño—. Menos los perros pastores, creo. Ellos sí tienen una idea muy clara en su mente, y por eso siempre están

188

preocupándose por hacer encajar las cosas en esa idea. Claro, hay mucha gente así también.

—Una buena cantidad —murmuró Fenris—. Y son o bien excelentes organizadores o fanáticos radicales. No hay muchos en medio de esos dos extremos.

—Cierto —asintió Agnes—. Muy bien. Pues veo que no hay remedio. Entonces, voy con ustedes. ¿Puedo?

Marra la miró.

—Kania es mi sobrina—sentenció Agnes—. Y su bebé es mi sobrina nieta, o sobrino nieto —se restregó la cara—. O tal vez es mi sobrina bisnieta o mi sobrino bisnieto. Siempre me pierdo en esos parentescos. El hecho es que corren peligro, así que allá voy con ustedes.

*No*, pensó Marra. *Es una locura. Acabará muriendo.*

*… ¿No has estado diciendo que esto es un perfecto disparate y que acabarás muriendo en el intento? Sí, pero no me refería a… a…*

—Muy bien —opinó la señora del polvo—. Me da gusto contar con un hada madrina en nuestro grupo. Hay magia de una y magia de otra, y también hay difuntos y hay vivos, y yo sólo puedo vérmelas con un tipo de cada cosa.

—Y yo no sé qué tan capaz sea de vérmelas con ninguno —contestó Agnes—. Pero haré todo lo que pueda para ayudar.

—Pero… —Marra sintió que debía ponerle un alto a todo eso, pero no supo cómo decir "Agnes no nos sirve de nada… ¿acaso no se da cuenta?".

*¿Sirve tan poco como una princesa que sólo sabe de bordados y tejidos?*

Clavó la mirada en su té.

Marra sabía cuán inútil se sentía, pero de alguna manera se las había arreglado para reunir a la señora del polvo y a Perro de hueso y a Fenris. Quizás... quizás esto sería más de lo mismo. Su mano se movió en busca de la pluma de grajo que pendía de su cuello. Quizá la santa la estaba guiando.

—Muy bien —dijo, sin mirar a Agnes—. Muy bien. Gracias.

—Somos cinco —añadió Fenris, mirando a los demás con aprobación. Marra se agachó para rascarle el lomo a Perro de hueso hasta que la mandíbula le traqueteó de gusto—. Cinco son como un puño. Cinco forman una mano que puede prensar la garganta del enemigo.

—Imagino que eso hace de cada uno de nosotros un dedo —opinó Marra. Cerró la mano alrededor de la columna de Perro de hueso, y encontró cierto consuelo en los bordes duros—. Tú eres el pulgar —le dijo al perro, que batió la cola contento.


Esa noche durmieron en el piso de la casita de la madrina, cerca del fuego. Agnes sacó mantas y cobijas, de manera que Fenris tenía la suya y no se vieron obligados a dormir espalda contra espalda.

Debió haber sido un motivo de alivio... tener sus propias cobijas de nuevo y no tenerse que preocupar por mantener a nadie despierto con su dificultad para dormir.

*Pero claro, siempre tengo que llevar la contraria y nada fluye con facilidad.*

Sentía la espalda desprotegida, fría. Sentía que alguien podía llegar y agarrarla. Su mente evocó todo tipo de demonios en la oscuridad: el muchacho ahogado, el Bailadientes, todos empeñados en alcanzarla.

*Eso son tonterías. Aquí estás más segura que en todas las noches pasadas en el camino. Y compartiste tu cobija apenas durante un par de semanas. No puede ser que te hayas acostumbrado a dormir junto a otra persona. Es ridículo.*

*En todo caso, él…*

*Él ¿qué?*

Perro de hueso se volteó para quedar sobre el lomo, y las patas armadas con alambre se movieron en el aire. Alcanzaba a oír el ritmo uniforme de la respiración de Fenris.

*Deja las niñerías, Marra. Estás tratando de salvar a tu hermana y de matar a un monstruo. No es el momento de dejarse llevar por otros sentimientos. Estás muy abrumada.*

Había un cesto grande a un lado de la chimenea, lleno de estambre. Marra dio vueltas, acomodándose, arrastrando las cobijas hasta que pudo acostarse con la espalda contra el cesto. Al instante se sintió mejor.

*Listo. ¿Ya ves? No es nada relacionado con él. Son sólo los nervios. No significa nada. Él es sólo un compañero en este viaje. Nada más…*

El alivio que sintió fue demasiado grande como para ser verdad, y no una gran mentira, pero el consuelo que le produjo permitió que se quedara dormida, arrullada por el sonido de la respiración de Fenris.

# Capítulo 12

En su mente, Marra sabía que las posibilidades de que se levantaran temprano y partieran pronto eran inexistentes.

*No debería preocuparme por eso. Un día más, más o menos, no va a cambiar nada. Si hubiera querido que todo se resolviera más rápido, debería haber empezado antes.*

Sin embargo, sintió una punzada al ver que el sol ascendía por el cielo y que llegaba el mediodía sin el menor indicio de emprender el camino. Agnes había cocinado un desayuno descomunal para aprovechar toda la comida que tenía en la despensa, y después había empacado y desempacado y vuelto a empacar su bulto y estaba por dar inicio a una tercera ronda cuando Fenris se ofreció amablemente a cargar con lo que hiciera falta.

—¿Estás seguro? —pregunto Agnes, mirándolo incrédula.

—Por supuesto. Aunque también le pediría una cobija o dos para mí, para el viaje —con lo cual Agnes se fue revoloteando a conseguirle algunas, y dejó olvidadas todas sus cosas en la mesa de la cocina.

—Parece... parece que se distrae fácilmente de su objetivo —comentó Marra, decidida a no decir nada más directo tras haber sido tan cortante el día anterior.

La señora del polvo parecía absorta en algo, mirando atenta a Agnes. Un pliegue se había formado entre sus cejas.

—¿Algo anda mal? —preguntó Marra.

—Hummm —la señora del polvo negó con la cabeza—. No. *Mal* no es la palabra. Es algo *interesante*, y ya veré cómo sortearlo, espero.

Marra arrugó la nariz.

—¿Interesante en el sentido estricto de la palabra o *peligrosamente* interesante?

La señora del polvo miró hacia el corredor. La voz de Agnes llegó flotando hasta ellas.

—Ay, caramba, ésta tiene un agujero.

—*Interesante* —concluyó la señora del polvo—. No puedo darte más detalles por ahora.

Al final, partieron. Marra pensó, desanimada, que con algo de suerte podrían caminar apenas un par de horas antes de tener que parar para acampar, pero prefirió mantener la boca cerrada. Al menos, ya se habían puesto en movimiento.

*Además, acabas de poner al revés la vida de esta señora y le gritaste para hacerle saber que era una madrina mediocre. Medio día perdido no es demasiado.*

Se ruborizó y clavó la vista en el camino ante ella, avergonzada de sus propias frustraciones.

*Será por lo mucho que nos parecemos. ¿Qué era aquello que decía la abadesa? ¿Qué nuestros propios defectos nos enfurecen cuando los vemos en otras personas? ¿Cuánto tiempo te tomó dejar el convento?*

Alegremente ignorante de los pensamientos de Marra, Agnes caminaba al lado de la señora del polvo. De vez en cuando, la madrina levantaba una mano para acariciar a la gallina colorada en el pescuezo, abajo del pico. La gallina parecía profundamente mortificada pero demasiado sorprendida para resistirse.

—Entonces, ¿cómo se llega a ser hada madrina? —preguntó la señora del polvo—. ¿Hay alguna forma de aprendizaje?

—¡Oh, no! ¡Ojalá hubiera algo así! Quizá sí existe, si uno conoce a las personas adecuadas. Pero no es mi caso. No —Agnes agitó las manos—. Sabía que las personas como yo podían llegar a ser hadas madrinas, ¿me entiendes? Así que me puse a practicar.

—¿Y cómo practica uno semejante cosa? —preguntó la señora del polvo.

—Sobre todo con gatitos —contestó Agnes—. Creo que bendije a todos los gatitos de granja con los que me topé desde que tenía unos nueve años. También a patitos. Y cuando ya no encontré más, pasé a ratones —se mordió el labio inferior—. Probé todo lo que se me pudo ocurrir. Que vivieran por muchos años, que encontraran el amor, que nunca conocieran el hambre. Pero todo eso se les resbalaba. Uno siente cuando una bendición se fija y va a hacer efecto... ¿me entiendes? Es como pisar con fuerza en la tierra y dejar la huella del pie. Puedo ver la huella que deja la bendición. Marra aún la tiene. Y Fenris... —hizo un gesto, arrugando la cara como pensando muy concentrada—, hubo un hada madrina en tu bautizo, ¿verdad?

—No las llamamos así en Hardack —dijo Fenris—, pero creo que nuestras comadronas desempeñan las mismas funciones. ¿Puede verlo?

—Por supuesto. Vivirás con honor y no te someterás. Tu escudo jamás se romperá.

Algo relacionado con la solemnidad de esas palabras, pero pronunciadas con la voz fina y alegre de Agnes, hizo que Marra sintiera ganas de reír. Fenris sonrió:

—Eso es cierto —agregó—. Y jamás se me ha roto un escudo, ni siquiera en batalla. Y eso que he usado y abandonado una buena cantidad a lo largo de los años...

—¿Y qué hay de las maldiciones? —preguntó la señora del polvo—. Hay muchos rumores sobre maldiciones y hechizos en los bautizos.

Agnes negó con la cabeza.

—No lo sé bien —confesó—. Siempre me pregunté si tal vez esas hadas madrinas sólo podían dar dones maléficos. Y también hay que pensar si no será que por ahí hay muchas hadas madrinas que no bendicen a nadie porque los únicos dones que pueden dar serían maldiciones.

—¿Alguna vez has intentado maldecir a alguien? —preguntó la señora del polvo.

Agnes agachó la cabeza, sin conseguir disimular su expresión culpable. La señora del polvo dio brinquitos, como haría un pollo sobre una lombriz.

—Lo hiciste, y descubriste que eras capaz, ¿no es verdad?

—No debí hacerlo —susurró Agnes—. Maldije a un ratón. Yo... Le dije que moriría antes de cumplir los diecisiete años. Acababa de leer un cuento en el que había una princesa que cargaba con una maldición y... bueno... no debí hacerlo, pero así fue. Era como una mancha negra en ese pobre animalito, en su futuro —se enjugó las lágrimas de los ojos—. Traté de consolarme pensando que los ratones difícilmente llegan más allá de los dos años de edad. La mayoría no viven tanto. Pero ¿qué tal que este hubiera sido un ratón particularmente longevo y yo le había lanzado una maldición?

*Por la Virgen de los Grajos,* pensó Marra. *Siente auténtica contrariedad por haber impedido que un ratón viviera tanto tiempo. Es evidente que sí.*

—Ya antes dijiste que la buena salud era el único de los dones que podías dar que la gente querría —empezó la señora del polvo—. ¿Cuáles son los demás? ¿Son dones que crees que nadie querría?

Agnes se sentía desfallecer ante el tribunal de la inquisición, y dejó caer la cabeza.

—Sí. Soy muy buena con los bigotes muy sensibles. De nada le servirán a nadie aparte de gatitos y ratones, claro. A un bebé humano no le voy a dar bigotes muy sensibles. No funcionaría... o ¿qué tal que sí?

Marra imaginó a un bebé en una cuna, al que de repente empezaran a brotarle unos bigotes como de gato, y se cubrió la boca con una mano.

—Caramba, eso sí que sería un experimento interesante —exclamó la señora del polvo.

—No —dijo Agnes con una firmeza sorprendente—. Me niego a hacerlo. No es justo con el bebé. No sería decente.

—Supongo que sí —la señora del polvo no se oía muy convencida—. ¿Alguna otra maldición que hayas echado?

—Pues, bendije a toda una camada de ratones para que los gatos no se los pudieran comer. Pero eso tampoco creo que le sirva a un bebé. Y una vez le dije a una gatita que iba a tener buenos hijos gatitos machos.

Los tres la miraron fijamente. Perro de hueso sintió que algo sucedía y gimió.

—Había terminado de leer un libro en el que había un rey y una reina, y ella le había dado... ¡Es que yo tenía doce años! ¡No pensé en las consecuencias!

—¿Y qué pasó? —preguntó Marra. En su mente, las palabras de su madre dieron vueltas y vueltas, como una moneda en el cuenco de un mendigo. *"Esperemos que el siguiente sea un varón. Va cabalgando a lomos de un dragón, y todos nosotros en este reino cabalgamos junto con ella… esperemos que el siguiente sea un varón, esperemos que el siguiente sea un varón…"*.

—Fue horrible —contestó Agnes—. Tuvo seis camadas y todas las crías eran machos. El granero estaba invadido. No había sino peleas y olor a orines de gato por todas partes, y bufidos y chillidos cuando no estaban meando.

—Exactamente igual que en las barracas —añadió Fenris con nostalgia.

—Qué interesante —dijo lentamente la señora del polvo—. Así que eres mucho más versátil de lo que admites, pero la buena salud es el único don que estás dispuesta a dar.

—Nada puede resultar mal con la salud —explicó Agnes—. Con la mayoría de las otras cosas, sí. Si bendices a un ratón con que siempre estará feliz, acabará cruzándose con un gato y será felizmente devorado. Pero la buena salud siempre funciona. Nadie se arrepiente de ser sano.

—¿Qué fue lo que dijo el hada madrina del príncipe? —preguntó la señora del polvo, volviéndose hacia Marra—. Las palabras exactas.

Marra rebuscó en su mente, dibujándose la imagen de la venerable hada madrina, con su piel como vitral sobre los huesos:

—"Le serviré a ella tal como lo he hecho con todo su linaje, mi vida unida a las de su familia. No habrá magia que llegue de otros reinos que pueda dañarla. No habrá enemigo que la haga dejar su lugar en el trono. Así como ha sido con todos los descendientes de la familia real, que sea con ella, mientras yo siga en este mundo".

Agnes suspiró.

—Ésa sí es una de las buenas —opinó—. Además, con mucho peso. Yo no podría hacer nada parecido.

—A eso nos enfrentamos —explicó Marra—. Vorling está protegido de la magia de otros reinos. Se supone que los enemigos del Reino del Norte están permanentemente lanzándoles hechizos, pero no surten efecto —se acordó del rey, envejecido y enfermo antes de haber cumplido los cincuenta—. Pero eso los acaba más rápido. Ojalá acabara pronto con Vorling.

—¿Y a sus guardias los podría perjudicar la magia? —preguntó Fenris.

—¿Qué?

—Pues que si el ama de los zorros se encargara de dormirlos, yo podría apuñalar al príncipe.

La señora del polvo resopló. Agnes tenía los ojos desmesuradamente abiertos.

—¿Qué pasa? —exclamó Fenris—. Los planes sencillos son los mejores.

—Tienes mucha razón, pero dudo que yo sea capaz de poner a dormir a un palacio entero —contestó la señora del polvo—. Sobre todo, teniendo en cuenta que nunca he dormido a nadie. Mis talentos son muchos, entre ellos levantar a los muertos, pero si lo que quieres son arrullos y canciones de cuna, tendrás que buscar a alguien más.

—¿Usted los podría distraer de alguna manera? ¿Al menos el tiempo suficiente como para que yo lo apuñale?

—Pero no lo suficiente como para que puedas escapar después, no.

Fenris alzó las cejas.

—Ese no es un requisito, ¿o sí?

—Sí —dijo Marra molesta—. Sí lo es.

—Bueno, bueno —levantó ambas manos—. No habrá un final de muerte gloriosa a menos que tengamos otras opciones. Hummm. ¿Puede levantar un ejército de muertos para enfrentar a los guardias?

La señora del polvo puso los ojos en blanco.

—Un ejército de muertos parece una buena idea —comenzó—, hasta que te veas frente a mil pellejos ambulantes y marchitos que sólo saben matar y matar y seguir matando. Si de eso se trata, también podríamos lanzar cadáveres apestados en el pozo de la capital.

—Tendría objeciones con respecto a hacer eso —reconoció Fenris—. Está bien. Nada de un ejército de muertos.

—Pero, ¿podría hacerlo? —preguntó Marra, vacilante.

La señora del polvo se encogió de hombros.

—No lo sé. Es algo que nunca ha surgido.

—Entiendo, pero, si fuera necesario ¿sabría cómo hacerlo?

Plumas y agitación anunciaron que la gallina colorada salía del morral. El ave subió por el brazo de la señora del polvo para instalarse de nuevo en el cayado, con la cresta en un ángulo francamente extraño.

—Sé por dónde tendría que empezar —dijo la señora del polvo por fin—. Hay algunas cosas que imagino que uno no sabe hasta que comienza a hacerlas. Pero es algo que ya se ha hecho antes —le lanzó una mirada penetrante a Marra—. Pero no te hagas ilusiones. No olvides que aquí lo que buscamos es un regicidio sin más, y no arrasar la ciudad.

—Sí, señora —contestó él con humildad y bajó la cabeza.

Esa noche la pasaron en un granero, gracias a las habilidades de Fenris para partir leña. El granjero fue tan amable de incluir una cena de papas cocidas con sal y les dio manzanas para el camino.

—Te juro que no te traje con el único propósito de hacerte cortar leña —explicó Marra.

Fenris se rio. Las dos ancianas se habían retirado a dormir adentro, y sólo estaban ellos dos junto a una fogata muy pequeña, alejados del granero.

—No hay problema —dijo—. He hecho muchas cosas que eran terriblemente importantes, con vidas que dependían de cómo resultara todo, entre otras cosas. Encuentro que hay algo agradable en cortar leña. Si no acierto con un hachazo en un punto determinado, no sucede nada grave. Si un trozo de madera no queda muy simétrico, arderá a pesar de eso. Si la pila de leña que armo no queda perfecta, ningún clan será aniquilado.

—Suena muy difícil.

—Hummm, a veces —se quedó mirándola pensativo y a ella le pasó por la mente que los ojos de él tenían el mismo color de la tierra al calor del sol, y no supo bien qué hacer al respecto—. Pero tú debes saberlo, ¿o no? Eres hija y hermana de reinas, así que en tu vida debes haber estado en muchas ocasiones en las que todo dependía de tus actos.

Marra tomó aire. Fenris atizó el fuego con un palo.

—Lo lamento —dijo—. No era mi intención preocuparte.

—No, no es tu culpa. Yo... sí... Tengo mucho poder, por ser quien soy. Mi madre decidió enviarme lejos, al final, y sé que lo hizo en parte porque yo... porque no sé cómo comportarme en estas situaciones. Pero nada de eso es un poder que yo tenga en mis manos y pueda usar, sino que son otras personas, que me mueven de aquí para allá como una pieza en un tablero de ajedrez. Fue un alivio que me enviaran al convento. Cuando tengo que salir, a bautizos o funerales... —se arrebujó en la capa de ortiga y mimetiseda—, por eso es que me gusta bordar y tejer —agregó.

Fenris levantó una ceja.

—Es como partir leña. Como dijiste. Bordar no afecta a nada ni a nadie. No es nada más que eso, y no tengo que preocuparme de que si hago algo mal mis tutoras puedan resultar despedidas o de que pasé a alguien por alto y quieran dejar de comerciar con mi reino. Puedo limitarme a bordar imágenes o patrones, y si me equivoco, lo deshago y nadie acaba muerto —tomó aire—. No importa que yo sea princesa. Al hilo eso lo tiene sin cuidado.

Estaba mirando al fuego y no esperaba sentir la mano que salió de la oscuridad, tomó la suya y le dio un apretoncito.

—Y a pesar de todo eso, aquí estamos —dijo. Su pulgar se sentía como una barra tibia atravesando la palma de la mano de ella. Tenía las manos muy grandes comparadas con las de ella, y los callos de la espada y el hacha eran mucho más gruesos que los que ella tenía de limpiar establos con una pala—. Libres de todas nuestras obligaciones, vamos directamente a hacernos cargo de otra tarea.

—Debo salvar a mi hermana —añadió Marra—. Ya perdí a una —soltó una carcajada, y percibió la amargura que destilaba—. A Kania ni siquiera le caigo bien, creo que no. Pero tengo que hacerlo en todo caso.

—Y es muy probable que no salgamos vivos de todo eso —le frotó la palma sin darse cuenta. Ella ni siquiera estaba segura de que él supiera lo que estaba haciendo.

—Saldremos vivos de ésta —dijo ella. Tomó la mano de él entre las suyas, apretándola con fuerza suficiente como para lastimarlo—. Vamos a salir vivos de ésta, Fenris.

Él le sonrió a medias y asintió levemente. Marra se dio cuenta de que trataba de hacerla sentir mejor, y recordó su mirada cuando ella le gritó que podría haber muerto en el encuentro con el borracho que había sacado un cuchillo.

*No quiere morir, no lo creo, pero... es como si estuviera esperando que sucediera. Como si fuera inevitable.*

*Como si no le importara.*

—Supongamos que es así, que salimos vivos de ésta. ¿Qué vendría después?

—No sé —Marra miraba las llamas—. Imagino que yo regresaré al convento, a dedicarme a mis bordados.

—Hummm —le dio otro apretoncito en la mano, y luego la soltó y empezó a apagar la fogata—. Pues, si resultara que ese convento necesita alguien para cortar leña, conozco a un personaje que tal vez...

Dos días después, llegaron a la capital del Reino del Norte.

Marra había estado cabizbaja, tratando de evitar ser reconocida, y con la vista fija casi exclusivamente en los pies de la señora del polvo. Cuando llegaron a lo alto de una colina baja y la anciana se detuvo, Marra levantó la cabeza por primera vez en muchas horas.

La ciudad del príncipe relumbraba furiosamente ante ella, las altas murallas trazando una espiral infinita hasta el palacio del Norte. El gentío fluía hacia las puertas, desvaneciéndose en las entrañas de la ciudad, y ella no podía pensar en nada más sino en que había tantas personas, cientos, miles, todas ellas viviendo en la ciudad del príncipe y leales a él, ¿y qué era ella? ¿Qué eran ellos cinco contra tantos otros? ¿Qué podrían hacer?

*Es demasiado*, pensó, desanimada. *Tenemos planes ambiciosos pero ¿y la realidad? Lo más probable es que entremos a la ciudad y miremos hacia lo alto, al palacio, y hablemos y hagamos planes y sigamos hablando, y que tarde o temprano nos demos cuenta de que no hay nada que podamos hacer, y dejemos la ciudad otra vez. Así es como suceden las cosas fuera de las historias.*

El peso de este pensamiento de repente se hizo muy tangible, una carga verdadera que pesaba en su estómago y le apretaba el pecho, y antes de ser consciente de nada, se tambaleó hacia la orilla del camino y cayó de rodillas, fuera del paso de la multitud de comerciantes y peregrinos. Nadie la miró. Una mujer cubierta de polvo, llorando, no significaba nada, no era nada ante la vista de la ciudad tan deslumbrante y fría y dura ante ellos.

Fue Perro de hueso quien lo notó primero. Le apoyó las patas delanteras en los hombros y le lamió la cara con frenesí. El glamur era lo suficientemente convincente como para que la lengua se sintiera húmeda, pero él no lograba alcanzar a tocar las lágrimas de ella.

—Eres muy bueno —murmuró Marra—, un buen perro —lo era. Incluso si su ama no lograba salvar a su hermana o a su reino, al menos había hecho una buena obra al darle a Perro de hueso una segunda oportunidad.

Y luego Fenris llegó a su lado y la rodeó con el brazo, como había hecho en el mercado de los duendes. La levantó a medias, su vigorosa fuerza ya no le resultaba aterradora, y la desplazó un poco para alejarla del camino que recorría la gente.

*Fenris. Sí. Hay hombres buenos en este mundo, y me topé con uno. Y es mi amigo, pase lo que pase.*

—Con cuidado —dijo Fenris—. Con cuidado. ¿Estás bien?

Era una pregunta tan decente, tan obvia, tan absurda que ella empezó a reírse con esa risa callada y entrecortada que viene con las lágrimas.

—No —contestó—. Yo sólo... —agitó la mano hacia la ciudad—. Jamás podremos lograrlo ¿cierto? Es perfectamente descabellado. No podemos hacerlo. Es imposible.

—Cosiste una capa con hilo de ortiga —intervino la señora del polvo, parada frente a ella—, y ensamblaste un perro con huesos, ¿y ahora te vienes a preocupar por las cosas imposibles? —se sacudió en un estremecimiento, y los frascos y botellitas en sus bolsillos se entrechocaron como las púas de un puercoespín.

Marra empezó a sentirse avergonzada, no sólo por haber arrastrado a los demás a esta misión absurda, sino también por el mal tino de venir a sufrir un colapso en medio del camino.

—Perdón —dijo. Fenris le ayudó a ponerse de pie. Su mano en la espalda de ella se sentía tibia y fuerte. Perro de hueso le azotaba las piernas con su cola.

—¡Ay, mi niña! —la consoló Agnes, enganchando su brazo en el de Marra—. No pasa nada. Todo esto es un poco sobrecogedor, ¿cierto? —encontró un pañuelo algo arrugado y se lo dio—. Has hecho mucho y ahora que estamos aquí parece que quedara tanto por hacer, ¿no es así?

Marra aceptó el pañuelo. Si hubiera tenido fuerzas, se habría alarmado al ver lo bien que su hada madrina la había comprendido. Sí. Se sentía exactamente así. Había hecho mucho y estaba tan cansada, y ahora parecía que todo aquello no había sido más que el principio.

Se secó las lágrimas, y tomada del brazo de su madrina, atravesó las puertas que custodiaban la ciudad del príncipe al que habían ido a matar.

# Capítulo 13

**B**ien —dijo la señora del polvo—, ¿y ahora qué?

Los tres voltearon a ver a Marra, que desvió la mirada hacia la estrecha callejuela, las edificaciones a ambos lados casi cerrándose sobre sus cabezas. Habían cruzado la puerta sin llamar la atención. A nadie le había importado. Nadie la había señalado gritando "¡Una princesa!" o "¡Fugitiva!". Y ahora estaban dentro, en un callejón aledaño a la calzada principal, y había que pensar en lo que tendrían que hacer ahora.

Perro de hueso llegó y se sentó sobre uno de sus pies. Ella cerró los dedos en el collar del perro y pensó: *Mi perro confía en mí,* y luego *Mi perro no tiene sesos y está muerto,* aún así las cosas se serenaron un poco en su pecho.

—Tenemos que encontrar dónde alojarnos —dijo—. No me queda mucho dinero. Pero no... No creo que deba simplemente... —señaló vagamente hacia lo alto del cerro y al blanco palacio resplandeciente.

*Pues eso estaría bien. Me presento en el palacio sin anunciarme y luego el príncipe resulta muerto. No veo de qué manera eso podría llevar a que el Reino del Norte le declarara la guerra a mi reino y nos hiciera polvo.*

—Imagino que tenemos que encontrar la forma de entrar en el palacio sin hacernos notar —dijo, mirando a Perro de hueso, cuya lengua de ilusión colgaba fuera de la boca—. Y luego... eeeeh... bueno. No creo que vayamos a lograrlo esta noche, ¿cierto?

Miró al trío de... ¿seguidores? ¿Armas secretas? ¿Amigos? Había estado tan concentrada durante tanto tiempo únicamente en una cosa que no había pensado en lo que harían una vez que estuvieran en la ciudad, excepto que debería mantenerse fuera de la vista del príncipe Vorling.

—Definitivamente no —sentenció la señora del polvo.

—¿Dónde podremos hospedarnos? —preguntó Fenris.

—Pues... —Marra negó con la cabeza—. Nunca he estado aquí antes. Aquí abajo, quiero decir. Siempre que he venido, he llegado allá arriba.

Afortunadamente, Fenris salió al paso:

—Entonces, tendremos que averiguar si hay un toque de queda o algo semejante y qué zonas de la ciudad debemos evitar. Sé que cualquier posada en los alrededores de la puerta de entrada aprovechará para desplumar a los viajeros, así que haremos bien en buscar un lugar para alojarnos lejos de la puerta.

—Hummm... —Agnes se aclaró la garganta. Fue un ruido no muy notorio, que casi se perdía en el sonido de la agitación en la bocacalle, pero todos voltearon a mirarla. Había algo esperanzador en lo que habían oído.

—Ay, bueno —dijo, entrelazando los dedos—. Fue algo que se me ocurrió. No es mucho pero... ¿se acuerdan de lo que me contaron de la polilla? ¿La polilla que encontró lo que necesitaban? Pues estaba pensando... bueno, es poco probable... pero creo que yo podría hacer algo semejante.

La señora del polvo se inclinó hacia ella, con mirada penetrante.

—¿Qué necesitas?

—Un bebé —dijo Agnes.

—No pienso raptar niños —exclamó Fenris—. Comprendo que aquí nuestra causa última es el bien común, pero hay límites que no puedo cruzar.

—¡Oh, no, por todos los cielos! —Agnes agitó las manos, alterada, cual pájaro arrinconado contra una pared—. ¡No, no! ¡No me refería a un bebé humano! ¡Claro que no! Sino a un bebé de otro tipo. Un bebé cualquiera, una cría. Y luego se lo podemos devolver a su madre.

La señora del polvo se frotó la frente. En lo alto de su cayado, la gallina soltó un graznido.

—¿Y qué hay de un pollito? —preguntó Marra, mirando a la gallina—. ¿Serviría?

—Sí, claro —contestó Agnes—. ¡Sería ideal!

Comprar un pollito vivo en una ciudad desconocida era increíblemente fácil, aunque Marra supuso que, de haber estado ella sola, habría sido muy difícil.

*Tendría que haberme atrevido a hablarle a un extraño y preguntarle si alguien vendía pollos y dónde, y si no sabía, ir con otra persona...*

Fenris, al parecer indiferente a esas complicaciones, caminó sin más para salir de la callejuela y le preguntó a la primera persona que vio, un hombre que vendía pepinillos encurtidos de un enorme tonel que tenía en un carrito.

—Disculpe, señor. ¿Sabe en dónde podría encontrar un lugar que venda pollos y gallinas vivos?

—¿Está seguro de que no prefiere un pepinillo? Es mucho más fácil que una gallina.

—Tristemente no. Ni siquiera esos pepinillos que se ven tan apetitosos —Fenris se llevó una mano al corazón, para dar a entender que sabía que estaba perdiéndose de mucho al no poder probar el encurtido en cuestión—. Pero necesito un pollo vivo de inmediato.

Marra no sabía cómo lo lograba, pero en menos de dos minutos Fenris tenía las indicaciones para llegar al mercado y la ubicación exacta del comerciante de aves menos deshonesto del lugar. Cinco minutos después estaban frente a un puesto lleno de pollos de todo tipo. Había gallinas adultas en jaulas, cloqueando aquí y allá, y había una caja entera llena de pollitos de plumaje como pelusa esponjosa.

La gallina de la señora del polvo se irguió muy oronda y miró desde arriba a sus hermanas prisioneras con una expresión muy parecida al desprecio.

—Necesitamos un pollito —dijo la señora del polvo.

El vendedor era un hombre enorme con unas cejas aún más grandes. Levantó la vista hacia la gallina colorada y alzó una ceja muy despacio.

—En la caja.

Agnes se inclinó sobre el borde de la caja, y les hizo ruidos de arrullo a los pollitos.

—¡Son tan adorables en este punto de la vida!

—Concéntrate en lo que tenemos que hacer —le llamó la atención la señora del polvo.

—Oh, sí, claro. Imagino que tendremos que quedárnoslo, ¿cierto? No nos permitirá tomarlo prestado para luego…

El vendedor no parecía ser el tipo de persona que suele dejar que sus clientes se lleven pollitos para después devolverlos.

Marra se embutió las manos en los bolsillos y trató de parecer alguien que posiblemente era una monja y para nada la hermana fugitiva de la reina. Luego de un minuto o dos, fue evidente que no tenía de qué preocuparse. El vendedor miraba a Agnes, que tomaba a cada pollito para susurrarle algo en secreto, y luego se volvía hacia Fenris. El hombre no decía nada, pero sus grandes cejas eran muy elocuentes.

—Ella es muy peculiar en cuanto a sus pollos —explicó Fenris—. Muy peculiar.

—No se les fija —le susurró Agnes a la señora del polvo, justo con el volumen suficiente como para que Marra reconociera las palabras—. No surte efecto. Qué idea más tonta. No sé cómo fue que llegué a pensar que funcionaría...

—Sigue intentándolo —le ordenó la señora del polvo.

El vendedor de pollos miró de nuevo a Agnes y luego a Fenris. Sus cejas se alzaron todavía más, acercándose a su cráneo.

Fenris permaneció absolutamente impertérrito, como si lo más normal del mundo fuera que una mujer le susurrara a un pollito antes de comprarlo. Marra no se atrevía a mirar a Agnes porque, de hacerlo, iba a estallar en risas histéricas.

—Muy bien —exclamó Agnes, con el tono de voz de alguien que ha llegado a su límite. Marra sintió un chasquido en los oídos—. ¡Éste!

—A éste se le fijó —observó la señora del polvo sin delatar ninguna emoción.

—No del todo y tengo que seguir... tengo que seguir haciendo fuerza... no se le quiere prender. Es como gelatina resbalándose por los lados de un tazón.

—Sigue intentándolo —veía la señora del polvo—. Bendícelo una y otra vez, si es necesario.

—Ay, Dios mío...

Marra arriesgó una mirada al pollito en cuestión. Era una bolita oscura, esponjosa, con un pico amarillo brillante y una expresión muy flemática para un pollo.

Las cejas del vendedor ejecutaron una compleja danza en su frente. El hombre dio un precio que era francamente absurdo por un pollo que había salido del cascarón apenas el día anterior.

—No me venga con ridiculeces —exclamó Marra, saliendo de su silencio aguijoneada por la situación—. Es un polluelo, no un ave fénix.

La mirada del vendedor volvió a Agnes, y sus cejas la siguieron.

—Entre más pronto paguemos, más rápido nos iremos —aconsejó Fenris.

El precio misteriosamente se desplomó.

Agnes rebuscó en la bolsa que llevaba en la cintura y entregó una moneda, cargando al pollito contra su pecho con la otra mano.

—¿Quién es el pollito más lindo? —dijo, mirando hacia abajo.

Dejaron atrás al vendedor de pollos y sus cejas danzantes y llegaron a un patio en las cercanías, sin que Marra perdiera la compostura.

—¿Qué fue lo que hiciste? —preguntó la señora del polvo—. Le pusiste magia, pero no puedo entrever qué fue exactamente.

—Le dije que nos guiara a un lugar seguro —explicó Agnes—. Como la polilla que encontró lo que ustedes necesitaban. A lo mejor sólo puede llevarnos a un lugar que sea seguro para pollos... Pero ahí está la magia, aunque tengo que seguir...

—Es un maleficio —exclamó la señora del polvo—. Por eso fue que surtió efecto.

—¡No! —Agnes se veía molesta, mientras acunaba al pollito—. ¡No es un maleficio! Es... bueno, no es exactamente una bendición, pero tampoco es un maleficio. Nada malo va a ocurrir.

—Bueno, veamos si funciona —respondió la señora del polvo—. Vamos.

—Está bien —dijo Agnes—. ¡A ver, vamos, pollito! ¡Búscanos un lugar seguro! —dejó al pollito en el suelo e hizo una especie de aleteo para insinuarle que se moviera.

El pollo miró alrededor, luego pio y comenzó a correr por el callejón, con Agnes y la señora del polvo tras él.

—¿Ves? Tomará mucho más tiempo con un bebé —opinó Fenris.

Marra le clavó un codazo entre las costillas, y fue como golpear contra una pared de piedra. Él gruñó, tal vez para mostrarse educado.

Siguieron al pollito hasta una escalinata que él no podía subir por sus propios medios. Agnes lo tomó en su mano. El pollito pio.

—La magia se está desvaneciendo otra vez —dijo la señora del polvo.

—Huy... A ver... —Agnes miró alrededor como si fuera a hacer algo ilícito, y entonces algo sucedió y de repente pareció como si ella hubiera crecido dos palmos y el callejón se llenó de sombras, y sus ojos relampaguearon y dijo—: Si no nos encuentras un lugar seguro para hospedarnos, entonces... —con una voz que sonaba como los tañidos de una campana de bronce.

—Píííí —repitió el pollito. Las sombras huyeron. Marra sintió un nuevo chasquido en los oídos. Perro de hueso soltó un aullido agudo y largo y puso la nariz detrás de la rodilla de Marra.

Agnes empezó a subir las escaleras, con el pollito en la mano. Parecía contento de ir así hasta que llegaron al segundo descanso, y empezó a forcejear para soltarse. Agnes lo dejó en el suelo y salió tras él, seguida por la señora del polvo, Marra, y Fenris. Perro de hueso, que normalmente hubiera disfrutado de correr en persecución de cualquier animalito, no se veía muy decidido a dejar la compañía de Marra.

Tras unos cuantos titubeos, el pollito los llevó a un pasaje angosto que terminaba en un callejón sin salida. Llegó a los escalones de una edificación en el extremo más alejado y empezó a rebotar contra ellos.

—Bueno —dijo Agnes, recogiendo al pollito—, ¿tú crees que ésta sea una pensión?

Los cuatro miraron la casa. Era pequeña y se veía descuidada, pero muy limpia, con ese tipo de limpieza que dejaba translucir la pobreza. Marra había asistido a partos en casas como ésa y casi podía oír una voz que decía: "Seremos pobres, ¡pero muy aseados!".

Había una niña sentada en los escalones de una de las casas vecinas. Ella también se veía limpia y arreglada, aunque se notaba que la tela de su ropa era muy delgada, así como ella. Los miró con aire solemne:

—¿Van con la señorita Margaret?

—Posiblemente —contestó Agnes—. ¿Es la dueña de la casa que hay al fondo del callejón?

La niña asintió.

—¿Y alquila habitaciones?

Otro gesto de asentimiento más lento. La niña lo pensó un poco y luego dijo:

—Aunque la mayoría de la gente no se queda. Sólo los locales. Ella no le hace mal a nadie, dice mi pa, pero a la gente no le gusta eso que siempre lleva en el hombro.

—¿Qué es lo que no le gusta a la gente? —preguntó Marra.

La niña frunció la frente. La gallina colorada se acomodó y soltó un cloqueo grave y preocupado.

—Ése que siempre anda con ella —corrigió la niña, mirando intrigada a la gallina—. Ya van a verlo. No es ningún secreto. Él puede ser horrible. Pero ella es buena persona, la señorita Margaret. A veces le hago mandados.

Fenris y Marra cruzaron una mirada rápida.

—El marido, ¿tú crees? —susurró Marra.

—O un hermano, o el padre. No es fácil saberlo.

—¿Será peligroso?

Fenris se encogió de hombros. Marra recordó la manera en que se había ocupado del borracho en el pozo y sintió una punzada de envidia por cualquiera que pudiera andar por la vida sin temor a la violencia física.

—Gracias —le dijo Agnes a la niña. Se metió el pollito bajo el brazo y fue hasta la puerta de la pensión.

Marra estaba lo suficientemente cerca como para oír que su hada madrina le murmuraba al pollito:

—¿Éste está bien? ¿Estás seguro? —el pollito pio—. ¿Eso fue un "sí"?

—Eso quiere decir que tu pollito tiene hambre —dijo la señora del polvo, cortante.

—Caramba…

Fenris pasó junto a ella para quedar al frente, mientras que Agnes trataba de apaciguar al pollito, y tocó a la puerta.

Tuvieron que esperar tanto que Marra empezaba a dudar de que alguien fuera a atender, hasta que la puerta se abrió con un crujido a la oscuridad.

La señorita Margaret era una mujer alta, de hombros encorvados, con manos muy delgadas y cara huesuda. Permaneció entre las sombras, de perfil frente a la puerta, de modo que Marra sólo pudo verla de lado.

—¿En qué... en qué les puedo servir? —preguntó. Su voz sonaba como si tuviera que empujar las palabras para que pasaran a través de un nudo en su garganta.

—Buscamos dónde hospedarnos —contestó Agnes alegremente, con el pollito en la mano—. Y éste es un lugar seguro. Eso es lo que se supone. El pollito...

—¿Alquilan cuartos aquí? —preguntó Marra, tratando a toda prisa de acallar el torrente de palabras de su madrina.

La señorita Margaret la miró de soslayo, como haría un pájaro sin voltear el rostro.

—Sí —habló con voz áspera—. Dos.

—¿Por cuánto?

Dio un precio, que a Marra le pareció tan ínfimo que por un momento pensó que se refería a lo que tendría que pagar cada uno, individualmente. Se contuvo antes de preguntar "¿Sólo eso?", y más bien dijo:

—¿Podemos ver las habitaciones?

La mujer asintió de nuevo, retrocediendo por el pasillo para permitirles entrar. Y luego se estremeció al mirarlos de frente.

Lo primero que pensó Marra es que la señora tenía una especie de animal trepado al hombro... una comadreja, o un gato de cuerpo especialmente largo. Cuando logró ver mejor, se cubrió la boca con una mano. Hasta Fenris dio un paso atrás.

*El que siempre está con ella. Claro.*

Era un muñeco de madera. Una especie de marioneta, pensó Marra, del mismo tipo de las que llevan los actores y músicos ambulantes para entretener a los niños más pequeños. Tenía manos de madera tallada y quijada móvil que le permitía abrir y cerrar la boca, y extremidades articuladas. Pero el único hilo que se veía conectado a él era un cordón negro que rodeaba el cuello de la señorita Margaret, y que el muñeco sostenía en una mano.

Él se movió mientras lo miraban. Fue un movimiento lento y deliberado, como el de una tortuga que gira su cabeza hacia el sol, y que le produjo un hormigueo nervioso a Marra.

—¡Qué interesante! —dijo Agnes, con tono de curiosidad profesional—. Es un maleficio de infancia, ¿cierto?

El muñeco chilló. Trocitos de madera le rodaron por la cara. Tiró con fuerza del cordel. La mujer asintió, con los ojos desorbitados y la mirada alarmada, como para rogarles a sus clientes que no dijeran nada más.

—¡Por todos los cielos! ¡Lo siento mucho! —exclamó Agnes—. No era mi intención. Qué impertinencia de mi parte —le sonrió bondadosa a la mujer, como si tener un espantoso pedazo de madera viviente en el hombro fuera algo perfectamente normal.

El muñeco aflojó el cordón a regañadientes. La señorita Margaret pudo pasar saliva.

—No se preocupe —la tranquilizó Agnes—. Esas cosas pasan. Yo nnnnnnoooooo...

Marra estaba lo suficientemente cerca como para ver que a su hada madrina de repente se le iban los colores de la cara, como si fuera una botella que alguien estuviera vaciando. Agnes parpadeó varias veces, con cara de perplejidad. Y luego dijo, mirando al frente:

—Marra, toma el pollito. Si caigo sobre él, podría salir lastimado.

Marra le arrebató la bolita esponjosa de la mano, alarmada por la total calma de la voz de su madrina.

—Bien —dijo ella, y se desmayó.

Colapsó contra la pared, haciendo temblar los tablones, y luego se deslizó inerte hacia el piso. Fenris soltó un improperio y trató de atraparla en su caída pero, entre Marra y la señorita Margaret, no quedaba mucho espacio libre para otra persona, y menos si tenía semejante tamaño. El pollito se asomaba. A la señorita Margaret los ojos parecían salírsele de las órbitas.

—¿Qué le acaba de hacer? —protestó Marra—. ¿Qué fue lo que esa cosa le hizo?

—Nada... nada... yo no... él no puede... —dijo la dueña de la pensión, y luego el cordón en su garganta se tensó y ella empezó a ahogarse.

—No es el maleficio —explicó la señora del polvo—. Fuera de mi camino, ¡todos ustedes! Es la magia. Se volcó toda ella para mantener la bendición en funcionamiento y eso la llevó a desvanecerse... ¡qué disparate!

Levantó la cabeza para mirar a la señorita Margaret, haciendo caso omiso del muñeco.

—Llévenos a los cuartos. Ella necesita reposo y té y silencio.

La señorita Margaret asintió. El muñeco tenía la mirada fija en la gallina colorada, cuya roja cresta rozaba el techo por encima del cayado. La gallina le devolvió la mirada al muñeco y cerró el pico con un chasquido.

La señorita Margaret se volvió despacio. El muñeco se movió para mantenerse en equilibrio. Los llevó escaleras arriba, seguida de la señora del polvo, luego Fenris con Agnes en brazos, Perro de hueso tras sus talones, y Marra con el pollito, atenta por si el muñeco se le lanzaba a la cara a alguien.

No lo hizo. Al final de la escalera llegaron a un pasillo encalado, con varias puertas. La dueña se detuvo frente a una y señaló hacia el interior, con la mirada baja. Todos entraron.

—La siguiente también —dijo con voz ronca, abriendo la otra puerta—. Y hay una comida... una com-mida —el muñeco tiró del cordel. Ella se llevó una mano al cuello y miró a Marra suplicante.

—¿Una comida incluida? —preguntó ella.

*¡Qué normal me oigo! Estoy sosteniendo una conversación común y corriente con una mujer a punto de ser estrangulada por un muñeco de madera, y todos nos comportamos como si lo importante fueran las comidas que incluye el alquiler del cuarto.*

La dueña asintió y se escabulló. Marra siguió hacia el interior del cuarto y cerró la puerta. Fenris había acomodado a Agnes en una de las camas, y retrocedió para dejar espacio libre. La señora del polvo se sentó en la otra cama, y de alguna manera lograba mostrarse preocupada y molesta.

—¡No podemos quedarnos aquí! —bufó Marra—. Esa cosa... ese muñeco... ¡No me digan que no es capaz de hacernos algo terrible!

—Es terrible lo que le ha hecho a la dueña de la pensión, sin duda —contestó la señora del polvo—, pero no puede hacernos nada a los demás. No tiene ese poder. Es solamente un maleficio de infancia.

—¿Solamente? —a Marra le costaba imaginar que ese muñeco articulado fuera "solamente" cualquier cosa.

—Seguro es una historia triste —siguió la señora del polvo—. La mayoría lo es. Alguien le regala un juguete a un niño solitario y el chico vuelca en su juguete todas sus esperanzas y miedos y preocupaciones. Con el tiempo y suficiente intensidad, no hace falta sino un golpecito de mala suerte para que el juguete cobre vida. Y obviamente sabe que la única razón por la cual tiene vida es por el niño. Un pequeño dios personal con un solo adorador. Y se aferran a eso y... bueno... —hizo chasquear la lengua—. Normalmente el maleficio se rompe y el juguete se quema antes de la adolescencia. Es asombroso que dure tanto.

—Podemos quemarlo —dijo Marra—. Una buena solución. Voy por leña.

—Pero no sin permiso de ella. Uno no le arranca su dios a una mujer adulta y le prende fuego —la señora del polvo le clavó una mirada fulminante, como si Marra hubiera propuesto algo terriblemente grosero.

—¡Pero la estaba asfixiando!

—Es su cuello, no el tuyo. Podemos preguntarle antes de que nos vayamos de aquí, si te parece.

—¡Pero podría andar por los pasillos en la noche!

—No. Tiene que quedarse con ella. En realidad, no tiene poder sobre nadie más. Supongo que podría ordenarle que nos matara cuando estemos dormidos, pero cualquier dueña de pensión o posada podría hacerlo también, así que yo no me preocuparía. Y el pequeño dios no se arriesgará a perder a su adoradora en caso de que nosotros nos defendamos.

Marra abrió la boca y la volvió a cerrar varias veces, totalmente incapaz de formar palabras. ¿Cómo podía estar tan tranquila la señora del polvo?

—Esto nos favorece —siguió—. Ella no puede contarle a nadie sobre nosotros, quienes o qué somos. Nadie confía en una persona que sigue presa de un maleficio de infancia, y el muñeco podría asfixiarla si tiene la impresión de que le está prestando demasiada atención a otra cosa —hizo un movimiento de cabeza señalando a Agnes—. Su magia funcionó. Podrá ser poco ortodoxa y no muy eficaz, pero funcionó.

—¿El pollito está bien? —preguntó el hada madrina desde la cama. Su voz se oía muy débil.

Marra se miró las manos. El pollito estaba un poco húmedo por el sudor de sus palmas, pero parecía en buenas condiciones.

—¿Sí?

—¡Qué bien!… Tenía miedo de haberme… —Agnes cerró los ojos. Seguía muy pálida, y se notaba más contra la almohada—. Perdónenme por darles tantos problemas.

—Te agotaste casi del todo en ese animalito —dijo la señora del polvo.

—¿En serio? —Agnes sonaba triste—. Nunca me había sucedido… Normalmente, la magia funciona o no. Pero yo seguí insistiendo en mi cabeza para que se le quedara al pollito…

—Sí, y ese proceso te dejó exhausta —la frialdad de la señora del polvo cedió un poquito, y dio unas palmaditas en la almohada de Agnes—. Está bien. Funcionó. Ya estamos aquí. Ahora, descansa un poco.

—¡Espere! —protestó Marra cuando la señora del polvo comenzó a sacarla de la habitación—. ¿Qué va a pasar con…?

—Aquí nos quedamos —le contestó ella—. Este lugar es seguro. Y, además, barato.

—Me refiero al pollito.

—¿Qué?

—No sé cómo cuidar al pollo.

El rostro anguloso de la señora del polvo se tornó en una serie de estrechos triángulos.

—Es un pollito. ¿No te enseñaron eso en el convento?

—¡No! Los pollos eran asunto de alguien más. Aprendí a hacer vendajes y a asistir alumbramientos —metió el pie entre la puerta y el marco para evitar que la dejaran en el pasillo, a cargo del pollito.

—Los bebés nacen de vez en cuando. Los pollitos son cosa de todos los días —la señora del polvo arrancó el animalito de las manos de Marra, meneando la cabeza. Mientras la puerta se cerraba en su cara, oyó—: Sé que eso de cuidar pollitos no se te da, demonio, pero vas a hacer una excepción o algo así para ayudarme...

La puerta se cerró con un chasquido leve.

# Capítulo 14

El otro cuarto tenía dos camas estrechas con una mesa pequeña y una palangana en medio, y una ventana con postigos. Marra se derrumbó en una de las camas con un quejido, y se sostuvo la cabeza con ambas manos.

—¿Estás bien? —preguntó Fenris.

—¡Un muñeco horroroso! —contestó ella—. Una gallina endemoniada, un hada madrina.

—Y esto es un perfecto disparate y acabaremos muriendo en el intento —siguió Fenris. Le dio una palmadita en el hombro—. Y a pesar de eso, tengo que confesar que no imaginé que nos tocara algo como la gallina endemoniada o el muñeco.

—Las cosas nunca son sencillas —dijo Marra, demasiado cansada como para gritarle por tomarse el fatalismo de ella al pie de la letra. Recordó de repente que había llorado frente a todo el mundo hacía unas horas y sintió que se sonrojaba de vergüenza. Para disimular, se dio la vuelta, y levantó una cobija para investigar el estado del colchón.

Estaba relleno de crin de caballo y las cobijas eran ásperas pero limpias. El cuarto en sí no estaba en el mejor estado, pero estaba escrupulosamente aseado, como el resto de la casa. No vio que brincara ninguna pulga por ahí.

—Bueno, no está mal el cuarto —le recordó su celda en el convento.

—He dormido en lugares peores —opinó Fenris.

La estrecha cama pareció aún más pequeña cuando él se sentó en ella. Marra estaba más o menos segura de que los pies le iban a colgar fuera de la cama cuando se acostara. Él la miró con expresión de disculpa:

—Hummm... yo... hummm... me doy cuenta de que es incómodo que te toque compartir habitación conmigo. Si hubiera un establo, me ofrecería a dormir allí, pero no hay. Y la verdad es que prefiero estar cerca, por si acaso...

No dijo más, pero Marra supo que se refería al maleficio.

—Yo también prefiero que estés cerca —le dijo—. No hay problema. No es muy diferente de cómo hemos dormido en el camino.

Fenris respondió con un sonido evasivo. Marra sabía perfectamente bien lo que quería decir. Una vez que uno se encontraba entre paredes, y que había una puerta, las cosas... las cosas se complicaban.

*No es complicado. No tendría por qué serlo. Es tu amigo y están aquí para matar al príncipe y es en eso en lo que tienes que pensar,* esbozó una sonrisa forzada.

—Imagino que una cama como éstas no es a lo que estás acostumbrado.

Fenris se encogió de hombros.

—No es que esté acostumbrado a nada, en realidad. He dormido en barracas de soldados durante mucho tiempo. Cuando estaba de campaña, dormía en el suelo. A veces tras dormir sobre la tierra, me tocaba una noche en la mejor recámara de un castillo.

—Y a veces en fuertes de hadas —agregó ella.

A Fenris le cambió la cara. Marra sintió como si un postigo se cerrara en sus ojos.

*"¡Qué tonta eres! ¿Por qué dijiste eso?*

—Perdón, lo siento —se excusó, tartamudeando levemente—. Perdón. No debí bromear con eso.

—No pasa nada —estiró las manos para tomar las de ella. La habitación era tan pequeña que era fácil hacerlo—. Marra... Princesa Marra.

Ella hizo una mueca.

—No. No lo soy. Quiero decir, sí lo soy, pero en verdad soy una monja, sólo que tampoco es cierto que lo sea en verdad.

—Eres la princesa del Reino Portuario —dijo él—. Me enteré en la primera posada en la que nos detuvimos en tus tierras. Tu hermana Kania está casada con el príncipe Vorling del Reino del Norte.

*Claro que iba a enterarse. Debiste imaginarlo. No es que fuera un secreto*, se dijo Marra con firmeza, tratando de no hacerle caso a la repentina punzada que sentía en el pecho, alertándola con fuerza de que seguramente él se lo contaría a Vorling, que las traicionaría a todas, que sabía demasiado y usaría eso que sabía en contra suya...

*No. Es Fenris. Está de nuestra parte y siempre ha sido decente.*

Bajó la vista hacia sus manos unidas, tratando de no sentirse atrapada, pensando en cuál sería el precio que tendría que pagarle por su silencio.

—A la gente le encanta hacer correr rumores sobre la familia real —le contó. Su voz era amable—. Me dijeron que te habían mandado a un convento. Unos cuantos creían que había sido a causa de un escándalo, pero la mayoría opinaban que tú llegarías a ser la tercera esposa de Vorling si tu hermana moría. Que te mantenían en reserva, dijeron.

*No, mi madre dijo que yo estaba fuera de todo ese asunto, que me liberaba y me enviaba lejos para que no tuviera que permanecer en la corte, cosa que yo detestaba, y que era libre.*

Meditó sus pensamientos, y le pareció que pertenecían a una Marra mucho más joven, una que no había estado nunca en un mercado de duendes, una que no había llegado a construir un perro con huesos. Una que podía darse el lujo de ser ingenua e ignorante.

*Ya no puedo ser así.*

—Probablemente sea cierto —contestó Marra, maravillada de que su voz pudiera mantenerse firme sin temblar—. Mi madre nunca llegó a decirme tanto, pero Vorling está obsesionado con que alguien de su propia sangre sea quien ocupe el trono de mi padre. Y, claro, valía la pena controlar nuestro puerto, además. Un buen puerto profundo, implica riqueza para un reino. Nunca se me iba a permitir casarme y tener un hijo que pudiera ser una amenaza para ese plan. Y siempre estaba abierta la posibilidad de que mi hermana muriera, igual que nuestra hermana mayor, y que fuera necesario sacarme del convento y llevarme al altar.

Fenris asintió. Sus manos se sentían cálidas. Las volvió con suavidad, para sostener ambas manos de Marra entre sus propias palmas.

—Eso imaginaba. Así como mucha de nuestra gente. Saben que Vorling es ambicioso —hizo una pausa, como sopesando sus palabras, y luego siguió, temiendo decir algo imprudente—. Aún recuerdan a tu hermana Damia con cariño.

Apretó con fuerza las manos de Marra entre las suyas. Ella tomó aire, preguntándose si iba a llorar una vez más. No, tal vez no. El dolor había ido atenuándose con el paso de los años, desgastándose con el tiempo. Miró ambos pares de manos, con los ojos sin sombra de lágrimas. Su mano izquierda nunca llegaría a recuperarse del todo tras haber hilado la pelusa de ortiga. Una de las articulaciones se veía más grande que las demás, y tenía una zona de piel insensible en un lado del meñique.

—Después de la segunda o tercera posada, sentí que ya sabía demasiado —Fenris continuó—. No sabes casi nada sobre mí, y en cambio yo he oído mucho de ti y tu familia —tomó aire—. Así que… sí. Dormí en un fuerte de hadas. Te diré que hubo una batalla. Un clan derrocó a otro. Es algo que sucede a veces, aunque los Padres procuran evitarlo. El clan derrotado había estado educando a un jovencito para que llegara a ser el jefe y señor, y la señora al mando del clan conquistador declaró que su gente no haría la guerra contra niños, así que el chico fue perdonado, por orden suya. Nos lo entregaron a nosotros, los que servimos a los Padres. No debe haber tenido más de trece años, o casi trece. Aún no le había cambiado la voz, y sonaba como la de una novicia.

—Fenris —lo interrumpió Marra, mirándolo—, no tienes por qué contarme estas cosas.

—Lo sé. Pero quiero hacerlo. Así estaremos parejos y… —sonrió mirándola, con una sombra de dolor que a ella le golpeó el corazón—, y para mí es muy importante que estemos al mismo nivel.

Marra bajó la cabeza. El borde de la uña de uno de los pulgares de él estaba roto. Podía sentir el calor de la piel de Fenris a través de la suya, cruzando la zona de piel sin sensibilidad, calor y luego una presión vaga y entonces de nuevo calor.

—Así que este joven jefe en ciernes temía volver con los suyos. Tenía miedo de que su padre pensara que había fracasado por el hecho de que lo hubieran capturado con vida. Por no morir como héroe —Fenris curvó los labios—. Pasé una semana entera convenciéndolo de que su padre se pondría tan feliz de verlo que no se hablaría de fracaso ni derrota. Me veía en él. Yo había tenido su edad una vez y había sentido ese terror de no estar a la altura del ejemplo de mi padre. Y me vi en él con tal claridad, que no lo vi a él en absoluto.

Marra tenía una idea de cómo terminaría la historia, y no quería enterarse, como si por el hecho de no oír las palabras, pudiera anularse lo sucedido.

—Fenris...

—Tú me sacaste del mercado de los duendes, y me temo que esta historia forma parte de mí. Me sigue adonde sea que vaya —Marra no supo si lo decía por amargura o por sentido del deber, o tal vez por ambas razones.

*El deber, al igual que el amor y el odio, es complicado...*

—Me pareció que había algo extraño en el momento en que se lo entregamos a su padre. "¿Te escondes tras las faldas de una mujer?", le dijo el señor. Era extraño, y la forma en que lo dijo también lo fue. Yo tenía mis obligaciones y fui a atenderlas, y dejé al hijo con su padre. Pero algo me incomodaba por dentro.

—¿Y? —preguntó Marra, que conocía sus deberes como oyente de la historia.

—Una semana después regresé. No podía sacarme de la cabeza la manera en que el padre le había hablado al hijo, ni su mirada. No era como debía comportarse un padre. No tengo hijos, que yo sepa, pero esa mirada... —meneó la cabeza, negando—. Regresé. Pero había tardado demasiado en hacerlo. ¡Qué iluso fui!

—Él estaba muerto… —dijo Marra. Pensó si la hermana apotecaria se sentiría así cuando alguien le contaba de una enfermedad que ella había detectado en la primera impresión.

—Murió flagelado. Su padre lo tachó de traidor y cobarde. Aún estaba colgado por las muñecas. Yo mismo bajé el cuerpo —su voz se oía plana, sin la menor emoción. A Marra le recordó la mirada de Kania cuando estaba preparada para casarse con el príncipe. La misma sensación de impotencia. "Esto está sucediendo y yo formo parte de ello, pero nada más"—. Había agonizado durante un día entero, al menos.

—Lo lamento mucho —contestó Marra, sintiendo que sus palabras no servían de nada para dar una idea de lo que tenía dentro. Giró sus manos para apretar las de él, y Fenris bajó la mirada para verlas, al parecer desconcertado.

—Y por eso es que no pude matarme, tras haber matado al padre y a sus guardias. No podía ensuciar más la memoria de ese jovencito.

—Hiciste bien en matar al padre —dijo Marra, con fiereza—. Eso no estuvo mal.

—Todo lo otro que hice estuvo mal —confesó Fenris—, desde el principio hasta el final —suspiró—. No quise oír ni entender, y fue mi culpa que un chico muriera torturado. Porque mi padre era un buen hombre, y yo estaba tan cegado por mi propia necedad que no quise entender por qué el muchacho estaba aterrorizado.

—Mi padre también es un buen hombre —dijo Marra—. Tal vez por eso me tomó tanto tiempo darme cuenta de lo que le estaba sucediendo a Kania. Sabía que había algo malo, pero me equivoqué al suponer lo que podía ser. Sé que quedaba embarazada con demasiada frecuencia, pero nunca supe por qué —ella tironeó sus manos, y él la soltó de inmediato—. Y mi madre era mi madre, y yo sabía que me amaba, así que me llevó tiempo darme cuenta de que también podía usarme como pieza en el juego para salvar al reino.

Fenris asintió.

—A veces ésa era mi función al servicio de los Padres —dijo—: mover a personas y aliados como si fueran piezas en un tablero. Hubiera sido mucho más difícil si además les tuviera afecto.

Marra exhaló. ¿Habría sido difícil para su madre? Quería creer que así había sido. La vida habría resultado más sencilla. Pero ése era su motivo de tristeza, y Fenris tenía los suyos propios.

—Eres más fuerte que yo —le dijo—. Lo hiciste todo tú. Yo no pude detener a Vorling. Tuve que ir a buscar a alguien con poder suficiente para encargarse. Me paso los días llena de miedo y no me digas que ser valiente es seguir adelante cuando uno se muere de miedo porque no es verdad. Me aterraban los carruajes y la gente en las posadas. Lo único que he hecho bien es encontrar a la señora del polvo.

—Ah, el ama de los zorros —negó con la cabeza—. Haber dado con ella compensa todo lo demás que hayas hecho mal.

—Tal vez, pero tú… hiciste todo lo que estuvo en tus manos para enmendar lo malo —Marra no sabía cómo decirle lo que tenía en la cabeza… que Fenris era un buen hombre y que tal vez lo peor de ser bueno era que a uno no se le cruzaba por la mente nada malo. Que jamás, ni en un millón de años, a ella se le hubiera pasado por la imaginación que Vorling lastimara deliberadamente a su hermana. Nunca se le ocurrió semejante cosa—. Y después hiciste lo que pudiste para garantizar que nadie más sufriera.

Fenris resopló.

—Meterme a un fuerte de hadas —dijo él—. No es la mejor idea que he tenido en la vida.

Marra juntó las manos. Se sentían mucho más frías ahora que el hombre las había soltado.

—Pues, si no lo hubieras hecho, nunca nos habríamos encontrado.

—No, nunca —él le sostuvo la mirada un instante más de lo necesario y, al final, Marra fue la primera en desviar la vista.

—Entonces, sí sabes lanzar maldiciones —afirmó la señora del polvo.

Marra se despertó de repente. Sonaba como si la señora del polvo le estuviera hablando directamente a ella.

*¿Una maldición? ¿De cuál maldición hablaba?*

—No —contestó Agnes—. Yo no sé hacer esas cosas.

—No lograste bendecir a ninguno de esos pollitos, ¿verdad? Hasta que te diste por vencida y le lanzaste una maldición al último.

Marra se levantó, apoyándose en los codos, y se dio cuenta de que las paredes eran tan delgadas que podía oír la conversación.

—Pues sí —Agnes se oyó vencida—. Fue una maldición insignificante. Una muy pequeña.

—Tampoco es que fuera tan pequeña. La única razón por la cual el hechizo fijó en el animalito fue mediante la maldición, ¿cierto?

—Está bien, sí. Nunca he sido muy buena para bendecir, no. Pero no perjudiqué al pollito. Está bien.

230

—¿Y en qué consistía la maldición? Tuvo que ser algo.

Agnes murmuró unas palabras.

—¿Qué dices? —insistió la señora del polvo.

—Le dije que si no nos guiaba a un lugar seguro, moriría.

Marra abrió los ojos desmesuradamente en la oscuridad.

—Pero encontró el lugar —continuó Agnes—, así que salió bien —se oía preocupada, incluso a través del material de la pared, que amortiguaba un poco el sonido, y Marra pudo imaginar su expresión de inquietud.

—Eres buena para las maldiciones y los maleficios —sentenció la anciana—. Es una verdadera habilidad que tienes. Más que eso, tienes ese talento. Vi la manera en que el mundo se desbalanceó un poco en el callejón. No fue sólo aquella única vez con el ratoncito, ¿cierto? Lo has hecho más veces.

Otras palabras incomprensibles salieron de la boca de Agnes.

—¿Quién o qué era tu madre en verdad? No era una muchacha cualquiera, con pies de vaca, ¿cierto?

Marra miró hacia el resto de la habitación. ¿Estaría Fenris oyendo todo eso? No, estaba dormido, con las manos plegadas junto a la cabeza, respirando con un ritmo lento y uniforme.

—Eres malísima para mentir, Agnes. Dime la verdad.

El remordimiento que carcomía a Marra por estar espiando la conversación desapareció de inmediato. Apoyó la oreja contra la pared, justo a tiempo para oír que Agnes decía:

—¿De qué sirve? No voy a andar por ahí castigando a los niños por haber nacido. Eso no lo voy a hacer. A la gente en realidad no le gusta eso.

—Entonces, estás renunciando a tus poderes sólo para agradar a la gente —sentenció la señora del polvo con determinación.

—No —esa respuesta resonó lo suficientemente alto como para que Marra se sobresaltara—. Renuncio a mis poderes para ser una persona decente. Si a los guerreros se les permite dejar de matar y convertir sus espadas en cuchillas de arado, a mí debería permitírseme criar gallinas y bendecir a los niños con buena salud en lugar de maldecirlos.

La señora del polvo contestó algo demasiado bajito para que Marra alcanzarla a oírlo.

—El mundo puede irse al diablo —replicó Agnes, sonando peligrosamente al borde de las lágrimas y, por más que Marra trató de oír, no le llegó ningún otro sonido del cuarto vecino.

# Capítulo 15

—Estaba pensando… —dijo Agnes a la mañana siguiente—, tal vez debería ir a hablar con esa hada madrina.

—¿Qué? —exclamó Marra.

—¿Qué? —exclamó la señora del polvo.

—¿Será sensato hacerlo? —preguntó Fenris.

—Piiiip —pio el pollito.

Estaban todos sentados alrededor de la mesa en una habitación pequeña, de paredes blancas. La superficie de la tabla tenía las cicatrices de años de uso, pero todo se veía impecablemente limpio. Los desayunos de la señorita Margaret no tenían nada especial, pan negro, huevos duros, y uno que otro pescadito salado entero. Pero no era nada tacaña con las porciones, y eso era bueno porque Fenris comía como las otras tres humanas juntas.

—Pues no sabemos exactamente qué es esa bendición, ¿cierto? —explicó Agnes—. Sabemos cuáles son las palabras, pero a lo mejor hay algo más, que no son palabras. Uno pensaría que tiene que dar un buen discurso para la corte, pero puede ser que le haya dicho algo más sencillo al bebé.

—¿Y cree que ella le va a contar? —preguntó Marra.

—Podría ser, como asunto de cortesía profesional, ¿o no?

Marra asintió, aunque le costaba imaginar esa sombría figura con el cráneo como de vitral teniendo una consideración profesional con cualquiera.

Para sorpresa de todas, Fenris estuvo de acuerdo.

—Podría ser —dijo—. Hay personas que dan la impresión de ser muy reservadas, pero que terminan compartiendo secretos con otros, si les parece que esa otra persona comprende lo que dicen. Un prisionero que se niega a decirle nada a un guardia, se abre de inmediato si es encerrado en una celda con otro acusado por el mismo crimen. Y los médicos que serían capaces de morderse la lengua antes que mostrar lo poco que saben o el miedo que tienen, sí se lo comunican a otro doctor. Lo he visto muchas veces. Así operan los espías.

—Tienes algo de razón —reconoció la señora del polvo—, pero si el príncipe resulta muerto, yo me imaginaría que el hada madrina empezaría a sospechar algo.

—¿Por qué? —preguntó Agnes—. Yo soy un hada madrina y no puedo hacerle nada a un adulto. Y tengo una razón perfectamente válida para estar aquí. La reina está a punto de tener un bebé. Como hada madrina de la familia real, me interesa.

—Iré con usted —dijo Marra. En su imaginación, veía ese encuentro de la jovial Agnes con el hada madrina del príncipe como si fuera Perro de hueso corriendo de frente hacia un muro que aparece de repente.

*Yo tampoco iría sola a verla. A lo mejor la señora del polvo sí sería capaz, pero el resto de los mortales...*

—Ella ya te ha visto antes —dijo la señora del polvo.

—En realidad no —Marra se encogió de hombros—. Yo estaba a cierta distancia de ella, y había un rey y una reina y un príncipe en el salón. Yo no estaba en el estrado. No creo que ni siquiera hubiera mirado hacia el lugar donde yo me encontraba.

—Entonces, queda arreglado —concluyó Agnes—. ¿Te harás cargo de cuidar a Guía?

—*Guía* —repitió la señora del polvo con un tono de voz que no admitía ningún comentario.

—El pollito. Le puse ese nombre.

La señora del polvo la miró, y luego al negro polluelo, y de nuevo a Agnes.

—*Guía* —repitió.

—Porque ésa era la bendición: que nos guiara a un lugar seguro.

—Bautizaste al pollito.

—¡Pero claro! ¿Tu gallina no tiene nombre?

La señora del polvo volteó a ver a la gallina colorada que la fulminó con su mirada.

—Primero que todo, no; y segundo, esta bestia está poseída por un demonio, así que no puedo bautizar a un demonio, porque éste ya tiene un nombre verdadero. No pienso andar por ahí renombrando demonios. Eso les da ideas.

—Yo bautizo a todos mis pollos —se excusó Agnes—: Pecosa y Pelusa, Milady y Jonquil y Sombra. ¿No les pones nombre a ninguno de los tuyos?

—No. Son pollos. No vienen cuando uno los llama.

—No, ya sé, pero así es más fácil hablar de los pollos con otras personas. Uno no siempre puede estar diciendo "el grande y negro de patas emplumadas" y cosas así.

—No hablo de mis pollos con otras personas —sentenció la señora del polvo como poniendo punto final al asunto.

—Sin embargo, la he oído hablar con su gallina —intervino Fenris. Agnes soltó una risita.

—Por primera vez —dijo la señora del polvo mirando al techo—, estoy empezando a dudar que toda esta misión tenga sentido.

—Yo lo he estado dudando desde el principio —contestó Marra.

—Yo no —agregó Fenris—. Tengo fe en todas ustedes.

—Pues lo que deberías tener es más cuidado —murmuró la señora del polvo—. Está bien. Me encargaré de "Guía".

Agnes le respondió con una amplia sonrisa.

—Pórtate bien, mi pollito —instruyó a Guía, y se lo entregó a la señora del polvo. Guía pio. La gallina colorada emitió un ruido grave y reptiliano de desprecio.

Agnes se limpió las manos.

—Vámonos —dijo—. Me emociona conocer a otra hada madrina.

Encontrar el lugar donde vivía el hada madrina del príncipe resultó más fácil de lo que debería. Agnes sencillamente le preguntó a la casera.

—No lo sé —respondió ésta con voz áspera, mientras el muñeco miraba a las intrusas como si quisiera fulminarlas, entrechocando sus uñas de madera—. Pero alguien como ella debe vivir bien, y las casas se van haciendo más suntuosas a medida que uno sube por la espiral. Tomen la calzada que sube dando vueltas hacia la cima, y pregunten más arriba.

—¡Muy bien! —dijo Agnes alegremente, y partieron, Marra con su túnica más deslucida, sin medalla, como si fuera servidumbre o parienta pobre.

—¿Y no será que vive en el palacio? —preguntó Marra.

—¿Tú crees? —contestó Agnes—. Yo no vivo en palacio.

—Sí, pero... —Marra identificó un potencial escollo en la conversación, y tuvo buen cuidado de evitarlo.

*Sí, pero su caso es diferente. En el Reino del Norte, el hada madrina es aterradora y muy respetada, y no una parienta de poca monta. De hecho...*

Y una hora después, por fin aceptó:

*De hecho, Agnes tiene razón.*

El hada madrina no vivía en palacio, sino en el barrio de los templos, entre las altas y estrechas casas de los dioses y los santos, cual si fuera una sacerdotisa.

—Cerca del punto más alto de la ciudad, claro —dijo Agnes. Aunque la ciudad se había construido sobre una espiral de calles, había tramos de escaleras a modo de atajos. Y funcionaban. Además, eran extremadamente escarpadas—. ¿Por qué los dioses siempre esperan que uno vaya hasta ellos? Uno pensaría que sería mejor si estuvieran cerca de donde vive la mayoría de la gente.

—Supongo que depende de lo que la gente pueda esperar de un dios —contestó Marra—. Pero la abadesa siempre decía que la mayoría de la gente quiere que los dioses estén lo bastante cerca como para tenerlos a mano si los necesitan, pero no que estén al lado de uno como una sombra.

Agnes gimió, agitando una mano para pedir un alto en el camino. Se sentaron en una banca, a la mitad de un tramo muy escarpado de escalinatas. Ambas jadeaban.

—Entonces... —empezó Agnes.

—Entonces, ¿qué?

—¿Fenris?

—¿Qué pasa con Fenris?

Agnes le encajó un juguetón codazo entre las costillas.

—Tú sabes... *Fenris* —dijo, alzando las cejas con ojos pícaros.

—Ay, por los dioses —exclamó Marra. Apoyó los codos en las rodillas y dejó caer la cabeza.

*Por favor, no quiero tener esta conversación con mi tía abuela. ¡Por favor!*

—¿Eh? ¿Eh? —otro golpecito de codo—. Un muchacho muy buen mozo, *¿cierto?*

—No es un muchacho propiamente. Ya casi llega a los cuarenta. Y yo no he estado pensando en eso, tía Agnes. He tenido la mente ocupada en otras cosas.

—El otro día lo estuviste mirando mientras partía leña.

—¿Y eso qué...? —Marra tuvo que hacer una pausa. Sí, lo había mirado. Él se había quitado la camisa. Había hecho un gran despliegue de músculos. Hasta la señora del polvo se paró un momento a echarle un vistazo. Su gallina había cacareado a tal volumen que alborotó a las que estaban en un patio vecino—. ¡Ah! Bueno. Es cierto. No soy de palo.

Una anciana, mayor que Agnes, pasó junto a ellas. Subía doblada bajo el peso de una canasta, pero avanzaba muchísimo más rápido que ellas. Marra no sabía si verla resultaba inspirador o deprimente.

—Entonces, lo has *notado* —siguió Agnes, complacida—. Y también es todo un caballero.

—En su comarca lo buscan por asesinato.

Si Marra esperaba que eso apaciguara a Agnes, debió quedar muy decepcionada.

—Estoy segura de que tuvo sus razones para hacerlo.

—Pues sí.

—Y es bueno con los pollos también. A Guía le agrada.

Marra puso la cara entre sus manos.

*Virgen de los Grajos, si quisieras abrir la tierra para que me tragara, este sería el momento indicado.*

—Tía Agnes, tenemos... —no. No era capaz de decir que tenían que planear un asesinato, ¿verdad? No en un lugar en el que podía haber gente que las oyera. Diablos—, tenemos muchas cosas que resolver ahora mismo.

—Bueno, bueno. Ya no sigo más. Es sólo para que lo tengas en mente, ¿sabes? No todos los días se cruza una con un hombre de semejantes cualidades.

—En este momento tengo bastantes recelos hacia los hombres —balbuceó Marra a través de sus dedos.

—Una polilla me dijo que él era justo lo que necesitabas.

—Él no... —Marra dejó caer las manos, repasó las palabras exactas que Agnes había usado, y le lanzó una mirada fulminante a su tía abuela. Agnes le devolvió otra con aires de superioridad.

—Además, estoy segura de que él no piensa en mí de esa manera —siguió Marra—. Así que todo esto es irrelevante.

—Estás segura de eso ¿cierto?

*La mano de Fenris sobre la suya, acariciándole la palma sin darse cuenta. La sonrisa levemente irónica de Fenris. Su sólida presencia contra la espalda de ella. La incomodidad mutua al verse compartiendo habitación. La manera en que le había sujetado las manos, para soltarlas cuando ella intentó apartarse.*

—Completamente segura —dijo con voz cortante—. Ahora, sigamos. Se supone que vamos al encuentro con esta aterradora hada madrina, ¿o ya lo olvidó?

—Sí, sí —Agnes se levantó—. Más y más escaleras. ¡Qué dicha!

—Ufff.

Para cuando llegaron al barrio de los templos, ambas estaban coloradas y jadeantes. Una mujer muy alta, con pelo cortísimo y luciendo las medallas del Sol Invencible les indicó por dónde seguir.

—Y para que lo sepan —dijo—, ella no recibe visitas.

—¡Oh, no hay problema! —contestó Agnes alegremente—. A mí me recibirá. Probablemente.

Marra esperaba una mirada cínica, pero los ojos de la mujer alta se suavizaron al mirar a Agnes.

—Entonces, que la buena suerte le sea propicia, abuela.

La casa del hada madrina parecía un templo. Compartía paredes con las edificaciones que tenía a ambos lados: una, la residencia de un sacerdote; la otra, un templo a la Santa del Polvo. Había un guardia apostado en la puerta, armado y acorazado, sosteniendo una alabarda frente a él.

—¡Hola! —saludó Agnes al acercarse—. Quisiera ver al hada madrina, si fuera tan amable.

El guardia inclinó la cabeza de manera casi imperceptible.

—El hada madrina no recibe visitantes.

—Es importante —insistió Agnes.

—Pierde usted su tiempo. La señora no bendice sino a la familia real.

—¡Ah! No hay ningún inconveniente al respecto —Agnes alargó una mano y le dio una palmadita en el brazo, como si fuera un niño pequeño—. No necesito una bendición. Yo soy un hada madrina.

Marra se aprestó para sujetar a Agnes y salir ambas del paso en caso de que el guardia se molestara porque lo hubieran tocado, pero sólo parecía desconcertado.

—¿Otra hada madrina?

—Así es. ¿Puede entrar y decirle que he venido?

—¿La está esperando?

Agnes se encogió de hombros.

—Pues, en realidad no lo sé. Si es un hada madrina extremadamente poderosa, tal vez pueda ver el futuro, y en ese caso sí que me espera. Pero si es como el resto de nosotros, es probable que no. O puede ser que aunque sea muy poderosa, no posea habilidades de clarividencia, cosa que también es enteramente posible. Los futuros son bastante turbios a la vista. Uno no puede ver mucho, ¿sabe?

El guardia empezaba a poner la misma expresión que toda la gente que se encontraba con Agnes. Marra se preguntó si eso era algo que uno podía aprender, o si se nacía así.

*O tal vez sólo funciona si uno es notoriamente anciano y parece un poco bobo y carente de la menor malicia.*

—¿Y cómo sé que usted es un hada madrina?

Agnes se fijó en su cara, rasgo por rasgo. Unos mechoncitos de pelo blanco se le escapaban de las horquillas y parecía que tuviera un tenue halo.

—Tú... no tuviste hada madrina —dijo lentamente—, pero tu madre sí, y la bendición que le dieron a ella fue... fue... ¡Por todos los dioses! Creo que no puedo decirlo con exactitud. Que sus hijos fueran sanos o bien que fueran fuertes, una de esas dos —agitó las manos en el aire—. Fue una buena bendición —dijo—. Me parece que funcionó.

El guardia abrió los ojos de par en par. Volteó la cabeza por encima del hombro para mirar hacia la puerta, como si esperara encontrar que alguien lo observaba.

—Esperen aquí —dijo. Abrió la puerta y entró.

—¿De verdad puede ver esa bendición? —susurró Marra.

—Claro que sí. Normalmente una no puede retroceder mucho a generaciones pasadas, pero las bendiciones que tienen que ver con el tipo de hijos que uno tendrá sí dejan marca en los hijos. Tiene que ser así, si no, no habrían tenido efecto. Pero no permanecen para siempre. Yo traté de hacerlo con ratones —negó con la cabeza—. Para la tercera o cuarta generación, por más que uno haya querido que todos los descendientes gocen de buena salud, la bendición ha perdido fuerza. La magia se diluye, y así debe ser, imagino. Para mantenerse más allá, necesitaría que la persona que lanzó el hechizo la estuviera reforzando permanentemente, y eso no es nada bueno. Una camada de ratones no es mucho pero, ¿uno o varios cientos, y luego de camada tras camada? Ya viste lo que me sucedió al tratar de que la magia se le fijara a Guía. No quiero averiguar cuantas crías de ratón se requieren para que yo me desplome de agotamiento.

El guardia abrió la puerta de nuevo.

—El hada madrina de la casa real la recibirá ahora —dijo, con rostro impasible nuevamente.

—Gracias —contestó Agnes sonriéndole encantada. Marra lo miró de soslayo al entrar, alerta al efecto que la magia podía tener sobre almas comunes y corrientes. Pensó que había detectado una sombra de sonrisa alrededor de sus ojos, pero tal vez había sido solamente su imaginación.

La residencia del hada madrina real era también un templo.

Era algo nunca antes visto. Marra había esperado puertas, habitaciones, las convenciones de la vida común. En lugar de eso, había un salón largo y estrecho decorado con tapices en las paredes. El hada madrina estaba sentada en un estrado al fondo, y su túnica formaba un triángulo, con el pálido cráneo de la anciana señora en el vértice superior. Grandes velas en vasijas, con doce pabilos, llameaban proyectando sombras profundas en el techo, y el salón olía a cera aromatizada.

*¿Será que ella permanece ahí sentada todo el día?*, se preguntó Marra. *¿Es así como recibe a sus visitas, o sencillamente se sienta a esperar a que la manden llamar del palacio?*

Era más fácil creer lo último, por alguna razón. Había una cierta inmovilidad en la pose del hada madrina, que parecía construida con cuero y tela en pliegues y dobleces, que hacía pensar en una muñeca que no se hubiera hecho para moverse. Se veía como una especie de diosa en ese templo, y no como una persona en su propia casa.

Cuando ella se movió, les produjo una conmoción visceral. Marra retrocedió un paso, como si hubiera sufrido un golpe. Daba la impresión de que esa piel antiquísima se fuera a agrietar y a romperse en lugar de estirarse.

—Acérquense —pidió la madrina con una voz que parecía un eco desde el fondo de una fosa llena de huesos.

—¡Hola! —saludó Agnes—. Yo también soy hada madrina.

—Así esssss —los sonidos sibilantes se desvanecieron. La mirada del hada madrina pasó sobre Marra, y no la consideró digna de atención, para luego posarse en Agnes. Marra se preguntó si, tras decir eso, se preparaba para expulsarlas.

Y luego, el hada madrina sonrió, tensando su boca casi sin labios sobre los huesos.

—Sigan y pasen a tomar té.


A Marra le dolían las manos, y el parchecito de piel insensible se le había enrojecido, como si hubiera rozado unas ortigas fantasmales. No había sucedido nada malo, ¿o sí? El hada madrina había preparado té, ¿cierto? Marra no conseguía recuperar el recuerdo del agua hirviendo, sólo las manos largas y marchitas sobre una tetera negra de hierro, sirviendo el té en pequeñas tazas laqueadas.

243

Marra se concentró en respirar, inhalar y exhalar. No es que la habitación diera vueltas a su alrededor ni nada tan dramático, pero algo sucedía en sus oídos... una sensación de mareo, de desequilibrio. Era como si estuviera justo detrás de su propio hombro, mirándose respirar.

Las dos hadas madrinas parecían estar muy lejos de ella. Alcanzaba a oír y entendía las palabras de su conversación, pero sólo si se concentraba lo suficiente. Era como si hablaran en una lengua que ella no dominaba del todo, y tenía que esforzarse por entenderla.

—¿... un maleficio? Ja. Claro que sí, hay un maleficio.

*"¿Sería algo que tenía el té? ¿O el perfume de las velas?"* No, Agnes se veía igual que siempre, y Marra apenas había probado el té.

Se levantó. Ni Agnes ni el hada madrina parecieron notarlo. Cuando Marra las miró, le llamó la atención lo semejantes que se veían, aunque eso no tenía sentido. El hada madrina real era muy alta, ¿cierto? Pero Agnes también, a su manera. ¿Antes estaba vestida de negro? Marra no lo recordaba.

*Claro que debió ir vestida de negro. No es posible que se hubiera cambiado sin que te dieras cuenta.*

—... qué ingenioso. Yo no hubiera podido hacer eso...

Las hadas madrinas no le interesaban. Pero los tapices... los tapices le parecieron muy extraños. *Tejido de telar,* pensó Marra distraída. *¿Qué estaría pensando quien tejió esto?* Era como si pasaran de una técnica a otra sin el menor sentido de un patrón o una estructura.

Se acercó a uno, mientras Agnes y el hada madrina real seguían conversando. De cerca, el tapiz era aún más complicado y menos estético. Eran bloques de color que encajaban entre sí, o que definitivamente no lo lograban. Marra jamás había sido una buena tejedora y prefería el bordado. Tejer en telar requería tener todo un plan con anticipación, y ella nunca conseguía visualizar todo el conjunto. A pesar de eso, sus esfuerzos menos logrados se habían visto más uniformes y mejor terminados que éstos.

*Esta parte está hecha entretejiendo los hilos en la urdimbre entre bloque y bloque... y aquí dejando aberturas entre uno y otro... pero ¿por qué?*

Una de las técnicas entretejía los hilos de dos bloques aledaños, y la otra dejaba una abertura entre ambos bloques de color. Ninguna de las dos era poco común, pero los tejedores normalmente escogían una técnica y la usaban en todo el tapiz. Ese tapiz no tenía un patrón claro. Seis hileras con intercalado de urdimbre estaban muy cerca, y luego una con intercalado en aberturas, y luego hileras de tejido plano de tafetán en un solo color. El efecto la desorientaba. En la esquina inferior derecha, sin ninguna razón evidente, habían usado bordado con hilo de oro para hacer una especie de nudo, como un nudo torsal, sólo que no era así como se hacía. Era necesario anudar todos los hilos colgantes y esto parecía como si un niño hubiera insertado un hilo más en el tejido, una y otra vez, dejando partes flojas y sueltas.

*¿Sería eso una firma?*

Agnes se rio, y su voz se oyó más profunda, y de alguna manera más vieja. Marra levantó la vista, pero únicamente vio a las dos señoras, sentadas juntas, arropadas por la oscuridad. Lo que importaba era el tapiz, el extraño tejido irregular...

—¿Sabes tejer en telar? —preguntó la madrina real.

Marra había estado mirando el tapiz tan de cerca que no había notado la interrupción en la conversación.

—No —contestó la princesa, alejándose de la pared—. Quiero decir… sí he tejido tapices. No soy tan buena en eso. Prefiero el bordado.

—Llevo muchos años trabajando en ésos —explicó el hada madrina con una voz extraña y plana que parecía resonar desde otro lugar—. Puede ser que te resulten de interés.

—Ah… por supuesto —dijo Marra. Le ordenó a su cara configurar una sonrisa de cortés amabilidad. Uno no le comenta a cualquiera que lo que hizo es un compendio de fealdad. Ella no hubiera insultado así a una novicia, y aún menos a una criatura inmortal terriblemente poderosa.

Fue hacia el siguiente tapiz y se dio cuenta de que el tercio inferior era idéntico al del primero que había mirado, pero que luego combinaba otros colores, otros patrones, otras maneras erráticas de unir trama y urdimbre. El siguiente también tenía el tercio interior idéntico a los otros, y el siguiente igual.

*¿Se supone que esto se asemeje a algo?*

Por más que entrecerraba los ojos y movía la cabeza hacia un lado y hacia otro, no conseguía distinguir nada. Había un manchón rojo que podía ser una espada, pero también una lagartija o la cabeza de una liebre de orejas muy tiesas.

Estaba lo suficientemente absorta en eso como para apenas enterarse del final de la conversación, cargado de cortesías.

—Aguarda un momento antes de que te vayas —dijo la madrina real, tengo algo qué darte.

A Marra se le aceleró el pulso, como si la promesa de un regalo fuera una amenaza.

*Cosa que probablemente es…*

El hada madrina real se puso de pie. Marra dio un paso hacia atrás, lista para emprender la huida.

Agnes le dedicó una mirada fulminante, y le ofreció su brazo al hada madrina real. Marra esperaba que la anciana señora lo rechazara pero, en lugar de eso, se apoyó pesadamente en su colega y luego tomó su bastón.

—Como dije, llevo años trabajando en éstos —comentó, moviéndose despacio hacia el segundo tapiz. Se plantó frente a él, pero tenía la vista puesta en Marra—. ¿Sabes lo que representan?

—Hummm… no —dijo Marra. Los bloques de color no se parecían a nada. No eran lo suficientemente definidos como para ser un mapa o un plano, y tampoco eran tan variados como para representar una escritura.

El hada madrina asintió.

—Entonces, te lo voy a dar —se metió una mano en la manga. Algo metálico relumbró y Marra pensó *Por los dioses, es un cuchillo… va a apuñalar a Agnes* y luego *¿Por qué estoy tan asustada? No nos ha hecho nada malo, ni siquiera nos ha dirigido una palabra desagradable.*

Pero sí lo sabía, por supuesto. Vorling le temía al hada madrina y Marra le temía a Vorling… eslabones en una cadena que iba desde el depredador hasta la presa.

*Soy un gusano y Vorling es un estornino. El gusano no tiene por qué temer al halcón, pero no logro convencerme de eso…*

Tijeras. Lo que llevaba oculto en su manga la madrina era un par de tijeras. Tomó el tapiz en la mano y cerró las tijeras sobre el tejido, en un punto más abajo del medio. Marra soltó un chillido de sorpresa. A pesar de lo feos que eran los tapices, representaban horas y días de trabajo.

El hada madrina no tuvo la menor contemplación. Cortó la parte inferior del textil y se la tendió a Marra. Las manos le temblaban y las hebras sueltas que colgaban de la parte del corte se mecían hacia un lado y otro. Marra de repente recordó los hilos de seda del capullo en el mercado de los duendes, la polilla que había costado días de su vida, ¿y qué tomaría de ella este extraño y violento regalo?

—Toma —dijo la madrina—. Puede ser que te resulte de utilidad. O puede ser que no —su mirada parecía atravesar a Marra mientras hablaba.

*El gusano no tiene por qué temer al halcón.*

Tomó el pedazo de tapiz y las manos de ambas se rozaron durante un momento. La piel de la madrina debía sentirse fría, pero tenía la misma temperatura que el aire que las rodeaba, como si ella careciera de su propio calor.

Marra notó que le temblaban las manos tanto como a la madrina. Clavó la vista en el pedazo de tapiz deshilachado.

—Yo... hummm... gracias —dijo al fin, como una niñita a la que su niñera le hubiera insistido en que no debía olvidar sus buenos modales.

La madrina respondió con un sonido entre gruñido y bufido. Con un movimiento de cabeza despidió a Agnes, que tomó a Marra del brazo y la llevó a la salida del extraño templo.

La luz afuera era desagradablemente brillante. Los ojos se le llenaron de lágrimas. Parpadeó, mirando hacia abajo, al extraño textil de fibras desgarradas que tenía en las manos.

*Un momento... un momento... ¿qué fue lo que sucedió? ¿De verdad dejé a Agnes hablando con la madrina para irme a deambular por el salón?*

—¿Agnes? —dijo, sorprendida por el volumen de su propia voz—. Agnes, ¿qué fue lo que sucedió? Estaba sentada junto a usted, y estaba prestando atención, y luego... ya no...

Agnes se rio entre dientes.

—Es muy buena, ella —comentó—. Tan poderosa como la señora del polvo y diez veces más vieja.

—¿Acaso el té tenía algo?

—No, para nada. Ella simplemente quería hablar conmigo sin que nadie más oyera, incluida tú —Agnes le dio unas palmaditas en el brazo—. Se te pasará en un momento. No fue nada que te haga mal, sólo un hechizo para desorientarte.

*La señora del polvo me va a querer decapitar. Se supone que fui para cuidar a Agnes, y en lugar de eso, resulto hechizada.*

—¿Y ella sabría quién soy yo?

—No creo que le importe —contestó Agnes—. No creo que nada le importe mucho a estas alturas —se mordió el labio—. Imagino que debe de sentirse muy sola, tan vieja y sin nada que le importe, pero parece que tampoco le preocupa la soledad.

Iba a paso ligero, pendiente abajo por las escaleras, casi bailando. A Marra le dolía la cabeza y la luz la deslumbraba. Trató de no hablar con brusquedad.

—¿Conseguimos algo de información? —fue lo que consiguió preguntar a su hada madrina.

—Oh, sí. Mucha —contestó Agnes—. Por ejemplo, ella no bendice a esos bebés, sino que les lanza un maleficio. Y así ha sido durante siglos.

# Capítulo 16

—¿Una maldición? —preguntó la señora del polvo, sentándose en la salita de la casa de la señorita Margaret. La casera les trajo una tetera, y el maleficio de infancia los miró amenazante desde el hombro de ella—. Una protección contra magia maligna. ¿Cómo va a ser eso una maldición?

—Porque no nos estamos fijando en lo que deberíamos —contestó Agnes. Aguardó hasta que la casera y su muñeco salieron y dejó caer una cucharada de miel en su té—. Todos estamos concentrados en el asunto de la magia que viene de fuera y el enemigo que podría llegar a ocupar el trono. Esa parte es puro teatro, en realidad. La maldición en sí está en la parte que dice que les servirá tal como lo ha hecho con todo su linaje, su vida unida a las de la familia, mientras ella esté en este mundo —les sonrió a los tres.

—No entiendo —comentó Fenris. Bajo la mesa, Perro de hueso roía encantado el hueso que se había usado para guisar la sopa, y a Marra se le antojó como una vaga forma de canibalismo.

—Ella les servirá tal como lo ha hecho con el resto de su linaje, su vida unida a las de la familia real. ¿De dónde sacamos que eso es algo bueno?

La señora del polvo se recostó contra el respaldo, pensativa. Marra frunció el entrecejo.

—¿Quiere decir que ella los está perjudicando de alguna manera?

—La familia real del Reino del Norte ha estado muriendo más pronto de lo que debería, ¿cierto? —Agnes tamborileó sobre la mesa—. A estas alturas no son rumores. Es algo que todo el mundo sabe.

—Una de las doncellas me dijo que una maldición pesaba sobre el reino, y que los reyes se consumían a causa de ella —contó Marra pausadamente—. Y que era la madrina quien los protegía de esa maldición.

—Es la madrina quien mantiene esa maldición —exclamó Agnes—. De alguna manera obtuvo acceso a la inmortalidad, y es así como la perpetua. La vida de todos los miembros de la familia real está *unida* a la de ella. De ahí obtiene la vitalidad para perdurar en este mundo —hizo una pausa—. ¿Saben? Yo no creo que a ella le guste esa situación, para nada. Uno de los reyes, de los más antiguos, hace mucho tiempo, el que construyó el primer palacio, creo, la ató a la familia real. Y desde entonces está a su servicio. No es algo que ella haya decidido. Y tiene que seguir con vida para poderles servir, así que toma la vitalidad de ellos. Es algo horrible para todos, cuando uno se pone a pensarlo.

A Marra la asaltó un pensamiento tremendo:

—¿Fue por eso que murió mi sobrina? ¿La mató el hada madrina?

Fenris inhaló ruidosamente.

—No, no —Agnes agitó las manos—. Seguramente no. Ya tiene a Vorling a su disposición, y en ese momento también vivía el viejo rey. Pero ella también mantiene a raya cualquier tipo de magia que pudiera ayudarles. Eso quiere decir que si yo tratara de bendecir a uno de los bebés con buena salud, la bendición no tendría efecto. La familia real no puede ni siquiera hacer que una bruja les quite una verruga. La magia no llega a tocarlos. Lo cual implica que la magia tampoco sirve para romper el hechizo que pesa sobre ellos.

La señora del polvo gruñó. Luego de un momento, habló:

—Pero eso no nos ayuda en lo absoluto, ¿verdad? Seguimos en lo mismo que hemos sabido siempre: No podemos hechizar a Vorling.

—No mientras el hada madrina siga en este mundo —anotó Agnes—. Ésa es la otra parte del conjuro —miró al trío de caras desconcertadas—. Por los dioses... A ver... es lo mismo que sucede con Guía.

Marra se frotó la frente. El pollito estaba acurrucado bajo el ala de la gallina colorada, aunque ella no se viera terriblemente contenta con eso.

—¿Qué es lo que pasa con Guía?

—El hechizo... —Agnes cruzó una mirada con la señora del polvo—. De acuerdo, la *maldición* de Guía fue que tenía que guiarnos a un lugar seguro donde quedarnos o... bueno... o le iría mal —explicó Agnes—. La mayoría de las maldiciones son así: se componen de dos partes. Esta maldición implica que la madrina está unida por un lazo a la familia real, que no la afectará ningún tipo de magia mientras vivan, y mientras el hada madrina siga en este mundo.

—Eso no parece prometedor —dijo Fenris—. ¿Acaso tenemos que matarla?

Los ojos de Agnes se abrieron como platos.

—No creo que pudiéramos hacerlo. Quiero decir, quizá ella querría que lo hiciéramos, pero si pudiera perder la vida fácilmente, ya lo habría hecho ella misma. No creo que sea posible matarla en el sentido convencional.

—Esto se va poniendo cada vez peor —murmuró Marra.

Agnes se había visto tan entusiasta antes, pero cuando trataba de explicar las cosas, a Marra le parecían terribles. ¿Qué le pasaría al siguiente bebé de Kania? Probablemente daría a luz pronto, porque para el momento del funeral ya tenía una panza redonda... ¿Qué tal si matan a Vorling de alguna manera y que luego ese bebé crezca y su vida se malgaste en alimentar la maldición?

—¡Pero es que ella lo hace porque no le queda más remedio que hacerlo! —continuó Agnes.

—¿Y le tiene rencor a la familia por eso? —preguntó Fenris.

Agnes se mordió el labio.

—No creo —contestó—. Me parece que sí lo tuvo, hace mucho tiempo. Estoy segura de que en algún momento los odió. Pero ahora ya no le importa. Ha vivido tanto tiempo que está más allá de cualquier sentimiento. No puede morir. Sencillamente va y maldice a otro bebé y luego regresa a su templo y se sienta allí y se limita... se limita a existir.

—¡Qué destino tan terrible! —opinó Fenris.

—Al menos debería criar pollos —dijo la señora del polvo—, o aprender jardinería. La inmortalidad es una desgracia, pero siempre se puede sacar lo mejor de ella.

Marra palpó el retazo de tapiz. Otros cuantos hilos se habían soltado. Era abrumador verlo, como si fuera una herida abierta.

—La madrina dijo que podía darme esto —comunicó al grupo—, porque yo no sabía lo que era.

La señora del polvo lo miró atentamente y meneó la cabeza.

—No le veo lógica alguna —exclamó—. No tiene ninguna magia, o, si la tiene, yo no la detecto. No sé por qué razón te lo daría, pero es probable que sí tuviera un motivo.

Marra miró el tejido tratando de encontrarle sentido. Nada se le venía a la mente. Recostó la cabeza en la pared que tenía detrás. Fenris estaba sentado frente a ella, tratando de ocupar el menor espacio posible en la diminuta sala. Perro de hueso tenía medio cuerpo bajo la mesa, y le colgaba la lengua fantasmal. El pollito había ido a sentarse entre las patas del perro, al parecer para dormir una siesta.

Perro de hueso había sido liberado de una fosa de huesos. Fenris había sido liberado del mercado de los duendes. El pollito había sido liberado de un corral en el mercado.

*Adonde quiera que vayamos liberamos algo o a alguien, y ahora estamos tratando de liberar a Kania de Vorling...*

—¿Podríamos liberarla? —preguntó Marra—. Al hada madrina, quiero decir...

—El rey que la sometió a sus designios murió hace muchísimo tiempo —dijo Agnes—. No...

Se interrumpió. Abrió los ojos ampliamente. Miró a Marra y ella sintió que la misma idea le venía a la mente, como si ambas hubieran caído en cuenta de eso simultáneamente.

*El rey está muerto.*

Lentamente, manteniendo la idea en su cabeza con la misma delicadeza que tendría con un huevo, Marra se volvió hacia la señora del polvo.

—Los reyes difuntos descansan en un palacio de tierra y polvo justo debajo del palacio de los vivos —explicó. Recordó la manera en que los tapices ondeaban con el aire, y la doncella que le contó del laberinto bajo el palacio. Ella misma lo había visto, aunque fuera por poco tiempo, ¿no? Recordaba el suelo de piedra bajo sus pies, y su vista fija en la parte de atrás del vestido de Kania, para evitar perderse en la oscuridad—. Están todos allí. ¿Usted podría encontrar al rey que ató a la hada madrina? ¿Podría encontrarlo y hacer que la liberara?

La señora del polvo tamborileó con los dedos sobre una de sus rodillas.

—No lo sé —contestó—. Pero vamos a averiguarlo.

—Tres juegos de puertas de hierro y un rastrillo, y cada una de esas cosas requiere un tiro de caballos para moverse —sentenció Fenris—. Y eso sin contar la guardia de honor, y el hecho de que está en el patio principal, justo enfrente del palacio de los vivos, donde cualquiera puede vernos tratando de entrar.

Había pasado dos días apostado en los alrededores, espiando la entrada principal al palacio de polvo, a ratos con la compañía de Agnes y la señora del polvo, sin pollito ni gallina. Marra no podía arriesgarse a que la reconocieran, pero recordaba el lugar lo suficiente. Cuando se partía a enterrar a algún miembro de la familia real, los caballos iban enjaezados con gualdrapas de color negro y los bendecían sacerdotes de siete templos diferentes. Marra recordaba el paso solemne de esos grandes animales cuando llevaban el féretro de su sobrina a través de las puertas de hierro, el sonido de los tambores.

—Debe haber una manera de entrar que no requiera caballos —dijo Marra—. Hay personas que tienen que entrar primero a preparar la tumba. No puede ser que se necesiten todos esos caballos cada vez.

—Es el toque teatral —opinó Agnes.

Fenris la miró como quien no comprende del todo, pero Marra asintió.

—Sí, exactamente. Un funeral de la realeza es como una boda. Al igual que un bautizo. Hay que preparar el escenario, el vestuario y establecer horarios. Los caballos no se presentan espontáneamente, ya adornados, listos para marchar.

Fenris sopesó sus palabras.

—Supongo que tienes razón —dijo—, aunque no es el tipo de planeación que yo tenía en mente. Las coronaciones que yo he tenido que supervisar implicaban sobre todo llevar a alguien hasta un punto, donde esa persona sería coronada. Pero organizar el vestuario y el festín y los sacerdotes era asunto de otros.

Marra pensó para sus adentros que probablemente esas cosas eran asuntos a cargo de mujeres, pero al menos Fenris reconocía que todas ellas requerían trabajo.

—Entonces, debe haber una manera de entrar y salir de las tumbas —dijo Agnes—, sin tantos caballos.

—Puede ser que esté dentro del palacio —aventuró Marra. Si bien estaba razonablemente segura de que nadie la reconocería en la ciudad, le parecía que entrar al palacio sí era tentar a la suerte.

—Es un mausoleo —exclamó la señora del polvo—. Siempre hay otras entradas. Si están excavando nuevas zonas, o construyendo criptas nuevas, debe haber una entrada para los albañiles que no implique llenar el palacio de polvo de ladrillo.

—¿Lo sabrán los muertos? —preguntó Fenris.

La señora del polvo puso los ojos en blanco.

—Los muertos ya están allí. No les importa para nada cómo se sale o se entra de su última morada. Son cadáveres, y no ladrones en busca de vías de escape.

Fenris se recostó contra la pared, con el pulgar contra los labios.

—Ladrillos... hummm... —caviló—. ¿Será que hay una cantera por ahí? ¿O una entrada desde una cantera? ¿Cómo hacemos para averiguar?

—Ve a pedir trabajo de albañil —propuso Agnes.

—¿Albañil? —enarcó las cejas—. No sé absolutamente nada de construcción con piedra.

—Basta con que te quites la camisa —dijo la señora del polvo, animándolo con su cayado—, y sospecho que no vas a tener ni la mitad de las dificultades que anticipas.

Al final, Fenris no tuvo que quitarse la camisa. Al parecer se veía lo suficientemente musculoso como para que nadie cuestionara un historial de picapedrero (Marra trató de disimular su decepción. Agnes ni siquiera se molestó en hacerlo). Regresó de su primer día de trabajo bañado en sudor y cubierto de polvo blanco, y se fue directo al pozo a echarse cubos de agua encima. ("Casi tan bueno como verlo sin camisa", opinó Agnes, dándole un codazo cómplice a Marra. La gallina de la señora del polvo cacareó burlona).

—Soy el de menor rango por ahí, así que nadie me entrega un cincel. Me la paso moviendo cosas de acá para allá, y tratando de aprender la jerga. No sé cuánto tiempo podré seguir ahí sin que descubran que soy apenas un novato. Podrían despedirme mañana.

—Esperemos que eso no importe —dijo Marra. Un nudo de entusiasmo se le iba formando en el pecho. *Al fin. Al fin vamos por buen camino. Al fin estamos avanzando*—. Sólo necesitamos que dures lo suficiente para encontrar la entrada.

Fenris aprendía rápido y por lo visto se familiarizó con la jerga especializada a tiempo como para que no lo despidieran ese día, ni el siguiente, ni el que le siguió al siguiente. Pero además había unas cuantas canteras conectadas entre sí, y ninguna forma de saber cuál podría llevar al palacio de los muertos a menos que la señora del polvo lo acompañara y les preguntara a los difuntos, y por eso, durante unas cinco noches, Fenris y ella deambularon de una a otra cantera, esquivando a los guardias y preguntando a las almas, mientras Agnes trataba de hacer amigos entre los vecinos y Marra se comía las uñas hasta la raíz.

Esto era exactamente lo que ella tanto había temido. Que llegaran a la ciudad y una vez allí ninguno supiera qué hacer, y hablarían y hablarían sin avanzar y todo lo que intentaran fracasaría y al final se les terminaría el dinero y Fenris probablemente tendría que conseguir trabajo partiendo leña y Agnes anhelaría volver a su cabaña a cuidar de sus pollos y tarde o temprano Vorling moriría de viejo y todos los esfuerzos de Marra habrían sido en vano. Sólo que ahora que sabía que si Kania tenía un bebé que sobreviviera, esa criatura también recibiría la maldición y envejecería antes de tiempo.

Se sentó en el diminuto y desvencijado patio de la pensión y trató de no gritar.

*Logré resolver tres pruebas imposibles... bueno, dos... y fui y regresé del mercado de los duendes, y ahora estoy aquí sentada con los brazos cruzados mientras que mis amigos se aventuran en las canteras. Ay, Virgen de los Grajos, ¡qué difícil es esto! A lo mejor me equivoqué al saltarme la tercera prueba. Tal vez era ésa la que me hubiera elevado a niveles heroicos. Las dos primeras eran nada más cosa de rechinar dientes y maltratar mis manos.*

Con el pulgar frotó la franja de piel insensible en su dedo meñique. Pensó si en todas las historias sobre héroes que mutilaban monstruos y de doncellas encerradas en torres; también en ellas se leían partes lentas y tediosas en las que se rastreaba a los monstruos o se construían las torres que guardaban a las princesas.

*Probablemente sí. No, con toda certeza sí. Pero ¿quién quiere enterarse de los aburridos detalles prácticos? Yo. Yo quiero conocerlos. Eso me haría sentir que no soy un completo fracaso.*

Suspiró y se recostó contra el respaldo de la banca. Era media tarde, y apenas calentaba el sol lo suficiente como para sentarse allí al aire libre. La vista en el patio no era especial. Una banca, tres muros, una puerta. Media docena de macetas que probablemente habían contenido flores pero de las que ahora sólo asomaban tallos marchitos. Había un rosal trepador que el invierno había secado, y sólo le quedaban unas hojas rizadas y mustias, de un color marrón verdoso, por encima de los ladrillos de la tapia. Parecía como si hubiera visto mejores tiempos, y que se mantenía ahí sólo por costumbre. Marra sintió que se identificaba en gran medida con ese rosal.

Agnes había entablado amistad con la vecina de al lado y estaban las dos lavando ropa. Marra oía la risa de su hada madrina de vez en cuando por encima del muro.

*¿Acaso los grandes héroes lavaban su ropa? No recuerdo que me contaran nada de eso. Uno pensaría que después de acabar con cien hombres necesitarían un buen baño y cambiarse.*

Perro de hueso miraba a un pajarito que saltaba entre las ramas del rosal marchito, sus orejas ilusorias muy atentas. Marra empezó a levantarse cuando Agnes entró como un torbellino por la puerta, jadeando, para decir sin respirar:

—Lareinadioaluzaunniño.

—No puede ser —dijo Marra, sin la menor emoción—. No puede haber pasado tanto tiempo. Seguro que no.

Agnes se encogió de hombros. Tenía la cara colorada por el esfuerzo y a Guía embutido entre sus generosos pechos, presumiblemente soñando los sueños de pollitos abrigados por la tibieza.

—Nadie habla de otra cosa en la ciudadela. Hay pregoneros en el mercado, anunciando que por fin ha nacido el heredero de Vorling.

*¿Tan pronto?*, pensó Marra. Y luego recordó a Kania, incómoda al arrodillarse, con la barriga sobre los muslos, desde entonces ya habían transcurrido meses. *Fácilmente pueden haber pasado nueve meses. Nunca le preguntaste qué tan avanzado estaba el embarazo.*

—¿Kania? —preguntó con voz ronca—. ¿Han dicho algo sobre Kania? —de un manotazo tomó su capa y la correa de Perro de hueso.

*No mandarían a los pregoneros a anunciar la noticia si no tuvieran certeza. El bebé debe estar sano y vivo. Pero Kania... ¿cómo se encuentra Kania? ¿Cómo está mi hermana?*

Iban a medio camino por el pasillo cuando la casera se plantó frente a Marra. Hizo una señal hacia el exterior, y le dijo con voz ronca:

—¿Ya se enteraron? La reina... la reina —tenía los ojos enormes a causa de la emoción. El muñeco sentado en su hombro castañeteó su mandíbula y las miró con hostilidad—. Un varón, dijeron. Un var... —el muñeco decidió que ya habían sido suficientes palabras y tiró del cordón. La señorita Margaret bajó la cabeza, pero sus ojos seguían alborozados.

—Sí, lo oímos —contestó Marra—. Vamos en busca de más detalles.

—¡Qué emocionante! —exclamó Agnes encantada—. ¡Un bebé de la realeza!

La señorita Margaret deslizó un dedo bajo el cordón del muñeco, aflojándolo un poco.

—Y después… después del anterior… —ella sonrió radiante.

Marra pensó en gritar, pero al final decidió girar y pasar al lado de la casera y su jinete.

—Calma —le dijo Agnes cuando salieron al callejón—. Es normal. La verdadera gracia de tener una familia real son todos los rumores alrededor de ella. Tienes que dejar que la gente lo disfrute.

—Pero es que esos rumores tienen que ver con mi hermana —respondió Marra cortante—, y mi sobrina. Mi difunta sobrina.

—Que era mi sobrina nieta, también —siguió Agnes en tono sereno—. Pero todas estas personas no lo sienten así. Y si tú vas por ahí, atenta a todas las noticias, con esa cara de pocos amigos van a pensar que no te alegras y eso sí que levantará sospechas.

Marra respiró hondo. Eso, al menos, era cierto. Deliberadamente modificó su expresión para mostrar un cortés interés por los acontecimientos y siguió a Agnes por el callejón, con Perro de hueso tirando de la correa.

—Esto no nos llevará a ninguna parte —confesó Marra, tras diez minutos y una cantidad igual de diferentes versiones… La reina había muerto. La reina vivía, pero agonizaba. La reina había muerto, y su último deseo había sido que el príncipe entrará a una orden religiosa. La reina vivía, pero el bebé estaba alimentándose con su leche mezclada con su sangre y no sobreviviría. La reina estaba bien pero exhausta. El bebé vivía. El bebé había muerto. Había dos bebés. Era un solo bebé. La reina había alumbrado un cardumen de peces.

Al fin, encontraron a un pregonero en el mercado, rodeado por un gentío. El pregonero iba vestido con el uniforme palaciego, y vociferaba:

—¡Que reinen la dicha y el gozo, que ha nacido un heredero! ¡La reina ha dado a luz un heredero al trono!

—¿Y la reina? —gritó Marra, abriéndose paso entre el gentío—. ¿Cómo se encuentra la reina?

—Ha dado a luz al heredero —bramó el pregonero—. ¡Un hijo varón para ocupar del Reino del Norte el trono! —ovaciones dispersas brotaron entre la multitud.

—Pero ¿ella vive? ¿Se encuentra bien? —el gentío se agitó y Marra no supo si el pregonero alcanzaría a oír su pregunta. No respondió. La angustiada princesa miró alrededor, a la gente, y sólo vio bocas, que se abrían y se cerraban, como si estuvieran mordiendo bocados de la historia de su hermana y devorándolos.

*"Tienes que dejar que la gente lo disfrute"*, había dicho Agnes. Esto no parecía gozo ni dicha, sino algo terrible, malévolo y extraño.

Marra comenzó a empujar hacia el frente de nuevo, pero Agnes la sujetó por el brazo.

—Dejemos todo así —le dijo su madrina—. Ya nos enteraremos, muy pronto. No hay nada que podamos hacer en ninguno de los dos casos.

—Puedo dejar que me carcoma la ansiedad —le respondió Marra, cortante—. Eso es lo que planeo hacer.

—Y no te lo voy a impedir —Agnes le dio una palmadita consoladora en el brazo—. Angustiarse un poco es un bálsamo para el alma. Pero sólo un tanto, no debes dejar que termine por consumirte.

Marra apretó los dientes.

*Si voy al palacio y exijo ver a la reina… No, no. No puedo. Mi madre podría estar allí, y si lo está, me verá. Y todo esto es demasiado para explicarle.*

Tomó una bocanada de aire y lo soltó. Regresó andando a la pensión, con la mujer que tenía un muñeco de madera apretándole la garganta y la niña sentada en los escalones que se saltaba más comidas de las que podía hacer y que gritaba algo sobre bebés que no estaban tan bien que digamos.

*"Tienes que dejar que la gente lo disfrute".*

*Esto no está bien. No es justo.*

*¿Y qué es lo justo?*, se preguntó Marra enfurecida. *¿Cómo va a ser justo crecer teniendo carne en todas las comidas y sin que se esperara que limpiara ningún establo porque mi madre se casó con un rey? ¿Cómo va a ser justo que el príncipe Vorling no pueda ser llevado ante la justicia? ¿Cómo va a ser justo que haya mujeres que se les va la vida en parir y otras que no consiguen concebir un bebé? ¿Cómo va a ser justo que Fenris jamás pueda regresar a su tierra porque liberó al mundo de un hombre terrible? ¿Cómo va a ser justo que los dioses castiguen a gente hambrienta en la tierra infecta?*

*Nada es justo. Nada está bien.*

Tomó aire y se quedó mirando la pared, sin que se le salieran las lágrimas. Agnes le tocó el brazo, preocupada.

*Nada es justo, salvo que intentemos que así sea. Ése es el propósito de los seres humanos, quizás, enderezar las cosas que los dioses no han podido corregir.*

La puerta del frente se abrió. La gallina colorada graznó.

—Ya sabemos cómo entrar —dijo Fenris.

# Capítulo 17

—Siempre hay una cantera embrujada —explicó la señora del polvo—. Con tanta gente moviendo grandes bloques de piedra de acá para allá, como sucede aquí, es muy fácil que alguien termine aplastado en algún momento —agitó la mano en el aire, en gesto de desprecio—. No sé cuánto tiempo lleva abandonada ésa, pero definitivamente hay una entrada a las catacumbas allí. La entrada está protegida con barrotes y algunos hechizos. El fantasma que me lo contó dijo que los barrotes están ahí desde que él tiene memoria, y lleva más tiempo muerto del que alcanzó a vivir —resopló levemente—. Un buen hombre. Capataz de albañiles en su momento, una de esas personas que siempre están asegurándose de que todo esté en orden. Ese tipo de persona no deja que la muerte lo detenga.

—¿Qué tipo de hechizos hay en la entrada? —preguntó Marra.

—Oh, son más bien de los ostentosos. Parecen muy impresionantes, pero en el fondo no son nada que tenga un efecto grave —respondió—. Una vez que estemos adentro, tal vez sí encontremos maleficios de verdad.

—¿Y cree que podamos llegar a la tumba del antiguo rey desde ahí? ¿El rey que sometió al hada madrina?

—Puede ser que sí. Pero puede ser que no.

—Tenemos que ir a explorar pronto —dijo Agnes—. Mañana en la noche a más tardar. El bautizo tendrá lugar en unos cuantos días, tan pronto como tengan certeza de que el bebé vivirá. Tres días es lo usual. El hada madrina debe estar liberada antes de eso. Y entonces podré aparecerme allá y… bueno, es que tengo una idea.

Marra escasamente registró lo que había dicho. Un bautizo. Unos cuantos días. Estaba por suceder. Iba a suceder ya casi. Tanto hablar y tanto preocuparse y esperar y finalmente todo iba encajando para poder proceder.

—¿Cómo vamos a entrar al palacio en sí? —preguntó Fenris—. El bautizo estará lleno de nobles, y con ellos irán sus guardias. ¿Será que van a permitir que entremos por el simple hecho de que la hermana de la reina viene con nosotros?

—Tal vez —dijo Marra. Miró a sus tres compañeros, sopesando si una princesa, aunque fuera la hermana de la reina, podría llegar y hacer su entrada con un perro de buen tamaño y una señora anciana con una gallina malhumorada sobre su cayado.

*Después de que nos trataron como parientes pobres la última vez… No, tal vez no sea tan sencillo.*

Agnes se aclaró la garganta.

—Yo puedo entrar —declaró.

—¿Qué?

—¿Cómo?

—Soy un hada madrina —afirmó.

Los tres la miraron sin comprender.

—Yo sé que no me invitaron —explicó—. Ése es el punto, precisamente.

—¿Cómo?

Sonrió con dulzura, esa señora frágil y exhausta.

—Hay una sola historia sobre las hadas madrinas que siempre resulta cierta: cuando no somos invitadas a un bautizo, suceden cosas terribles.

—Trata de dormir —dijo la señora del polvo—. No sé qué va a suceder, pero sospecho que nos dará gusto estar descansados para lo que venga. Iremos mañana por la noche.

—¿Y qué hay de la señorita Margaret? —preguntó Marra—. ¿No tenemos que...? —no terminó la frase, sino que señaló su garganta.

—Ah, eso. Sí. Se lo ofreceremos antes de irnos.

Marra hizo todo lo posible por dormir esa noche y no lo logró. Ella giraba en la cama, y su mente no paraba de dar vueltas. Agnes pensaba que podía hacer algo... alguna cosa... en el bautizo. La señora del polvo estaba de acuerdo. Marra habría estado más tranquila si supiera a qué se referían, pero Agnes había hecho un ademán con las manos para luego decir que, en caso de que no resultara, era mejor que nadie se preocupara. Y la señora del polvo cruzó los brazos y le dijo que la había buscado para que le ayudara, y no para educarla en cuestiones de magia.

—Si se libera al hada madrina, todas las protecciones desaparecen —explicó—. Eso es todo lo que tienes que saber. Y una vez que no haya protecciones, existen mil sortilegios de magia que podrán... rectificar la situación.

—¿No puede ser más específica?

—Mientras menos sepas, menos podrás contar cuando hables con tu hermana para que nos haga entrar al palacio.

Eres pésima para mentir, Marra. Parece como si temieras que el universo entero se avergonzara de ti.

Marra no quería aceptarlo, pero la señora del polvo cerró la puerta con llave y la dejó dando vueltas y sin poder dormir. Su hermana había dado a luz. Iban a entrar al palacio de los muertos. Su hermana había tenido un niño. La vida de Kania corría gran peligro y, si llegaba a morir, la enterrarían en una de las tumbas subterráneas, junto a la de Vorling, y ella tendría que permanecer al lado de él durante toda la eternidad. ¿Sería que los fantasmas podían atormentarse unos a otros? ¿Sería que los huesos de Vorling podrían salir a hurtadillas de su sarcófago para ir a golpetear en la tapa del féretro de Kania?

*Oh, dioses y santos*, pensó, dándose la vuelta y hundiendo la cara en la almohada. *Que sean tan sólo huesos vacíos.*

—Yo nunca he podido dormir la noche anterior a una batalla —confesó Fenris.

Marra se giró para mirarlo, aunque no podía verlo en la oscuridad.

—¿Y esto será una batalla?

—No tengo la menor idea de qué esperar. Podría ser que sí. O tal vez sólo vayamos a dar vueltas por ahí en la oscuridad un rato y la señora del polvo va a agitar sus manos y todo habrá terminado.

Marra negó con la cabeza, olvidando que él no la podía ver tampoco.

—Lo dudo. Siempre que voy con ella a algún lugar, sucede algo terrible y mágico y después yo acabo deseando no haber estado a su lado.

—Algo así me había parecido, sí.

—Supongo que eso sigue siendo preferible a una batalla.

—Hummm —podía imaginarse la expresión de él, la manera en que torcía una de las comisuras de los labios mientras lo pensaba—. Las batallas son terribles, pero también son algo que uno alcanza a comprender. Uno sabe lo que está haciendo. Bueno... eso no es del todo cierto. Uno sabe lo que se supone que debería hacer. Hay gritos y sangre por todas partes, y luego uno levanta la vista y ya todo ha terminado. Pero tras vivir unas cuantas batallas, uno ya sabe más o menos cómo se desarrollan en general. La magia, en cambio... eso no sé cómo se supone que deba funcionar, ni por qué.

Fenris hizo una pausa tan larga que Marra alcanzó a pensar que se había quedado dormido. Fue entonces cuando dijo:

—Nunca en mi vida había sentido tanto miedo como cuando estábamos saliendo del mercado de los duendes. Si tú no me hubieras llevado, creo que seguiría allá, tratando de esconderme en un rincón, con la esperanza de que todo desapareciera.

Marra parpadeó en la oscuridad.

—Yo no te saqué. Íbamos juntos. Yo me apoyaba en ti.

Fenris rio por lo bajo.

—No es eso lo que se me quedó en la memoria. Recuerdo que me llevabas del brazo. Que mostrabas calma y valentía, a pesar de que acababan de sacarte una muela.

El Bailadientes... Marra sintió un escalofrío.

—Yo no me sentía calmada ni valiente.

—Pues lo disimulabas muy bien.

Por alguna razón, era más fácil hablar en la oscuridad. Marra tomó aire:

—Ahora no me siento valiente, sino frustrada. Quisiera llegar corriendo al palacio y llevarme a Kania fuera del alcance de ese monstruo, pero no puedo hacerlo. Si no hubieras encontrado el camino para entrar a las tumbas hoy, yo tal vez habría hecho alguna tontería.

—No importaría, con tal de que me llevaras contigo.

—Preferiría que no acabaras muerto por culpa de mis tonterías.

—Desde hace mucho me he resignado a morir.

—Fenris…

—No, no te pongas así. ¿Para qué sirvo ahora? Tú me diste algo importante a lo cual dedicar mi muerte. Siempre te estaré agradecido.

—Nada de muerte —contestó Marra, molesta—. ¡No quiero que te mueras! Quiero que llegues hasta una avanzada edad, y que yo te pueda decir: "Oye, Fenris, te acuerdas de esa vez que nos metimos en las horribles catacumbas y la señora del polvo pronunció unas frases crípticas y Agnes sacó a aquel pollito", y que tú me digas: "Claro que me acuerdo", y yo no tenga que tratar de explicarle todo eso a alguien que no estuvo allí.

El silencio que venía del otro lado de la habitación de repente se hizo más profundo y denso. Marra se mordió los labios.

—Además —dijo tras unos momentos—, alguien tiene que partirme la leña. Ya sabes, me tienen muy consentida.

—Hummm.

Se dio una vuelta en la cama. Parecía que no lograba encontrar una postura cómoda.

*Si le pregunto, va a pensar que le estoy haciendo insinuaciones.*

*¿Me le estoy insinuando?*

*No. Definitivamente no. No mientras todo esto está sucediendo. No serviría para nada más que para complicar todas estas cosas tan terribles, que ya son suficientemente complicadas de por sí.*

*Puede ser que nunca tenga otra ocasión.*

*Pero si lo hago, y todo se torna incómodo y raro, entonces probablemente moriremos en medio de una atmósfera incómoda y rara y eso no lo podría soportar.*

Marra golpeó su almohada y se dio por vencida.

—¿Fenris? —fue lo que dijo.

—¿Sí?

—No sé cómo decirte esto sin que vayas a hacerte una idea equivocada de las cosas.

—Está bien.

—¿Te acuerdas de cuando estábamos en camino hacia acá, de cuando dormíamos espalda contra espalda?

Él no respondió, pero Marra oyó que la otra cama crujía, y luego un resoplido indignado de Perro de hueso porque lo habían sacado de en medio. Su propia cama se hundió cuando Fenris se sentó en el borde. Marra se movió hacia la pared para dejarle lugar.

La espalda de él era sólida y cálida, tal como ella la recordaba. Suspiró y sintió que algo se aflojaba, aunque no supo bien si era la tensión en su mandíbula, o el nudo en sus tripas o en el fondo de su alma.

—Eres un santo —murmuró ella, subiéndose las cobijas hasta el hombro.

—Ni te imaginas hasta qué punto —contestó él en voz baja.

Durmieron todo lo que pudieron y luego se levantaron, para dedicarse a mirar las paredes. Comieron. Marra se puso la capa de mimetiseda y ortiga, observando la manera en que la tela distorsionaba los contornos. Fenris salió y regresó una hora después, con su morral repleto de comida.

—Sólo Dios sabe cuánto tiempo pasaremos allá abajo —explicó—. Prefiero saber que al menos no moriremos de hambre.

Marra había estado haciendo cálculos mentales desesperadamente. Si el bebé había nacido antes de la medianoche, tenían dos días hasta el bautizo. Si había nacido después de medianoche, tenían tres días. Ninguna de las dos alternativas era muy prometedora.

Lo único bueno fue que anocheció pronto. Para el momento en que las sombras empezaron a alargarse, Marra estaba en pie, andando de aquí para allá.

—¡Por el amor de los dioses! —exclamó la señora del polvo—. Vámonos. Prefiero vérmelas con los muertos que quedarme aquí mientras Marra abre un hueco en el piso.

—¿Tendremos que pelear con los muertos?

—Cualquier cosa podría suceder.

Marra se detuvo.

—Corren rumores de saqueadores de sepulturas a los que les arrancaron el alma y que ahora deambulan por ahí, asustando en las catacumbas.

—Son cosas que pasan —la señora del polvo se puso de pie, apoyó su cayado y la gallina se trepó en él. Agnes se guardó a Guía bajo el pañuelo que llevaba al cuello.

Bajaron las escaleras en procesión, para toparse con la casera en el pasillo.

—Señorita Margaret —dijo la señora del polvo—, le estamos muy agradecidos por su hospitalidad —sus palabras brotaron con el tono de una sentencia, que condenara a la casera a que se le agradeciera por todo, de aquí a la eternidad.

La señorita quedó sorprendida, y les hizo una reverencia. El muñeco de madera los miró amenazante desde su hombro.

Rápida como una víbora que ataca, la señora del polvo estiró el brazo y agarró al muñeco por la cabeza. Tan pronto como lo tuvo entre sus dedos, el monstruo quedó inerte. El cordón que rodeaba el cuello de la mujer perdió tensión y ella jadeó, tocándose esa parte del cuerpo. Tenía surcos en carne viva a los lados del cuello, la piel abrasada tantas veces que tenía zonas rojas y escamosas como un dragón.

—Ya no le puede hacer daño —le dijo la señora del polvo.

—¡No lo vaya a maltratar! —gritó la señorita Margaret, con una voz que retumbó de repente—. ¡No!

—No le he hecho nada… nada malo. Si lo suelto, todo volverá a ser como antes. Pero usted ha sido buena con nosotros, y por eso le ofrezco esta posibilidad —se inclinó sobre la casera, una criatura alta, huesuda, de desiertos y polvo, terriblemente fuera de lugar en el angosto pasillo—. Dígalo y quedara libre. Él será destruido y nunca volverá a molestarla.

La decisión era tan obvia que Marra nunca dudó lo que diría la casera, y por eso lo que vino después le resultó doblemente extraño.

—¡Devuélvalo a su lugar! —aulló, tirando de la muñeca de la señora del polvo—. ¡Suéltelo! Él no le ha hecho nada, ¡nunca ha lastimado a nadie!

¿Cómo?

—¿Está segura? —preguntó la señora del polvo, implacable como la muerte.

—¡Déjelo! ¡No lo vaya a dañar!

—Muy bien —la señora del polvo dejó el muñeco y retrocedió un paso.

La rígida cara de madera le clavó una mirada salvaje, y entonces la casera lo cargó como a un niño, sosteniéndolo contra su pecho.

—No fue nada —lo consoló—. No pasa nada —y luego le dijo enfurecida a la señora del polvo—: Más vale que se vayan.

—Muy bien —contestó la señora del polvo de nuevo, y los cuatro salieron para siempre de la pensión, con Perro de hueso asustado y silencioso pisándoles los talones.


—¿Qué fue lo que sucedió allá? —susurró Marra furiosa—. ¿Qué...? ¿Por qué ella...? ¿Seguía controlándola el muñeco?

La señora del polvo se encogió de hombros.

—No quería perderlo. Las personas pueden decidir lo que prefieren.

—¡Pero ella se equivoca! ¡No lo entiendo! Y... y... —Marra se quedó sin palabras y agitó las manos.

—Lo sé —dijo la señora del polvo—. Lo sé.

—¿No se habrá dado cuenta?... ¡Debe ser que no entendió!

—Lo entendió.

—¿Ella le tenía miedo? ¿No nos creyó?

—Tal vez —dijo la señora del polvo—. Pero lo más probable es que no quisiera que el muñeco acabara destruido.

—Uno no puede ayudar a alguien que no quiere dejarse ayudar —murmuró Fenris—. No puedes obligar a una persona a hacer lo que tú crees que es lo mejor para ella —hizo una pausa, y luego añadió, a regañadientes—: Bueno, sí puedes obligarla, pero nunca lo va a apreciar y la mayoría de las veces resultará que tú estabas equivocado.

—Pero...

—Sólo podemos salvar a los que quieren salvarse —agregó la señora del polvo—. Si quieres, podemos volver cuando terminemos lo que vinimos a hacer, suponiendo que haya quedado alguno de nosotros vivo. Pero ahora no tenemos tiempo.

Marra sujetó el collar de Perro de hueso y guardó silencio.

El camino hasta la cantera tomaba su tiempo. Las sombras se alargaron y luego se agruparon todas juntas, azules sobre las blancas paredes de la ciudad. Marra miraba hacia lo alto una y otra vez, hacia el palacio, donde su hermana y su sobrino recién nacido aguardaban.

*Dio a luz a un heredero. Después del bautizo, la vida de Kania no significará nada para el príncipe.*

*No, tal vez no sea así. Los niños pequeños mueren por muchas razones. Él esperará a tener otro bebé varón, ¿cierto? ¿Verdad que sí? Sería lo más sensato.*

*¿Por qué crees que un hombre que tortura a su mujer iba a portarse con sensatez?*

Marra se llevó las manos a las sienes. Preocupado al verla, Fenris tomó la correa de Perro de hueso.

—¿Estás bien?

—No, pero ya me las arreglaré.

Ya era de noche cuando dejaron la ciudad. Ningún guardia los detuvo. Era el barrio más pobre. Quien vivía allí era porque no podía permitirse nada mejor. A nadie le importaba quién entraba o salía. Ratas y gatos callejeros los observaron al pasar, y niños con ojos como de gatos callejeros, pero nadie más.

Por unos momentos, al mirar la cantera, Marra pensó que otra vez estaba contemplando la fosa de huesos en la tierra infecta. La piedra blanca era del mismo color que los huesos bañados por la luz de la luna, y los trozos de piedra abandonados se asemejaban desagradablemente a cráneos. Su cerebro canturreó que había sido un largo sueño imposible y que ahora estaba de vuelta al principio, con todo por hacer. Uno de sus pies resbaló al dar un paso en el borde de la pendiente, y Fenris alargó el brazo para evitar que se cayera.

—Estoy bien —murmuró—. No es nada —seguía con la mente fija en la imagen de la señorita Margaret aferrada a su muñeco, y tal vez no era de extrañarse que no pudiera ver las cosas con precisión.

*Además, estás a punto de entrar al palacio de los muertos, que está hechizado. Eso debe tener un impacto en tus nervios.*

Se preguntó qué habría pensado Mordecai, cuando finalmente llegó a los pantanos, y si el gusano venenoso estaba allí, ante él o si tuvo que internarse en los esteros hasta dar con él. Aún no tenían un mapa. Ella conservaba el pedazo del tapiz del hada madrina pero, a menos que éste empezara a brillar en la oscuridad o a hablar, no parecía que fuera a servirles de mucho. Era tan sólo otra de esas pequeñas pruebas de inteligencia que la vida le ponía y que Marra, como de costumbre, había fallado hasta el punto de pasar por alto cuál era la pregunta inicial.

La entrada al palacio estaba a medio camino por la pendiente, pero en algún momento se había construido una buena carretera que llevaba hasta ella. Aunque llevaba tiempo descuidada y el abandono la había llenado de baches, seguía siendo firme para transitar. Se acercaron a la entrada andando las tres codo con codo, y Fenris iba detrás, con la mano en la correa de Perro de hueso.

La palidez de la piedra continuaba hacia dentro del pasaje, con lo cual los barrotes de hierro se veían como franjas de sombra. Marra pensó cómo podrían romperlos. No había cerradura ni goznes para abrirlos. Nadie había planeado que esa entrada volviera a utilizarse.

La señora del polvo repiqueteó una uña en cada barrote, y luego soltó un gruñido. Murmuró unas palabras entre dientes, levantó el cayado, y le dio un golpe con el extremo al fierro, que saltó en mil pedazos.

Marra quedó boquiabierta. La señora del polvo soltó una risita, que sonó muy similar al cacareo de la gallina. La gallina hizo un ruido semejante. La anciana golpeó el barrote de al lado, y lo destrozó como si fuera un carámbano oscuro.

—¿Es cosa de magia? —jadeó Marra—. ¿Puede hacer lo mismo con las espadas de los soldados?

—Cierto tipo de magia —contestó la señora del polvo—. Y supongo que podría, si tú me consiguieras las espadas por lo menos con un día de anticipación.

—Algo les hizo anoche —murmuró Fenris—. Los frotó con gravilla y luego les aplicó el contenido de un frasquito—Marra sofocó un suspiro. La magia no parecía servir para hacer lo que uno necesitara en poco tiempo.

Atravesaron la hilera de barrotes rotos hacia el pasadizo. Fenris se enrolló la correa de Perro de hueso alrededor de la muñeca y sacó una vela de su morral. La señora del polvo extrajo algo de uno de sus muchos bolsillos, pronunció dos palabras breves, y una luz de claro de luna brotó entre sus manos.

—¿Es el tarro que contiene luz de luna? —preguntó Marra, con una punzada en la memoria.

—Sólo parte de su contenido. No le importará. A la luna le encantan este tipo de cosas —colgó el pequeño frasco de luz de luna en su cayado. La sombra de la gallina colorada se proyectaba contra el techo, como fundida sobre él, coronada con cuernos.

—Entonces, ¿esa ave es verdaderamente un demonio? —preguntó Fenris mirando la sombra.

—Por supuesto que sí. ¿Por qué iba yo a mentir con algo tan absurdo como eso?

La luz reveló palabras talladas por encima de las cabezas de todos. Marra señaló hacia lo alto.

—¿Qué dice ahí? —preguntó.

—Son hechizos para protegerse de los saqueadores de tumbas, que amenazan con sacarte el alma y condenarte a vagar sin destino por toda la eternidad... ese tipo de cosas —respondió la anciana.

—¿Y debemos preocuparnos por eso? —insistió la joven princesa.

—No. Es la fanfarronería habitual —resopló la señora del polvo—. Aunque yo no me atrevería a robar nada de las tumbas, por si acaso.

Empezaron a caminar. El pasadizo no era de paredes lisas, sino el tipo de túnel construido con propósitos de servicio, y no de ceremonia. Había pedacitos de piedra por todo el suelo. Perro de hueso olfateaba, pero era claro que no percibía nada de su interés.

—¿Sabemos hacia dónde vamos? —preguntó Agnes—. Buscamos al primer rey, el que ató al hada madrina.

—¿Fue el primer rey, entonces? —respondió la señora del polvo.

—Sí, claro. Fue el poder del hada madrina lo que le permitió seguir con su dinastía. Antes de eso, los reyes-brujos del Norte se la pasaban lanzándose maldiciones unos a otros todo el tiempo, derrocando a cualquier clan que diera la impresión de tener demasiado poder. La madrina fue la que inclinó la balanza a favor de ese rey. ¡Imagínense, un hada madrina que logró cambiar todo sólo con eso! —Agnes sonrió llena de orgullo, tal como cuando Guía hacía algo inteligente.

—Las criptas están dispuestas por familias —explicó Marra—. Así que es muy posible que tengamos que ir a lo más profundo hasta encontrar la más antigua —su voz resonó por el pasadizo, y le devolvió un eco—: ... tigua ... tigua ... tigua.

—Eso es más fácil decirlo que hacerlo —murmuró la señora del polvo. Su gallina aleteó, dejando sombras demoníacas en las paredes.

El pasadizo se abría a un recinto más grande, en cuyo suelo se veían dispersos varios objetos rotos, empuñaduras de picos y viejos troncos que tal vez se habían usado como rodillos. Perro de hueso estaba muy interesado en los olores, y se acercó a cada cosa.

De ese recinto salían tres túneles. Marra miraba de uno a otro con incertidumbre.

—Necesitamos el más antiguo —murmuró—, pero ¿cuál será?

A falta de una idea mejor, escogieron el más pequeño. El techo era tan bajo que obligaba a Fenris a caminar con la cabeza agachada y a la señora del polvo a llevar el cayado en ángulo, para gran irritación de la gallina colorada.

El suelo irregular de repente fue reemplazado por piso liso, y el pasadizo se ensanchó. La señora del polvo se detuvo, mirando alrededor.

—Creo que estamos ya en la tumba propiamente dicha —dijo.

Marra salió de detrás de ella y exclamó con sorpresa que ella ya había visto la cripta abovedada y con cornisas talladas donde habían enterrado a su sobrina, pero no se había planteado cómo serían el resto de las catacumbas.

Era verdaderamente el palacio de los muertos. Los techos se perdían en la oscuridad. La pensión en la que se habían hospedado la semana anterior hubiera cabido entera entre las paredes de ese recinto. Había relieves en todas las paredes, un desfile sin fin de guerreros y fieras acechándose hasta la eternidad. En las paredes había soportes para armas... hachas y alabardas erizadas como espigas en un trigal, espadas con un brillo opaco tras quién sabe cuántos años de abandono.

En el centro de la sala había una losa de piedra, y sobre ella, incrustado en metal, un sarcófago. La losa había sido tallada para darle la forma de un gran oso que llevara el féretro sobre el lomo, y tenía los colmillos enterrados en el vientre de algún desafortunado animal.

Fenris silbó suavemente, y el sonido despertó ecos que parecían pájaros alzando el vuelo en lo alto de la bóveda.

—¡Qué ostentación! —murmuró la señora del polvo. Puso las manos sobre el sarcófago y frunció el ceño. A Marra le llamó la atención la incongruencia de la imagen: esta delgada mujer con la capa llena de paquetitos y cuerdas, pretendiendo dominar al tipo de persona que había sido sepultada en un recinto como ese.

—Nada —la señora del polvo retrocedió—. Este fantasma ya se fue hace mucho.

Marra se mordió los labios.

—¿Y qué pasa si el rey que buscamos también se ha ido ya?

—Si se hubiera ido, no tendría al hada madrina sometida a su pacto. No, ese rey sigue por aquí. Y probablemente hecho una furia.

—¡Qué reconfortante! —comentó Fenris—. Me consuela —cruzó una mirada de asombro con Marra, y ella no pudo evitar sonreír.

Dos puertas se abrían en direcciones opuestas. Fenris y Marra fueron hacia un lado, y la señora del polvo y Agnes hacia el otro. Perro de hueso trotó en medio, aburrido ante la falta de nuevos olores o de acción.

—Ah —dijo Marra en voz baja, observando la siguiente sala—. Ya veo —era una habitación mucho más pequeña, y las paredes tenían trazas de color rojo. No había ni armas ni relieves de guerreros, sino pequeñas vasijas adornadas con oro. La máscara funeraria que había en el sarcófago era de una mujer más joven que Marra. Tal vez era por causa de las sombras, pero le pareció que los ojos de la mujer se veían tristes.

—Su esposa —dijo Fenris. Había otros dos pequeños cuartos que se desprendían de esta sala, que eran más bien nichos. Se adelantó para asomarse a cada uno, y luego regresaba negando con la cabeza en dirección a Marra—. Creo que lo que buscamos no se halla aquí.

—Son sus hijos, ¿cierto?

—Sí —la tomó de la mano. Marra consiguió imaginarse los pequeños féretros, y pensó si estarían más o menos ornados que los de su sobrina. Le alegraba sentir la mano de él en la suya. Fenris estaba tan vivo… él y Perro de hueso, que no estaba vivo, pero él no lo sabía.

—Por aquí —los llamó Agnes—. Aquí encontramos otro túnel.

Éste era tan ancho como la cripta de la esposa. Se perdía en ambas direcciones, y se abría en otros pasadizos en el mismo flanco en el que ellos se encontraban.

—¿Ama de los zorros? —habló Fenris—. Creo que usted tiene más experiencia que el resto de nosotros. ¿Qué dirección hemos de seguir?

—¿Eh? —la aludida alzó la luz que colgaba de su cayado—. Mis muertos eran todos gente sensata, con los pies en la tierra, nada que ver con estas enormes criptas heladas. Su fantasma debería hacerse notar, como una mosca en la sopa. No tengo la menor idea.

Perro de hueso resolvió el problema tirando de su correa hacia uno de los pasadizos, aunque resultó que lo único que quería era hacer pipí contra una pared, cosa que hizo, pensativo, mientras todos los demás fingían interés en los bajorrelieves de las paredes.

Ese pasadizo, recién ungido por el perro, llevaba a otra sala como la anterior, pero de ésta no salía ningún otro túnel.

—¿Uno que nunca se casó? —aventuró Marra—. ¿Y por eso no hay más criptas para sus descendientes?

—Tiene lógica —Fenris asintió mirando la máscara, que se veía joven, pero con líneas que evidenciaban de dolor. Había menos armas en esta cripta. Salieron de allí, y también de la siguiente. Al final de ese pasadizo había una entrada muy ornamentada, con relieves alrededor del umbral y en el suelo, que se extendían un tramo más allá… rostros gritando, manos tendidas tratando de aferrarse, espadas rotas.

—Es un poco perturbador —opinó Marra, tocando uno de los relieves con la punta de su bota.

—¿Enemigos vencidos en batalla? —preguntó Agnes.

—O pecadores arrojados al infierno.

—¿Creen en el infierno aquí?

—Así es —contestó Marra—. Uno permanece congelado en el frío eterno —negó con la cabeza. A ella la idea le había resultado ajena cuando la escuchó. En el Reino Portuario, lógicamente, se creía que los muertos iban a dar al mar, y los buenos renacían del océano, mientras que los condenados se hundían hasta el fondo y allí eran devorados por cangrejos. A pesar de todo, uno no podía culpar a los del Reino del Norte, pues seguramente allí, debido a la altura, no había muchos cangrejos.

—Es horrible tener que caminar sobre ellos —murmuró.

—Son sólo piedra —contestó la señora del polvo—. Nunca estuvieron vivos —caminó por encima de los relieves de caras gritando, el ruedo de su capa rozándolas. Uno a uno, los demás la siguieron.

La siguiente cripta era grande y ostentosa en la medida que la de la esposa era simple y austera. Las paredes estaban cubiertas de estatuas en hileras, cada una de un severo dios del Norte y, a pesar de la expresión de sus caras, la impresión general era la de encontrarse en una enorme garganta, presta a tragarse a quien se descuidara.

Había figuras indefinidas flanqueando el sarcófago. Marra se detuvo en el umbral, tratando de distinguir cuántas piernas tenían, de qué forma eran…

—Oh —dijo muy quedo—, ya veo.

El aire frío del palacio de polvo había preservado a los caballos muertos mucho mejor de lo que ella hubiera pensado. Se veían ajados y con pliegues colgantes, pero aún se podían reconocer. Unas varas que atravesaban los cuerpos los mantenían en su sitio, firmes alrededor de su amo muerto. El orgulloso arco de los pescuezos se había hundido, pero Marra podía entrever las marcas de la buena raza y la riqueza de los arreos dorados.

—Debía ser un hombre rico —dijo Fenris—, para que lo enterraran así, con todo y sus caballos.

—¿El padre? —murmuró la señora del polvo, mirando el sarcófago—. ¿O el hijo? ¿Vamos hacia atrás o hacia delante en las generaciones?

—Si avanzamos lo suficiente en una sola dirección, deberíamos de ver cambios en las armas —sugirió Fenris, estudiando los relieves en las paredes—. Estas sillas tienen estribos. Si encontramos una tumba en que no los tengan…

—Si pudiéramos encontrar un maldito fantasma, yo podría preguntarle —contestó la señora del polvo, molesta. Dio un golpe sobre la tapa del sarcófago, y un ruido hueco llenó la cripta para luego desvanecerse—. Pero éstos están muy callados, pues murieron hace demasiado tiempo. Necesitamos cadáveres más recientes. O, por lo menos, unos con mayor resentimiento.

Marra no tuvo mucho tiempo para preocuparse por eso, porque el siguiente que encontraron estaba verdaderamente enfurecido.

# Capítulo 18

Era una cripta pequeña, anexa a la majestuosa de la que venían. Tal vez la de una concubina. Los materiales que la formaban eran costosos y exquisitos, oro y jade y madera de palo de rosa, y la máscara funeraria era muy bella, pintada con lapislázuli. A pesar del lujo en los materiales, la cripta daba la impresión de haberse arreglado apresuradamente. Como si todo se hubiera reunido e instalado a la carrera y con miedo. Bajo sus pies crujieron losetas de jade que habían caído del sarcófago, y no había relieves en las paredes, sino frescos desteñidos. La entrada no tenía ningún adorno tallado, y estaba medio oculta tras la sombra de una de las estatuas con expresión adusta.

—Ésta sí —dijo la señora del polvo con satisfacción profesional—. Esta alma sí nos servirá. Será antigua, pero guarda muchos rencores.

La señora del polvo sacó algo de un bolsillo, Marra vislumbró algo rojo anaranjado, del color del cinabrio, y luego lo desmenuzó esparciéndolo en sus manos, para luego golpear en la tapa del sarcófago, tal como si fuera una puerta.

Marra supuso que tomaría unos minutos, así como había sucedido con el chico ahogado, un paulatino aumento del horror a medida que el fantasma se materializaba, pero aquí escasamente tuvo tiempo para prepararse antes de que la cripta estallara.

Del sarcófago salieron torrentes de polvo. Losetas rotas volaron por todo el cuarto. Fenris se arrojó sobre Agnes y Marra, mientras Perro de hueso ladraba en silencio, tratando de atrapar algo entre sus dientes. Sólo la señora del polvo permanecía imperturbable, en el centro del torbellino, con la luz de la luna y la sombra de la gallina cayendo sobre ella como un escudo protector.

—Calma, calma —advirtió—, o la devuelvo a su catafalco y busco otro espíritu para lo que necesito. Su ira no me impresiona.

El sarcófago completo giró al volver a la vida, rebotando en la lápida de piedra, y luego se volteó sobre uno de sus lados para que la máscara funeraria pudiera mirarlos cara a cara. El hermoso rostro seguía tranquilo y sereno, pero los ojos ardían de furia.

—… ¡se atrevió a despertarme!

La voz estaba hecha de ecos, del sonido que hacían las losetas mal pegadas al caer contra el suelo, de los adornos de oro estremeciéndose como telarañas metálicas.

—… ¿cómo se atreve a despertarme? ¡Campesina! ¡Plebeya! Se presenta en la tumba de la gran… la gran… la consorte de reyes, la gran…

—Ya ha olvidado su propio nombre, ¿cierto? —preguntó la señora del polvo—. Bueno, esas cosas suceden, a reyes y a plebeyos por igual —golpeó el suelo de la cripta con su cayado—. ¿Y qué es lo que la ha mantenido iracunda todo este tiempo?

—... ¡fui reemplazada! ... ¡reemplazada! ... ¡reemplazada! —el viento corrió por la cripta de nuevo—. ¡Me hicieron a un lado! ¿Cómo se atrevieron, cómo se atrevieron? ¿Acaso no saben quién soy? La gran... la gran... —nuevamente sopló el viento, y se oyó algo como un chillido más allá del oído humano, como murciélagos cazando por encima de sus cabezas.

—¡Pobrecita! —murmuró Agnes, tras liberarse del intento de Fenris por protegerla—. La hicieron a un lado, ¿cierto? ¿Era usted la concubina del rey?

—¿Concubina? ¡Fui su esposa durante siete años! Pero no le di hijos, así que tomó otra esposa y cuando sus críos murieron estrangulados con un cordón escarlata, me culparon a mí. ¡A mí!

—¿Usted los asesinó? —preguntó la señora del polvo, más interesada que horrorizada.

—No. Desearía haberlo hecho. Así al menos me hubieran enviado a casa de mis padres para morir. Yo no los amaba. Pero no... no fui yo.

Marra estaba empezando a pensar que Vorling no salía tan mal librado en cuanto a su maldad.

—Parece que nos hemos topado con un escándalo antiguo —dijo Agnes—. Una hija del rey caída en desgracia y enviada de regreso con sus padres.

—Así es... No podían matarme, ¿sabe? Por eso me encerraron aquí. Me sepultaron viva para ocultar su vergüenza.

Fenris inhaló con fuerza.

—¿Eso te enfurece, campesino? A mí me hizo rabiar aquí abajo, en la oscuridad. Grité y grité y no vino nadie, y finalmente morí y tampoco vino nadie.

—De manera que la enterraron viva —la señora del polvo frunció el entrecejo—. ¿Conoce la disposición de las catacumbas?

—… no. ¿Por qué iba a conocerla? Soy una reina, y no me dediqué a explorar tumbas.

La señora del polvo entrecerró los ojos.

—¿Y vio algo cuando la trajeron aquí para enterrarla? Ya debían haber comenzado a excavar la tumba de su padre para entonces. ¿Y cómo se veía la tumba de su abuelo?

La máscara mortuoria puso sus ojos pintados en blanco.

—No me importa… él murió hace mucho y era muy aburrido. Yo soy una reina y consorte de reyes… Soy la gran…

La señora del polvo dio una palmada sobre el sarcófago con su mano teñida de rojo, y el espíritu de la difunta chilló, como si la hubieran golpeado.

—¡Ay! ¿Cómo se atreve, plebeya? ¿No sabe quién soy?

—No, y en este momento usted tampoco lo sabe.

El espíritu dio vueltas por la cripta, enfurecido, mandando losetas a volar. La señora del polvo extendió su mano y el espíritu se calmó. Cuando volvió a hablar, la voz sonaba hosca, como el lamento distante de aves resentidas.

—… lo enterraron con su barco. Siempre hablaba de ese barco y a mí me daban ganas de ponerme a dar gritos. Los saqueos por los ríos cuando él era joven. Aburrido y tedioso a más no poder.

—Gracias —contestó la señora del polvo muy seria—, esto ha sido muy útil.

—No me interesa para nada ayudarle… Usted es aburrida… La rueda de los ladrones la alcanzará en cualquier momento, y entonces se irá aullando por la oscuridad para siempre. No espere que le muestre ningún agradecimiento, campesina…

—¿La rueda de los ladrones? —repitió la señora del polvo, pero el fantasma tan sólo se rio. Dio una última vuelta por la cripta, levantando las losetas y fragmentos de jade hasta la altura de las rodillas, y luego la máscara funeraria cerró los ojos, y el sarcófago pasó a ser únicamente eso, un cajón fuera de su base, y los adornos de oro callaron.

—¿Se ha ido? —preguntó Marra.

La señora del polvo se encogió de hombros.

—Más o menos. Sigue ahí dentro, pero no quiere salir. Y sacarla me exigiría un esfuerzo mayor del que estoy dispuesta a hacer.

—Imagínense estar aquí todo ese tiempo —murmuró Agnes—, y seguir todavía tan llena de rencor.

—Las injusticias y la sed de venganza envejecen el cuerpo, pero mantienen el alma activa casi para siempre —sentenció la señora del polvo con pragmatismo—. Y el hecho de que la hayan enterrado viva por un crimen que no cometió definitivamente la mantendrá así durante un buen tiempo. Dudo de que fuera una buena persona cuando vivía, pero no se entierra a nadie por ser pedante e insoportable.

—¿Y qué cree que sea esa "rueda de ladrones"? —preguntó Marra.

—No tengo la menor idea.

—He estado en lugares donde castigan a los maleantes en ruedas de carro —comentó Fenris con parsimonia—. Los amarran de pies y manos sobre la rueda y los dejan morir a la intemperie. No es nada agradable.

—Aquí no lo hacen —contó Marra—. Al menos no, que yo sepa —frunció el ceño—. Claro, puede ser que en la época de esta fantasma las cosas fueran diferentes.

—Por lo menos sabemos que debemos buscar un barco —dijo Agnes, con tono práctico.

Encontraron el dichoso barco veinte minutos más tarde, después de recorrer pasadizos que los llevaron a criptas de figuras menores de la casa real, y de los parientes de éstas. La señora del polvo no reportó más fantasmas o, si los había, dormían profundamente.

—Bueno, ahí tenemos un barco. Muy bien —dijo Agnes.

Tenía seis o siete pasos de largo, con la proa tallada en forma de bestia amenazante. Los remos se proyectaban hacia los lados, cual patas de un ciempiés, y el sarcófago estaba en medio de la nave, en el lugar de honor. Los relieves en las paredes mostraban olas y monstruos marinos y batallas navales, y el mástil de la embarcación aún tenía una vela, preservada por el aire frío y seco. Marra podía mirarla allá arriba, y distinguir franjas blancas y azules en el material que habían usado.

Deseaba que hubiera tiempo para subir y mirar cómo estaba tejida la vela.

*No. Concéntrate. Debemos encontrar al antiguo rey antes del bautizo.*

—¿Y hacia dónde seguimos ahora? —preguntó Fenris.

—Si suponemos que fue uno de los primeros reyes el que obligó a la madrina a jurarle lealtad —empezó Marra—, entonces tenemos que buscar al padre de éste, y luego a su padre, y así sucesivamente.

—Pues vayamos por aquí —propuso la señora del polvo. Atravesaron la cripta con su antiguo barco, hacia el pasadizo que había más allá.

Había cinco entradas en ese túnel, pero no le hicieron caso a ninguna. La cripta que había al fondo era menos majestuosa que las que vinieron después, aunque los relieves se veían más realistas. Marra hubiera podido pasar sin ver la imagen de una fiera que estaba agazapada sobre la puerta, con las fauces llenas de vísceras, cada curva y rizo representados con minucioso detalle.

Esa cripta era un cruce de pasadizos, con cuatro salidas, una en cada pared. Se miraron sin saber qué hacer, y siguieron adelante. Otras tres entradas, otro crucero...

Marra empezó a sentir algo que le cosquilleaba en lo profundo del cerebro, como si hubiera visto algo igual en otro momento.

*¿Había un mapa en alguna parte en el palacio? Hay algo aquí que me resulta familiar.*

Pero no tenía tiempo para ponerse a pensar demasiado. La siguiente tumba había sido saqueada.

—Por los dientes de los santos —murmuró Agnes. La tapa del sarcófago había recibido un golpe. Era evidente que las hileras de armas habían sido saqueadas. En el suelo, donde se había usado infructuosamente como palanca, yacía un pico roto. Alguien había arrancado con cincel las gemas de la base del sarcófago, dejando a las bestias talladas con los ojos rotos y vacíos.

—No terminaron de robarla —concluyó la señora del polvo, pensativa.

—¿Cómo lo sabe?

—En este oficio, uno aprende a detectarlo. Puede ser que hayan interrumpido a los saqueadores en pleno robo, o que estaban demasiado nerviosos para terminar lo que venían a hacer —posó la mano sobre el sarcófago y ladeó la cabeza. Tras unos momentos reanudó su explicación—: Lo que sea que haya aquí dentro, ya ha perdido la mayor parte de su personalidad. Probablemente está molesto por haber sufrido el saqueo, pero no queda suficiente espíritu para poder cuestionarlo.

Algo silbó en las cercanías. Todos se sobresaltaron. Perro de hueso se enderezó, tirando de la correa. Fenris la sostenía, y el perro tiró con tal fuerza que por poco hace caer al guerrero.

—¿Será el fantasma? —preguntó Fenris, tratando de evitar que Perro de hueso saliera corriendo.

—No es éste —contestó la señora del polvo—, sino otro que anda por los pasillos, tal vez —volvió sobre sus pasos—. No puedo contactarlo...

Perro de hueso se fue calmando lentamente, bajando los cuartos traseros. El silbido no se repitió.

Dos criptas más allá lo volvieron a oír. Esta vez Perro de hueso llegó a aullar, y su ladrido espectral levantó ecos como pájaros sibilantes.

—Esto no me gusta nada —dijo Agnes, a nadie en particular.

—No logro establecer contacto —insistió la señora del polvo—. Debería tener un vínculo con un cuerpo en alguna parte, pero no hay cuerpo. Los muertos incorpóreos son mucho más difíciles de atrapar. Pero tampoco pueden lastimarnos, por lo general.

—¿Por lo general?

—No hay manera de saber.

La última sílaba de "saber" resonó durante demasiado tiempo … er… er… er… y entonces Marra se dio cuenta de que no era el eco. Retrocedió un paso hacia la boca del pasadizo donde se encontraba.

—… er… rer… rer… ¡A correr!

—¿Acaso un eco acaba de aconsejarnos que salgamos corriendo? —preguntó Agnes, acomodando a Guía y mostrándose mucho más calmada de lo que Marra se sentía.

—¿Acaso los ecos de fantasmas se preocupan por nuestro bienestar? —preguntó Fenris, también notablemente tranquilo.

—Casi nunca —contestó la señora del polvo.

*Estoy rodeada de lunáticos, y a todos los quiero, pero tal vez deberíamos empezar a correr de cualquier manera.*

Marra dio otro paso atrás.

—… correr… A correr… viene… Aquí viene… Cuidado… ¡Corre!

La gallina colorada cacareó con profunda desconfianza.

Del pasadizo por el que habían venido brotaron silbidos. Los ecos se aceleraron hasta que chocaron unos con otros:

—¡A correr! ¡Aquí viene! ¡Huyan! ¡Ladrones, a correr!

Perro de hueso se puso frenético. Fenris ya no intentó mantenerlo quieto con la correa sino que lo cargó, y sus manos atravesaron el pelaje ilusorio, para sujetarlo por la columna vertebral. La señora del polvo golpeó el suelo con el extremo inferior de su cayado. La gallina cacareó.

La rueda de ladrones llenó el pasadizo, invadiendo la cripta.

En cierto momento debió ser una rueda. Tal vez cuando era más pequeña, cuando eran sólo unas cinco o diez almas apeñuscadas, rodando unas sobre otras, rostros fantasmales gritando antes de aplastarse contra el suelo para desplazar la masa de esa cosa. Ahora eran decenas de caras y la rueda parecía más bien un caracol gigante moviéndose densamente por los túneles, de diez codos de alto y sólo los dioses sabían qué tan largo.

—¡A correr!

—¡Huyan!

—¡Ahí viene!

—¡Ladrones, a correr!

Llenó la entrada, hinchándose con los alaridos, como si respirara. Los ecos resonaron en la cripta. Algunos de los rostros tenían manos que se agitaban frenéticas, y Marra se dio cuenta de que los saqueadores de tumbas atrapados en el interior trataban de alertar a los humanos para que escaparan.

*No nos están amenazando. Tratan de decirnos que huyamos antes de que nos atrapen también.*

La señora del polvo no titubeó. Se adelantó un paso, directamente en la ruta que llevaba la rueda de ladrones.

—Muertos incorpóreos —dijo—, no somos saqueadores de tumbas. Ustedes no tienen poder sobre nosotros.

Se veía tan tranquila y confiada que Marra le creyó. Por supuesto que la señora del polvo podría sacarlos de ese aprieto. Ella reinaba sobre los muertos. Podía hacer que se levantaran de sus tumbas o regresarlos a ellas. ¿Por qué lo había puesto en duda?

La rueda de ladrones gritó una advertencia desde cincuenta bocas y le pasó por encima a la señora del polvo.

La luz de luna se apagó y la cripta quedó en la penumbra total.

Marra se alejó como pudo de la rueda de ladrones, tambaleándose en la oscuridad. Tropezó con algo y cayó con fuerza al suelo, raspándose las palmas de las manos. Podía oír chillidos y gritos, los lamentos de los muertos, y por encima de todo eso, el cloqueo furioso de la gallina endemoniada.

Algo la atrapó. No se sentía humano sino como una gran muralla pegajosa que envolvía la mitad de su cuerpo. Marra gritó y se defendió a manotazos, lo que fue un error. Su brazo quedó atascado. Ella conservó la suficiente presencia de ánimo como para echar la cabeza hacia atrás y así mantener libre la boca.

—¡Marra! —gritó Fenris.

Y la rueda de ladrones empezó a moverse, deslizándose espantosamente hacia delante. Marra se golpeó la cabeza contra una pared y vio puntos luminosos blancos entre la negrura.

—¡A correr!

—¡Huyan!

—¡Corran! —gritaban los rostros a su alrededor en la oscuridad. Y luego uno, junto a su oreja:

—Perdón, perdón, lo siento. No puedo hacer que pare... sigue moviéndose.

¿Ácaso iban por otro túnel? La pared de piedra le raspó la espalda. La rueda la arrastraba hacia delante pero también se iba deslizando inexorablemente hacia la parte de atrás en un movimiento irregular que mareaba. *Ay, dios*, pensó con la mente clara, *esto me va a devorar y me quedaré para siempre como un fantasma bajo el palacio.*

Eso le parecía especialmente horrible. No el hecho de morir, sino de quedar atrapada allí, bajo el palacio, ese lugar que estaba empezando a odiar con verdadero fervor. De nuevo se raspó la espalda sobre otra superficie de piedra y trató de pegarse más a la rueda de ladrones, pero no lo consiguió porque hubiera implicado hundir su cara en ella, y prefería perder toda la piel de la espalda antes que eso.

—Perdón, no la puedo hacer parar —sollozó la voz que le hablaba al oído—. Sigo intentándolo, pero nada...

—No hay problema —contestó ella sin pensarlo. Iba a vomitar y cada vez estaba más atrás en esa criatura compuesta de ánimas perdidas y una sustancia pegajosa, y en medio de todo trataba de tranquilizar a alguien. ¡Claro que sí! Así iba a morir, diciéndole a alguien que estaba bien que la apuñalara, que de verdad, de verdad verdad, no le importaba...

La rueda de ladrones la dejó caer. Tal vez había logrado llegar hasta el extremo. Cayó sobre el suelo del pasadizo y después, afortunadamente, se desmayó.

# Capítulo 19

Cuando Marra volvió en sí, estaba helada. Se había acurrucado bajo su capa de ortiga pero no tenía idea de cuánto tiempo había transcurrido. El suficiente para que el suelo de piedra le hubiera robado todo el calor del cuerpo, al menos. Trató de oír si el sonido de la rueda de ladrones seguía por ahí, pero no percibió nada.

—¿Fenris? —llamó—. ¿Agnes? ¿Señora del polvo?

Oyó el eco de su voz, pero ninguna respuesta. Tampoco se veía ni un tenue resplandor por ninguna parte.

Se puso en pie y extendió los brazos hacia ambos lados, tratando de tantear las paredes. Era un pasadizo. De nuevo, gritó llamando a sus compañeros infructuosamente.

—Cuando te pierdas en el bosque, quédate en el mismo lugar —murmuró Marra—. De esa forma, te pueden encontrar. Pero esto no es el bosque y no creo que tengamos suficiente tiempo…

¿En qué dirección la había arrastrado la rueda de ladrones? ¿Qué tan lejos la había llevado? No tenía ni idea.

Tomó aire y se arrebujó en la capa de ortiga.

—Está bien… —murmuró—, está bien —eligió una dirección cualquiera y empezó a caminar.

Bajo sus dedos se abrían puertas a otras criptas, pero ella seguía de largo. Las tumbas importantes siempre estaban al final de los túneles. Siguió adelante hasta que alcanzó una especie de entrada y luego tanteó hacia el frente en la oscuridad. El eco parecía el de una cripta grande.

Metal liso. Piedra tallada. Pequeños bordes cuadrados. Algo que le resultó familiar, y entonces Marra se dio cuenta de que estaba tocando una máscara funeraria. Retrocedió dando tumbos hasta una pared, y se dio cuenta de que había perdido el sentido de orientación y no sabía por dónde había entrado. ¿Cómo iba a saber si iba en la dirección correcta?

Se apoyó en una pared, con ganas de llorar.

*Estoy perdida. Perdida en la oscuridad. Y voy a morir aquí abajo. La señora del polvo ya debe estar muerta. ¡Virgen de los Grajos, ayúdame, por favor! Traté de salir de ésta yo sola, pero no creo que pueda hacerlo...*

Silencio. Frío. Polvo.

Y entonces, en medio de la infinita oscuridad bajo el palacio, Marra vio una luz.

Al principio era apenas una chispa, más dorada que una antorcha. Pensó que tal vez se la estaba imaginando porque se parecía a los puntitos dorados que aparecían cuando se frotaba los ojos. Pero se hizo más definida y se acercó cada vez más, iluminando las paredes con sus relieves de reyes fríos y muertos.

Era una mujer. Por donde pasaba, levantaba nubes de luz con sus pasos, como polvo luminoso.

Marra levantó la vista y vio que la mujer llevaba una mano cercenada en la mano derecha, y que su muñeca izquierda terminaba en un muñón.

Era la santa del mercado de los duendes.

Mucho después, a Marra se le ocurrió preguntarse por qué se encontraba allí la santa, en el palacio de los reyes muertos. Pero no en ese momento. Era una santa y los santos andaban por donde querían.

La santa levantó la mano derecha, de manera que el dedo índice de la mano cercenada se apoyó en sus labios para indicar silencio. Marra se agazapó a sus pies, mirando hacia arriba, y asintió.

La santa le hizo un gesto para que la siguiera, y Marra obedeció.

Avanzaron con paso lento pero seguro. La luz que la santa irradiaba al pasar iluminaba relieves de hombres y dioses y cosas extrañas. Marra miraba cómo se desenvolvían estas historias, mientras generales tallados en piedra derrotaban ejércitos de bestias deformes y bellas y raras.

Y entonces, paso a paso, la santa empezó a desvanecerse.

Marra hubiera querido gritar de la desesperación, suplicarle que no la dejara, pero se mordió los labios. Los dioses habían intervenido a su favor. Seguramente no la iban a abandonar a la mitad del camino.

*Espera. Espera y verás. El mundo no siempre es cruel.*

Siguió los pasos cada vez menos luminosos de la santa. Parecía que permanecían mucho tiempo, desvaneciéndose del dorado al plateado, y finalmente Marra se percató de que la santa había desaparecido y que la luz plateada que veía lejos al frente venía de un rayo de luz de luna atrapado en un frasco.

Se lanzó a correr, sin importarle que la rueda de ladrones la oyera, con un sollozo atravesado en la garganta:

—¡Fenris! ¡Agnes! ¡Señora del polvo!

—¿Marra?

Entró a una cripta y antes de poder ver con claridad, Fenris ya la había recibido entre sus brazos, apretando la cara contra el pelo de ella.

—Estás viva —dijo—. Pensé que te había perdido. Estás viva.

—¡Tú también estás vivo! —exclamó ella. Quería detenerse un momento y pensar en qué habría querido decir con eso de "Pensé que te había perdido", pero no parecía que fuera la ocasión adecuada. Y él se sentía muy calientito y ella tenía mucho frío y era muy agradable sentirse abrazada de esa manera—. Estás vivo.

—Sí, sí —intervino la señora del polvo, molesta—. Estamos todos vivos. No fastidies con eso.

Fenris finalmente la soltó, aunque no sin cierta resistencia. Perro de hueso saltó de inmediato sobre ella, lavándole la cara con su lengua.

—¿Qué les pasó a ustedes? —preguntó Marra—. A mí me levantó la rueda de ladrones.

—A mí también —contestó Agnes—. No me di cuenta de que a ti también te había atrapado.

—Perro de hueso corrió tras de ti —explicó Fenris—, y me arrastró con él, y pensé que él sería capaz de perseguirte. Cuando finalmente perdió el rastro, estábamos extraviados.

—¿Y cómo regresaron? —preguntó Marra.

—Ah, le pedí a Guía que se hiciera cargo —respondió Agnes. Se golpeó el pecho, donde dormía el exhausto pollito—. Le pedí que me llevara a un lugar seguro. Y entonces apareció la señora del polvo.

—Perro de hueso dio con ellas —añadió Fenris—. Iba a proponer que empezáramos a buscarte, pero apareciste. ¿Cómo nos encontraste?

—Una santa me trajo hasta aquí —dijo Marra—. La misma del mercado de los duendes.

Los tres la miraron, perplejos.

—¿Eh? —exclamó la señora del polvo.

—¡Fascinante! —opinó Agnes.

—Si me hubieras dicho eso mismo hace unos meses, habría pensado que mentías o que estabas loca de atar —dijo Fenris—. Supongo que ahora sólo me sorprende que la santa no se hubiera quedado a tomar el té con nosotros.

—¿Y usted cómo logró liberarse? —preguntó Marra—. La rueda de ladrones le pasó por encima. Yo vi todo.

La señora del polvo resopló con arrogancia.

—No fue nada.

—¡Pero si la aplastó!

—Está bien, sí fue algo —pareció molesta. Marra se dio cuenta de que su capa se veía arrugada y que tenía unas cuantas manchas en los puntos en los que el contenido de los bolsillos se había roto. La gallina colorada había perdido un par de plumas de la cola—. ¡Eran unos muertos muy desobedientes!

—Muertos muy malos. Nada nuevo —comentó Fenris, sin disimulo.

Marra tosió tratando de reprimir una carcajada, pero no pudo evitarlo y soltó la risa. Igual que Agnes. La señora del polvo se cruzó de brazos, incómoda, y la gallina empezó a cacarear indignada, cosa que sólo hizo que Marra se riera con más ganas.

—Me da gusto que les divierta tanto —dijo la señora del polvo cuando se les pasó la risa.

—¿Y qué era esa rueda, a fin de cuentas? —preguntó Marra, entre risas y un nuevo ataque de escalofríos.

—Un enredo, un revoltijo… Saqueadores de tumbas y unas cuantas almas desafortunadas, probablemente de albañiles extraviados. La maldición les arrancó el espíritu para sumarlo a ese amasijo que recorre las catacumbas en busca de más almas. Pero no fue muy bien diseñada la rueda esa. Nunca se puso un tope máximo de almas, así que reunió demasiadas a lo largo de los siglos, y se tornó en ese caos. Por eso resultó tan difícil darle órdenes. Ya nada ni nadie está a cargo de la rueda, y anda por ahí sin rumbo, en total confusión —hizo una mueca—. Le di un manotazo y huyó. Y ustedes no robaron nada, así que no podía quedarse con sus almas, y sólo las arrastró. Sigue por ahí, pero ya no se atreverá a acercarse a mí.

—¿Y no puede deshacer la rueda —preguntó Fenris—, y liberar a las almas?

—Podría, si tuviera unos cuantos días para hacerlo. Pero no es así, de modo que la mandé lejos —miró hacia abajo, los pliegues alrededor de su boca se juntaron—. Se nos acaba el tiempo.

—¿De verdad? —preguntó Marra.

—¿Qué? —exclamó Agnes.

—Me desmayé —confesó Marra—. ¿Cuánto tiempo ha pasado?

Fenris se puso muy serio de repente.

—Casi un día completo —dijo—. Tenemos que darnos prisa. Vamos a llegar tarde al bautizo.

Cuatro pasadizos y una intersección. Dos intersecciones y tres pasadizos más. La mente de Marra insistía en la sensación de que ella conocía ese patrón, que había visto algo semejante, pero no lograba saber dónde. Tal vez no importaba.

Habían encontrado la cripta del primer rey.

Era pequeña. Marra esperaba algo descomunal y majestuoso, enormes arcos bordeados con relieves de guerreros, con oro y jade y gloria. En lugar de eso, era un recinto pequeño de piedra con vigas de madera que sostenían el techo. Había una sola espada, colocada al azar sobre la tapa del sarcófago de piedra. La máscara funeraria del rey era sencilla y tenía una grieta que le cruzaba la frente, como una cicatriz.

Las paredes eran la parte impresionante. Pinturas rojas y negras relumbraban a la luz del rayo cautivo de luna. Los murales eran impactantes y definidos, y los años habían alterado el pigmento blanco de los rostros de los súbditos del Norte hasta hacerlo parecer azul, tanto como para que pareciera que un ejército de guerreros de piel azulada había invadido las paredes de la tumba. En el centro, un rey azul estaba sentado en su trono, con una espada sobre las rodillas.

La señora del polvo posó las manos sobre el sarcófago y soltó una risita aguda y breve, como el ladrido de un zorro.

—Oh, sí —exclamó—. Él está aquí dentro.

—¿Lo puede saber?

—Claro, por todos los dioses. Es como saber que hay un oso durmiendo en una habitación —cerró los ojos y apoyó su peso sobre las palmas de sus manos—. A ver, difunto, despierte. Tenemos asuntos qué discutir con usted.

Marra, que no sabía bien qué esperar, supuso que tal vez la máscara empezaría a hablar, pues así había sido con la hija enterrada viva. En lugar de eso, la espada tamborileó sobre el sarcófago, y en la pared, el rey pintado levantó la cabeza y miró a la señora del polvo con sus ojos pigmentados.

"¿A qué ha venido aquí?"

Las palabras no tenían sonido, pero los ecos resonaban en la cripta. Marra como si se las clavaran en el cráneo con un martillo. Tenían su propio peso y tras ellas había una mente que parecía de acero y piedra. Perro de hueso aullaba y trataba de esconderse tras las rodillas de Fenris.

"¿Por qué ha penetrado en mi sepultura?"

—Tiene que liberar al hada madrina de su pacto de sumisión —dijo la señora del polvo—. Ha ido demasiado lejos en el tiempo y está perjudicando a su propia descendencia.

"¿El hada madrina? ¿De qué madrina me habla?"

—La mujer que bendice a su progenie y que ha estado al servicio del linaje real.

"Ah, el pellejo de bruja", el desprecio le dejó un regusto metálico en la cabeza a Marra. "Yo gané; ella perdió. La hubiera podido matar en ese momento, pero le concedí la inmortalidad. Debería estar agradecida."

Los dedos de la señora del polvo se cerraron en puños sobre el sarcófago.

—La esclavitud eterna no es un don que se agradezca.

El rey pintado entrecerró los ojos. Los guerreros pintados tras el trono se movieron, ondeando, y alzaron sus escudos. Un arquero tensó la cuerda de carboncillo de su arco.

"¿Y usted quién es?"

—Soy una de las que pueden hablar con los muertos.

"¿Qué lazos la unen con el pellejo de bruja?"

—Ninguno. Ni siquiera nos hemos visto. Pero yo no permito que los vivos estén sometidos a los muertos para siempre. Libérela y lo dejaré descansar en paz.

"Si me lo pide de rodillas, suplicando, puede ser que lo haga"

La señora del polvo enarcó las cejas.

—¿Cree que no estoy dispuesta a suplicar por la vida de otra persona? Lo haré, si eso sirve para convencerlo.

El rey pintado desvió la mirada, la pintura azulada se movió alrededor del amargo trazo negro de la boca.

"Me divertiría mucho."

—La diversión no es suficiente. Debe liberarla.

"No lo haré."

La señora del polvo levantó la mano del sarcófago y empuñó su cayado, en el cual se había recostado. La gallina colorada aleteó.

—Entonces, lucharé contra usted.

"¿Usted? ¿Alguien que ha vivido una insignificante vida mortal está dispuesta a enfrentarse a mí por una bruja que ha debido morir hace mil años?", el rey empezó a reírse. Era una risa grave, como un rugido, o más parecida a un martillo golpeando sobre metal que a una voz humana, y Marra empezó a sentir como si su cráneo estuviera en el yunque. "Largo de aquí, despreciable interlocutora de los muertos. Soy más viejo y más poderoso."

La señora del polvo pasó un dedo por la grieta de la máscara, y las carcajadas en la cabeza de Marra se detuvieron abruptamente.

—Aquí —dijo la señora del polvo con el mismo tono calmado con el que hablaría del lugar para hacer un punto de sutura—. Me parece que aquí. Sí —alargó el brazo hasta la gallina colorada, que se plantó sobre su mano. Marra había sostenido halcones en la muñeca, pero ninguno se había visto tan imponente como la gallina endemoniada en ese momento. La señora del polvo la dejó sobre el sarcófago y la gallina clavó su pico en la grieta de la máscara.

El alarido del rey sonó como una plancha de hierro que fuera desgarrada por la mitad, un chillido prolongado y metálico que hizo que los dientes de Marra le bailaran en la quijada. La cabeza le martilló. Perro de hueso ladró, pero no en el tono de alarma que esperaban sino con el ladrido agudo y breve de un perro en problemas que llama desesperadamente a su manada para que lo rescate. Era difícilmente audible, pero flotaba en el aire a su alrededor.

"¿Qué está haciendo, bruja?".

—Pelear —contestó la señora del polvo como si fuera muy obvio. La gallina empezó a golpetear la grieta con el pico, deteniéndose ocasionalmente para levantar la cabeza y arañar la máscara con sus patas.

—Hay algo más que está sucediendo —susurró Fenris—, ¿o no? —se dejó caer hasta el suelo contra la pared, junto a Marra, con las manos en las sienes—. No son sólo la gallina y la máscara. Ella está haciendo… algo…

—Claro que sí —repuso Agnes, la única entre todos que parecía estar disfrutando el momento. Tenía los ojos chispeantes de interés—. Pueden verlo… ¡Ah, no! Imagino que no pueden verlo. Pero es algo muy bueno. La magia del rey está dispuesta como las espadas alineadas en un soporte y ella está… no… Es una analogía malísima, no se parece a eso en absoluto. ¡Pero es algo muy bueno, eso sí!

—¿Bueno? —exclamó Marra con voz débil, porque el alarido del rey seguía resonándole en la cabeza.

—Ya basta —dijo la señora del polvo—. Usted trató de proteger a su descendencia, y en lugar de eso acortó las vidas de todos por generaciones. Sus almas han estado alimentando el encantamiento que mantiene al hada madrina con vida. Puedo verlo. ¿Acaso usted no?

Su voz sonaba tan confiada que Marra terminó mirando el aire sobre el sarcófago, como si allí hubiera algo que los ojos de los mortales no pudieran ver. No había más que polvo y la gallina colorada atareada, rompiendo la máscara funeraria.

"El encantamiento funciona bien. Así ha sido durante mil años. Mis descendientes se mantienen fuertes y han resistido en el trono. No permitiré que usted lo rompa."

—Usted está muerto —dijo la señora del polvo con frialdad—. Su tiempo de dirigir el futuro de su familia ha terminado —la gallina endemoniada cloqueó al ver que saltaban restos de la máscara quebrada—. No pueden vivir a su sombra por más tiempo.

El rey se sosegó. Fue como si la cripta entera inhalara aire. Los guerreros pintados alzaron sus espadas y los arqueros dispararon sus flechas, dirigidas a la señora del polvo. Estaban atrapados en la pared, así que no debería ser posible que la alcanzaran, y a pesar de eso, por unos instantes, pareció como si ella fuera atraída hacia la pared, y que las flechas podrían atravesarla...

La luz de luna relampagueó cuando la señora del polvo alzó su cayado y las flechas pintadas se difuminaron en pigmento esparcido por el suelo.

"No voy a ceder", bufó el difunto rey, levantándose de su trono.

—Entonces, tendrá que retirarse —contestó la señora del polvo, y golpeó con su cayado a través de la pared pintada.

Se oyó una especie de trueno en el pequeño recinto. La luz de luna se apagó. Algo metálico cayó al suelo. Por segunda vez, Marra se vio envuelta en la oscuridad total. Oyó que Perro de hueso aullaba con su voz espectral y que Fenris se afanaba con el pedernal.

—La vela —murmuró a su lado—. La vela, la vela. ¿Dónde está...? ¡Ajá!

La luz se hizo. La señora del polvo estaba tendida a medias sobre el sarcófago, con el pelo desordenado alrededor de los hombros. Se levantó, con cara de enfado. La gallina colorada se había parado sobre la máscara funeraria, que estaba partida en dos, y tenía la serenidad que sólo puede mostrar una gallina. Mientras Marra la miraba, la gallina alzó la cola y vació sus entrañas sobre el quebrado rostro del rey, y luego caminó hacia el hombro de la señora del polvo, con un cloqueo de satisfacción.

Fenris levantó la vela. La espada había caído al suelo. En la pared, el rey había vuelto a su trono, los arqueros estaban de nuevo en su posición original, y había una línea larga y dentada, como un rayo, que atravesaba el mural y cortaba la cara del antiguo monarca y el escudo del guardia que tenía a su lado.

—¿Ya terminó todo? —preguntó Marra. El aire estaba muy quieto y la cripta parecía más pequeña—. ¿Se fue el rey?

—No, no se ha ido —contestó la señora del polvo—. Es de los que permanecen durante siglos. Pero conseguí que aflojara un poco su control sobre el mundo, y eso debería bastar para que el hada madrina pueda escapar de sus ataduras.

—¿Así, sin más? —preguntó Marra, intrigada—. ¿Eso es todo lo que se necesita?

—Eso es todo —contestó la señora del polvo, empezando a caminar con total confianza, hasta que se desplomó en el suelo.

# Capítulo 20

—Bien pues fue un poco más de lo que pareció —dijo Agnes, una vez que rescataron a la gallina indignada y que se aseguraron de que no tuviera ningún hueso roto. La señora del polvo protestó débilmente cuando la recostaron contra una pared y le dieron a beber agua—. Uno no deja fuera de combate a un rey hechicero difunto y después se va a desayunar como si nada.

—Estoy bien —gruñó la señora del polvo, y trató de ponerse de pie pero fracasó rotundamente.

—Te volcaste toda en la magia hasta que te desmayaste, tontita —dijo Agnes, en una imitación bastante buena de la propia señora del polvo—. ¿No fue eso lo que me dijiste a mí?

La gallina cloqueó. La señora del polvo fulminó a Agnes con la mirada y le arrebató el odre de agua de los dedos.

—Está bien —aceptó—. A lo mejor me merecía ésa. Tal vez.

—Definitivamente.

—¿Podrá usted caminar? —preguntó Fenris—. Porque yo podría llevarla sobre mi espalda si fuera necesario.

—Estoy en condiciones de caminar —gruñó la anciana—. Denme mi cayado. Y denme un minuto.

—No sé cuántos minutos nos queden —contestó él—. Mi sentido del tiempo no está funcionando muy bien, pero me parece que estamos cerca de agotarlo.

—Yo aún podré encantar al bebé —dijo Agnes, un poco dudosa—, incluso si nos perdemos el bautizo. Pero no funciona tan bien, no con los humanos. Se les da un nombre y de repente todo su futuro aparece ante ellos, como masa cruda, pero no dura mucho así. La vida empieza a cocinarla muy de prisa.

—Ésa es una analogía pésima —dijo la señora del polvo con voz fulminante—. Que alguien me pase mi cayado para que pueda golpearla en la cabeza y los hombros —Agnes soltó una risita.

Fenris fue a recoger el cayado. La espada estaba tirada debajo.

—La espada se cayó —dijo.

—Tómala —le dijo la señora del polvo—. Es mía. La conquisté. Pero dejaré que tú la lleves. Es probable que la necesites, y ni siquiera la rueda de ladrones podría acusarte de haberla robado —le recibió el cayado y esta vez sí consiguió ponerse de pie, con ayuda de Fenris, que la sostuvo por un brazo y la asistencia más que cuestionable de Perro de hueso que brincaba a sus pies.

—¿Y qué pasará ahora? —preguntó Marra—. ¿El hada madrina está muerta?

—Eso imagino —contestó la señora del polvo—. Si fuera ella, no me quedaría mucho tiempo por ahí —dio otro paso vacilante—. Me producen más curiosidad los otros hechizos que le hayan lanzado a la familia real con el correr del tiempo. Si hay alguno activo, ahora que ya no está la madrina, puede ser que les den problemas.

Todos fueron hacia la entrada de la cripta, y se detuvieron de repente. El pasadizo se extendía ante ellos. Había tres puertas en un lado, dos en el otro.

—Y ahora, ¿por dónde? —preguntó Agnes—. Me desorienté por completo cuando esa cosa escandalosa me llevó a rastras, girando.

—Ir de regreso al origen era una cosa —sentenció Fenris levantando la vela—. Podríamos seguir tantos callejones sin salida… ¿Guía sería de ayuda ahora?

Agnes frunció el ceño, pensando:

—Creo que no. Estamos mucho más seguros aquí que en el palacio, ¿cierto? Quizá cuando se nos terminen la comida y el agua eso habrá cambiado, pero incluso entonces Guía nos llevará de una cripta a otra, esquivando la rueda esa, y no más.

*Tres puertas de un lado… dos del otro… seis en un lado… cinco en…*

*"¿Sabes lo que representan?… Entonces, te lo voy a dar."*

—¡Lo tengo! —exclamó, y soltó una risa de incredulidad—. Lo hemos tenido a la mano todo el tiempo… el tapiz.

Desenrolló el trozo deshilachado de tapiz que llevaba en su morral, recorriendo el tejido con los dedos. Tres líneas de hilo. La del medio, una línea continua, y las dos laterales en una combinación de intercalado con abertura e intercalado de urdimbre. Seis de urdimbre en fila. Cuando lo vio en la casa la madrina pensó que era algo absurdo, feo, sin lógica, pero no era así. Señalaba las puertas en las paredes de las criptas. Seis entradas a pasadizos y luego un intercalado de urdimbre, ¿para señalar qué? ¿El pasadizo por el cual se debía seguir? ¡Sí! ¡Exacto!

Se rio de nuevo. Fenris la miró, girando sólo la cabeza.

—¿Es un mapa? No parece nada claro.

—No, no es un mapa. Son indicaciones. El hada madrina no podía ayudarnos, en realidad, por culpa del encantamiento que pesaba sobre ella, así que no podía darme indicaciones si yo sabía lo que eran. Pero a mí me pareció que era simplemente un tapiz feo, así que me lo pudo regalar —tal vez ésa no era una explicación muy clara.

Fenris se veía desconcertado. Marra trató de mostrarle lo de los puntos, unos intercalados en la urdimbre y otros dejando una abertura, pero él alzó las manos sin comprender.

—¿Sabes cómo leerlo? —le preguntó a la joven.

—Sí.

—Bueno, eso ya me basta. Guíanos.

—Tengo que saber en dónde nos encontramos —dijo—. El nudo dorado… ¿Será la cripta del rey o…? No, no… el tejido no encaja. Creo que ésa es más bien la salida. Al palacio, tal vez, o alguna otra. Sólo tengo que encontrar dónde estamos en el tapiz —recorrió con los dedos los gruesos hilos, permitiendo que el tacto la guiara donde la vista le fallaba.

Tres puntos de abertura en un lado, dos en el otro, y un punto intercalado en urdimbre en medio de la hilera del centro, indicando que uno ya había llegado a su destino. Eso era, ¡sí!

Marra volteó el trozo de tapiz y caminó hacia el frente. Fenris sostenía la vela en alto. Perro de hueso brincaba alrededor de Agnes, y la señora del polvo en la retaguardia, con paso inseguro sobre el suelo de piedra.

—Intercalado en urdimbre —se dijo entre dientes—. En abertura, en abertura… en urdimbre aquí —volteó por donde decía, y luego lo hizo una vez más.

—Por aquí entramos —aseguró Fenris—. Hasta aquí todo bien.

Con una repentina confianza, Marra se apresuró a seguir. El tapiz se iba transformando en algo vivo entre sus dedos, y ella sabía para dónde iba. No se dio cuenta de que prácticamente corría hasta que Fenris la llamó:

—Espera un momento, Marra.

—Bien —se detuvo, permitiendo que Agnes y la señora del polvo la alcanzaran—. Está bien. Lo siento, perdón… —agitó la mano por encima de su cabeza.

*¿Qué hora será allá arriba? No puede haber comenzado aún, ¿verdad? Debemos estar cerca.*

El tiempo de repente se materializaba en una presencia física, corriendo a su alrededor como el aire en los túneles.

*¿Qué pasará ahora que ya no está el hada madrina? Agnes piensa que puede usar sus poderes si llegamos al bautizo, o tal vez la señora del polvo iba a lanzarle un hechizo a Vorling, o a levantar a los muertos de sus tumbas, aunque ella no puede hacerlo ahora…*

¿Podría llegar hasta su hermana antes del bautizo y advertirle que algo iba a suceder? ¿Habría tiempo aún? ¿O acaso los hechizos pronunciados hacía siglos, al encontrar su momento adecuado, estarían estallando sobre el palacio como si fueran fuegos artificiales?

Siguieron el camino que indicaba el tapiz en otras cuantas vueltas y giros que ella reconocía, y después se fue por otra ruta. Fenris miró al frente.

—Me parece que no vinimos por aquí —dijo—, pero confío en lo que digan tus indicaciones.

—No se preocupen por nosotros —gritó Agnes—. Allá vamos.

Marra tomó una bocanada de aire y los guio más adentro, hacia la oscuridad.

Era una ruta mucho más corta que la de la cantera, o quizás esa les había parecido larga porque se habían perdido o iban muy despacio o se habían topado con muchas criptas sin salida. Llegaron a una cripta que parecía no tener salidas, y Marra empezó a preguntarse si habría interpretado mal las indicaciones, hasta que Perro de hueso corrió olfateando a un tapiz que ondeaba con una brisa que no venía de ninguna parte. Detrás del tapiz, medio oculta, estaba la siguiente puerta. Y luego, prácticamente antes de que pudiera entenderlo con claridad, se veía un resplandor al final del pasadizo y Fenris abrió la puerta y entró, empuñando la espada... directamente al templo del hada madrina.

Era una habitación pequeña, pero Marra veía la sala principal a través de una celosía de madera. Tal vez los sacerdotes alguna vez habían preparado sus sermones ahí. La hada madrina estaba sentada en una pequeña plataforma, inmóvil en ese triángulo perfecto y oscuro de cráneo y túnica y hombros. No movió la cabeza al hablar.

—Guarda tu espada, guerrero —dijo—. Sospecho que de cualquier forma moriré muy pronto.

—Yo no iba a... —Fenris bajó la espada y se sintió avergonzado—. Perdóneme, señora.

Ella rio.

—No hay nada qué perdonar. No fuiste tú quien me liberó. Ni tú... —su mirada se deslizó hacia la puerta en el momento en que Agnes entró—, y tú tienes mucho poder, aunque trates de ocultarlo, pero no como para obligar a los muertos. Así que debió ser... ¡ah! Por supuesto. Debiste ser tú.

La señora del polvo hizo una inclinación de cabeza.

—Hubiera podido morir cuando se rompió el encantamiento —dijo el hada madrina—. Lo pensé, pero sentí curiosidad de saber quién había logrado liberarme por fin —su mirada recorrió a la señora del polvo, la capa llena de bolsillos y la gallina colorada en lo alto del cayado—. Pero ¿por qué? Nunca tuve un gesto de gentileza contigo. Y estamos lejos, muy lejos, de tus propios difuntos queridos.

—Una amiga me lo pidió —dijo la señora del polvo.

—¡Ah! —la madrina sonrió al oírlo, y con el movimiento, su rostro se llenó de grietas, como una pared de yeso que se desprendiera. Marra vio con terror que un trozo de piel del pómulo se caía. No había sangre debajo, nada aparte de hueso frío y de color parduzco—. Sí. Agnes, ¿me pasarías mi taza? Parece que estoy a punto de morir, y quisiera tomar algo más de té.

Agnes se acercó de prisa y sirvió el té con manos temblorosas. Trató de introducir la taza en las manos de la madrina, pero no eran más que huesos plegados ordenadamente en un montoncito de polvo.

—Oh, no —dijo con voz suave—. No puede ser —Agnes se arrodilló y sostuvo la taza entre los antiquísimos labios, inclinándola un poco.

—Gracias —dijo la madrina, contra el borde de la taza, y luego se deshizo en polvo. Marra retrocedió, pero encontró que había algo extrañamente pacífico en lo que estaba sucediendo… los huesos que se hundían en la túnica y el polvo cayendo alrededor. Al hada madrina le quedaba muy poca carne, sólo piel y huesos y una voluntad de hierro. Su túnica se mantuvo en el triángulo perfecto, rígida gracias al brocado de oro.

Agnes se secó las lágrimas.

—Maldita sea —susurró—. Tengo que causar una gran impresión. Me toca ser el hada madrina malvada. No puedo llorar.

—Ya está en paz —dijo Fenris.

Agnes lo miró con ironía:

—Lleva siglos en paz, creo. Seguiré llorando por ella.

Se levantó, limpiándose las manos en el vestido. Se veía pequeña y descompuesta en su vestido sin forma, el pañuelo al cuello con un pollito dormido. Su cabello flotaba en mechones sueltos y se le veían arrugas alrededor de los ojos por su sonrisa de preocupación.

Y entonces tomó aire, se estremeció y sus ojos llamearon, verdes como el veneno.

—Muy bien —los animó—. Es tiempo.


La puerta principal del templo del hada madrina estaba cerrada por dentro, pero Marra oía los golpes frenéticos.

*El guardia. Claro que había un guardia.*

Un simple guardia humano parecía algo tan banal en ese momento. La puerta metálica resonó como un gong, y cuando Fenris la abrió, el guardia quedó tan conmocionado que retrocedió un escalón más abajo, boquiabierto.

—La madrina —dijo—. La mandaron llamar y se supone que debe acudir, y siempre lo hace pero esta vez no. ¿Dónde está ella? ¡Va a llegar tarde! —la voz se le quebró al decir "tarde", y el pánico lo hizo parecer más joven.

Agnes le dio unas palmaditas en la mano, con cariño. Marra se quedó atrás, a la sombra de la puerta, considerando la posibilidad de que hubiera que darle un golpe al guardia en la cabeza, pero Agnes dijo:

—Ya viene. No se preocupe.

—Sí —siguió la señora del polvo—. Mil disculpas. Estábamos consultando con ella un asunto de magia, algo de suma importancia.

El guardia la miró parpadeando, y luego al cayado con la gallina posada encima.

—Oh… Ya veo. Y… ¿Ya está lista la madrina?

—Sí. Entre por favor. Aunque está muy cansada.

Pasó corriendo entre ellos, sin siquiera mirar en dirección a Marra. Cerraron la puerta al salir y la señora del polvo tomó un frasquito de uno de sus bolsillos y se untó parte del contenido en el dedo. Lo aplicó sobre la ranura entre la puerta y el marco, hasta donde ella pudo alcanzar, y el metal se cerró sobre el espacio, tornándose suave y maleable como la arcilla.

—¿Qué es eso? —preguntó Fenris.

—Es engobe, una arcilla más pegajosa, del torno de un gran santo alfarero. Este santo predicaba entre las estatuas y les daba vida para que alabaran a los dioses —se encogió de hombros—. Ya está muerto, claro.

—¿Lo está?

—Uno no puede dedicarse eternamente a darle vida a las estatuas con propósitos religiosos. Tarde o temprano, las estatuas revividas se dan cuenta de que no tienen alma, y las cosas empiezan a ponerse muy feas para todos —trató de darse la vuelta, y terminó sentándose pesadamente en los escalones de la entrada—. ¡Diablos!

—¡Señora ama de los zorros!

—¡No, no! —contestó la señora del polvo. La gallina cloqueó con desconfianza—. No puedo más. Sigan ustedes. Me aseguraré de que nuestro amigo de aquí no vaya a entrometerse.

—¿Vas a matarlo? —preguntó Agnes, sin mostrarse especialmente horrorizada.

—No, bastará con que pierda la memoria por unos cuantos días. Esperemos que no haya aceptado alguna sorpresiva propuesta de matrimonio ni nada parecido —hizo unos ruidos para indicarles que se fueran de inmediato—. Largo, largo de aquí. Ya lo oyeron. El bautizo está por empezar.

Marra no supo bien cómo había sido esa carrera por las calles en medio del pánico. Perro de hueso corría a su lado. Justo antes de que llegaran a las puertas del palacio, Fenris sujetó la correa y Agnes animaba a Marra a seguir.

—Ve —dijo—. Yo haré mi entrada triunfal detrás de ti.

No tenía tiempo para hacer cuestionamientos. Corrió hacia los guardias.

—Mi hermana —dijo jadeante—. Mi hermana. La reina. Soy su hermana. La monja —tomó su colgante con la pluma de grajo para que lo vieran. Respiraba con dificultad, pero tenía la esperanza de que eso hiciera más creíble su historia. Con un ademán desesperado apuntó hacia la ciudad, allá abajo—. Mi carruaje. El caballo. Una herradura. Por favor. Mi madre ya está allí. ¡Tengo que estar presente!

Marra no esperaba que funcionara. Probablemente no debió funcionar. Pero los guardias la observaron y luego se miraron entre sí, y ella logró deslizarse entre ellos. Era evidente que ambos esperaban que el otro dijera algo, pero ninguno de los dos lo hizo y, para cuando se dieron cuenta, ella ya había pasado.

Por obra y gracia de la Virgen de los Grajos, había un lacayo que reconoció a Marra un poco más allá.

—¡Por favor! —le pidió ella, jadeando—. Por favor. Es tarde. Voy muy retrasada. ¿Dónde es el bautizo?

—¿Princesa Marra?

—¡Sí! Mi carruaje… el caballo… —no se acordaba si acababa de decir que se le había roto una rueda o si a un caballo se le había caído una herradura, así que nada más agitó las manos.

—¿La conoces? —preguntó uno de los guardias—. ¿Es la princesa?

—Sí, por supuesto. Pero ¿dónde está el hada madrina? —miró más allá de Marra—. Ella siempre viene —sonó un poco perdido.

—No la vi en el camino —contestó Marra—. Lléveme con mi hermana. Estoy segura de que la madrina se presentará.

El lacayo la guio a través del pasillo, volviendo la cabeza de vez en cuando para mirar a sus espaldas, cosa que los lacayos nunca hacían. A Marra le hormigueaba la piel. ¿Agnes venía detrás? ¿Y Fenris? ¿Habrían logrado cruzar la barrera de los guardias? Seguro que sí, pero ella se habría sentido mucho más tranquila si la señora del polvo viniera también.

*Yo puedo hacerlo*, pensó no muy convencida. *Soy capaz de hacerlo. Conseguí hacer dos pruebas imposibles y encontré el camino en el palacio de polvo. Puedo terminar esto. Sólo me falta encontrar a Kania.*

Llegaron al salón que se desbordaba de cortesanos. Todas las miradas se volvieron cuando las grandes puertas se abrieron, y todos los allí presentes contuvieron la respiración.

—La madri… ¡La princesa Marra! —la anunció el jefe de lacayos en la puerta.

El silencio se rompió. Los cortesanos desviaron la mirada y empezaron a murmurar entre sí a medida que Marra iba adentrándose en el salón. La conocían, y sabían que era completamente insignificante.

—¿Marra? —exclamó su madre y no preguntó "¿Dónde te habías metido?" ni "¿Cómo llegaste aquí?" aunque sus ojos estaban llenos de interrogantes.

—¿Dónde está el hada madrina? —preguntó Vorling. Él también se oía perdido y Marra lo odió por eso mismo, aunque no le había sucedido igual con el lacayo. *¿Cómo te atreves?*, pensó. *¿Cómo te atreves a permitir que todo el linaje real dependa enteramente de una mujer a la cual se mantuvo sometida tanto tiempo que se había convertido en polvo viviente? ¿Cómo te atreves?*, cosa que era injusta, y ella sabía que era injusta pero no sentía la menor necesidad de comportarse de manera justa con ese hombre que llenaba de moretones los brazos de su hermana.

—¿Marra? —dijo Kania. Estaba detrás de la cuna, con los ojos desorbitados—. ¿Eres tú, Marra?

—Siento mucho llegar con tanto retraso… —balbuceó, apresurándose para cruzar el enorme salón. Podía percibir las miradas que caían sobre ella, pero eran de desprecio y eso era bueno… a nadie le importaba ella, nadie le temía ni creía que pudiera dejar un desastre a su paso. Fue a pararse junto a Kania, y la tomó por la manga—. Kania. Kania… tengo que contarte… Kania…

—¿Contarme qué?

Abrió la boca y se dio cuenta de que no tenía la menor idea de lo que le iba a decir. Siempre se había imaginado que podrían hablar a solas, para avisarle que habría un hada madrina diferente, que algo extraño podía llegar a suceder, pero Vorling estaba a escasos cuatro pasos de ella y su madre estaba justo al lado.

—Es que… es que… llegué muy tarde —se oyó decir.

—¿Dónde está el hada madrina? —preguntó Vorling, volteándose hacia ella. Ya no sonaba perdido, sino furibundo—. ¿Venía detrás de ti? ¿Por qué me hacen quedar como un tonto en mi propio palacio?

La mano de Kania se había deslizado en la de Marra, y la apretó con terror repentino.

Marra levantó la barbilla y miró a Vorling a los ojos.

*Tú no eres tan grande. No eres más que un rey viviente. Vi a una mujer mayor derrotar a un rey muerto. No puedes hacerme nada peor que lo que pasé hilando pelusa de ortiga, y no puedes conseguir que me sienta más confundida que cuando estaba en el palacio de polvo. Incluso tu crueldad es poca cosa comparada con la de la tierra infecta.*

A lo mejor él vio un desafío en ella. Los hombres como él tienen la habilidad de percibir esas cosas, ¿cierto? Dio un paso al frente, cerrando las manos en puños a cada lado de su cuerpo.

—Todos están preguntando por ella —dijo Marra con voz clara—. Nadie en la puerta de entrada la ha visto. Dicen que murió.

—¿Cómo?

Dio otro paso hacia ella y Kania retrocedió. Marra se interpuso entre los dos, pensando si un mínimo sentido del decoro lo detendría, sabiendo instintivamente que si un rey decidía emprenderla a golpes con su esposa y la hermana de ésta ante toda la corte, los cortesanos permanecerían impasibles, mirando.

*Por favor, Virgencita de los Grajos. ¡Por favor!*

—Yo fungiré como el hada madrina del niño —gritó Agnes desde la entrada al salón.

# Capítulo 21

Agnes, altísima. Agnes con los ojos verdes relampagueando como ojos de fiera que reflejaran una hoguera. Agnes, un hada madrina malvada.

Vorling giró en redondo y esta vez fue él quien retrocedió un paso.

Agnes ya no se veía como una mujer frágil y volátil que vivía entre sus pollos y su huerta fuera de control, sino que parecía una criatura de magia y terror, el reflejo de una santa en un espejo ahumado, más adecuada para el mercado de los duendes que para el salón del trono.

A pesar de todo, la reacción instintiva de Marra fue arrojarse sobre la cuna para proteger a su sobrino. En lugar de eso, sujetó a Kania con más fuerza.

Su hermana trató de avanzar. Marra la agarró más fuerte.

—No —le susurró—. ¡No! Es nuestra hada madrina. La de los reyes de aquí murió. El encantamiento… —estaba diciendo disparates y sabía que eran frases inconexas, pero no importaba. No era necesario que su discurso tuviera lógica. Tan sólo tenía que mantener quieta a Kania hasta que Agnes llegara junto a la cuna, y después todo terminaría rápidamente.

—La madrina del Reino del Norte ha muerto finalmente —dijo Agnes, con una voz que resonaba como acero en esa enorme salón de piedra—. El encantamiento se ha roto. Así que a este bebé voy a concederle un don para una nueva era.

Marra miró a Vorling, rodeado por su pequeño triángulo de guardias, y vio que sus labios se movían. "¿Ha muerto?". Se veía conmocionado por la noticia, como si fuera algo que nunca había cruzado por su mente, como si el sol se hubiera levantado por el occidente para luego caer del cielo.

Agnes se inclinó y puso los dedos sobre la cabeza del bebé. Kania trató de moverse otra vez, pero Marra la tenía bien sujeta por el brazo.

—Te otorgo este don —dijo Agnes—: Crecerás sin un padre a tu lado —y luego, en una voz más parecida a la de la Agnes de siempre, agregó—: y con muy buena salud.

Durante unos cuantos latidos de corazón, el salón quedó en silencio total. Y entonces todo el mundo pareció volver a respirar al mismo tiempo. Vorling ordenó a gritos:

—¡Deténganla! —y los cortesanos saltaron hacia delante o retrocedieron, según su propia naturaleza, y los guardias se lanzaron a perseguir a Agnes, empuñando sus espadas, y la propia Agnes se levantó la falda del vestido para poder correr hacia la puerta, mostrándose ya no como esa imponente figura formada de oscuridad sino como una mujer regordeta con la cara sonrojada y un pollo joven metido en el pañuelo que llevaba al cuello.

—¡Deténganla! —gritó Vorling de nuevo—. ¡Nos atacan! ¡Derríbenla! ¡Tráiganme su cabeza! ¡Encuentren a la verdadera hada madrina!

Los dos guardias a ambos lados de la puerta se adelantaron, con las alabardas prestas a atacar. Marra mordió un costado de su mano. Agnes iba a rodar por el suelo, decapitada, y no había manera de salvarla. De nada serviría hacerse pasar por monja... de nada...

Un gruñido fantasmal llenó el pasillo. Perro de hueso se abalanzó sobre el guardia del lado izquierdo, por detrás, clavando sus colmillos en la seda del uniforme y desgarrando un buen trozo del muslo. El hombre profirió un alarido, su pierna cedió, y él se derrumbó.

Perro de hueso atacó al otro guardia, sin hacer ruido, y Agnes logró salir al pasillo.

—¡Vamos, vamos! —gritó Vorling—. ¡Tras ella! ¡Acaben con su bestia y tráiganme la cabeza de esa bruja!

Se abalanzaron a través del salón. Vorling quedó solo, y cuatro soldados persiguieron a Perro de hueso y él no podía con todos.

*Ay, mi Perro de hueso, no, no, huye... Fenris, ¿dónde estás? ¡Tienes que salvarlo, Fenris!*

Huir era algo que no se le daba naturalmente a Perro de hueso. Marra tomó aire y contuvo la respiración, y la mandíbula del perro se cerró alrededor de la rodilla de un hombre. Y entonces, la alabarda bajó y el rastro de un ladrido llenó el salón.

Los huesos salieron proyectados en todas direcciones, una vez que los alambres que los mantenían en posición se rompieron. Los diminutos huesecillos de patas y cola rodaron haciendo ruido por el piso, como cuentas de un collar que se hubiera roto. Marra gimió y la salvación fue que los cortesanos estaban o bien jadeando por la sorpresa o gritando de asombro, así que nadie más que su hermana lo notó.

—¡Magia endemoniada! —gritó uno de los cortesanos, un hombre de gran tamaño y barba color zorro—. ¡Brujería!

—¡Deténganl...! —gritó Vorling de nuevo, y el final de la palabra se fundió entre la humedad y el asombro. Marra despegó su mirada de Perro de hueso, para ver a Vorling.

Fenris tenía la mano sobre el hombro del rey, casi en un gesto de camaradería, salvo por la estaca de hoja de hierro de casi un codo de largo que ya asomaba por el pecho del monarca. Vorling miró la hoja, con una expresión tan sorprendida como antes, y entonces Fenris retiró la espada, y por la boca del rey brotó sangre, y expiró.

—Lo hizo —dijo Marra en voz muy baja—. Lo hizo.

*Debió estar buscando la manera de acercarse al rey mientras todo el mundo tenía la vista en Agnes y en Perro de hueso. Eso fue lo más adecuado. Para eso es que él vino. ¿Verdad?*

Pero ella hubiera cambiado ese triunfo por volver a tener a Perro de hueso entero una vez más.

Kania volvió la cabeza. Sus ojos pasaron de su esposo muerto a su hermana, muy viva, y Marra vio cómo todo encajaba de repente en su mente. Pero claro, a diferencia de Marra, Kania jamás había tenido un pelo de tonta.

Los guardias que trataban de darle alcance a Agnes frenaron en seco. Corrieron de vuelta hacia el asesino. Eran cinco, cuatro de ellos empuñando espadas y el otro con una alabarda. Fenris no tenía armadura ni más arma que la vieja espada de hierro manchada con la sangre del rey.

Él miró a través del salón y las miradas de ambos se encontraron. Tenía esa misma expresión que siempre le había visto, que daba a entender algo como "¿Puedes creer que dos personas sensatas como nosotras se vean atrapadas en una situación como ésta?". Y luego se dio la media vuelta para enfrentar a los guardias y Marra vio en su cara el momento exacto en que había decidido morir.

Lo rodearon. Fenris levantó su espada. Marra estaba atrapada en una de esas pesadillas en las que no importaba lo rápido que pudiera correr o lo mucho que gritara, siempre sería demasiado lenta, y el aire sería pegajoso, y ella se vería con la garganta cerrada y los pies clavados en el suelo, incapaz de desviar la mirada.

Las espadas se alzaron. Les bastaba con atacarlo, todos a la vez, y la historia terminaría ahí. Fenris no podía defenderse desde todos los flancos, y cada uno de sus atacantes era más jóven que él.

En ese terrible momento de espera, la reina del Reino del Norte gritó:

—¡Alto!

Los guardias obedecieron. Parecía imposible, pero todos dieron un paso atrás, ampliando el círculo alrededor de Fenris. Sus ojos miraban entre su prisionero luego a su reina.

Kania habló con voz clara y glacial como el hielo.

—Este hombre ha sido enviado por nuestros enemigos para matar a nuestro rey. Quiero enterarme de todo lo que él sepa antes de que sea ejecutado —dio unos pasos hacia delante, y de alguna manera los guardias y los cortesanos la miraban como si fuera verdaderamente su reina y no la nueva viuda hasta hace poco víctima de las palizas del rey. Ella se detuvo junto a la cuna—. Mi hijo ha recibido una maldición —dijo, aún con esa voz fría y clara—. Mi esposo ha muerto. Sabré quién fue el que lo hizo. Quiero que lo encierren, con vida.

Vino otro largo y terrible momento de espera, pero de alguna forma el equilibrio había cambiado. El fiel de la balanza ya no eran las espadas de los guardias sino la reina, junto a la cuna del heredero. El hombre de la barba color zorro se adelantó para quedar tras la reina, como si la estuviera apoyando con su presencia, y todos los cortesanos lo notaron, y Marra vio cómo se registraba ese movimiento en muchos rostros, aunque no entendía bien lo que significaba.

*Por favor, Fenris*, pensó Marra. *Por favor, por favor*, le suplicó con la mirada que se rindiera. Si seguía con vida, ella podría encontrar la manera de liberarlo. Tal vez. O al menos la señora del polvo podría hacerlo, o Agnes, o alguien más.

Fenris bajó su espada.

Los guardias lo forzaron a soltarla y someterse sin la menor delicadeza. Fenris cayó de rodillas y le ataron las manos a la espalda.

—Enciérrenlo en un calabozo —ordenó Kania—. Deberá seguir vivo para la próxima vez que lo vea, o todos ustedes pagarán con su propia vida. ¿Está claro?

—Sí, Alteza —contestó el guardia de la alabarda, y sacaron a Fenris a rastras del salón.

Kania no vio esa parte sino que se volvió hacia Marra, y ella reconoció la mirada en los ojos de su hermana. Era la misma mirada que tenía de niña cuando hacía algo indebido. Era como si le advirtiera: "No te atrevas a acusarme, o acabaré contigo".

Esa mirada apaciguó los nervios de Marra mucho mejor que cualquier otra cosa. Era como si de repente ambas fueran niñas de nuevo, juntas en este asunto, y la consciencia del odio que Kania le profesaba, ésa que había tenido guardada detrás de su esternón desde la infancia, desapareció. Dio un paso al frente.

—Trataste de advertirnos, hermana —dijo Kania, lanzándole esa coartada para que Marra la aprovechara.

—Así fue —contestó, en su mejor voz de monja—. Lo lamento, pero llegué muy tarde y la... la falsa madrina venía tras de mí. Me di cuenta de que algo andaba mal. Ojalá hubiera podido saber lo que planeaba.

Kania asintió.

—Puede ser que tu aviso nos librara de algo peor. Era una trampa planeada con mucha astucia —dijo, y de alguna manera, al decirlo en su papel de reina, pasó a ser verdad. Todos los cortesanos habían visto a Agnes huyendo, y Fenris era sólo un hombre armado, pero Marra casi podía oír cómo toda la historia de lo sucedido se modificaba en el interior de las mentes.

—Mi hijo es el legítimo rey —siguió Kania—, pero tiene apenas una semana de nacido y pesa sobre él una maldición enviada por los enemigos de este reino —su mirada barrió el salón—. Actuaré como regente en su nombre, pero no lo haré sola. Necesitaré de fieles consejeros, hombres que antepongan el bien del reino a la sed de poder o el beneficio propio —se volvió hacia el hombre con la barba de zorro—. Lord Marlin, quisiera que fuera mi primer consejero. ¿Acepta usted?

Lord Marlin inclinó la cabeza, muy serio. Marra sospechaba que el señor había empezado a planear algo así desde el momento de la muerte del rey, pero dejó que se oyera el silencio para darle a la pregunta la gravedad necesaria.

—Sí, Alteza —contestó—. Lo haré por el joven rey.

—Y general Takise —continuó Kania mirando hacia el otro lado—. Usted era el confidente más cercano de su abuelo. ¿Aceptará apoyar al joven rey también?

El general Takise tenía el pelo del color del hierro, y también un carácter férreo. Se llevó el puño al corazón sin dudarlo.

—Por el joven rey —aceptó, con voz ronca.

—Entonces, estamos de acuerdo —Kania retomó la palabra. Fue hacia la cuna y alzó a su hijo—. Los tres haremos de regentes, hasta que mi hijo llegue a la mayoría de edad. Y ahora… —por primera vez su voz se llenó de emoción, de un dolor tan finamente simulado que Marra quedó maravillada—. Ahora debo llorar a mi esposo y hacer los arreglos para su funeral. Y los relacionados con su asesino. Compañeros regentes, les pido que me hagan propuestas para garantizar la seguridad de mi hijo. Todo parece indicar que estamos en guerra con alguien. Debemos saber contra quién. Y pronto.

Salió del salón, con la cabeza en alto y el bebé en brazos, mientras los cortesanos estallaban de asombro a su paso.

—Lo hiciste con increíble maestría —afirmó la madre de Marra, menos de una hora después—. Tienes a tus dos más acérrimos rivales en el trono, apoyándote.

—No les quedaba más remedio que respaldarme, o arriesgarse a que el otro tuviera mayor influencia. Takise es un buen tipo, de cierta forma. No se puede confiar en Marlin, sino que hay que tenerlo vigilado muy de cerca, pero al menos es predecible en su ambición de poder —Kania se llevó el niño al pecho, mirándolo con cierto asombro y desconcierto—. Madre… ¿qué diablos debo hacer ahora?

—Exactamente lo que has estado haciendo. Tomaste el control cuando todo pendía en el aire. Si uno de los otros hubiera dado señales de que estaba al mando antes que tú, estarías perdida del todo, pero tú fuiste la primera en dar el paso, y eso importa.

Marra sacudió la cabeza. Estaba más allá de los límites del agotamiento y a duras penas podía pensar con claridad.

—Fenris... —empezó.

Kania miró alrededor. Había despedido a los sirvientes y estaban las tres en la diminuta capilla una vez más, claramente dedicadas a orar por el alma de Vorling.

—Haré todo lo que esté en mis manos —dijo Kania, en voz muy baja—, pero no sé si pueda perdonarle la vida. Asesinó al rey a la vista de todos...

Marra sintió una gran piedra en el estómago. Apoyó la frente en la baranda que separaba a los deudos del lugar del ataúd. Aún no lo habían puesto allí. ¿Habría también un ataúd para Fenris?

*Pensé que nuestro plan era mejor. Pensé que iba a tener más lógica. Pensé que Agnes iba a lanzar su maldición y que la magia haría que Vorling se resbalara y cayera escaleras abajo o se atragantara con una espina de pescado o algo así. Nunca pensé que Fenris... que Fenris llegaría a...*

Pero claro que él sí lo había pensado. Era un hombre listo para lo que fuera necesario. Había estado dispuesto a morir y había encontrado una manera de lograrlo. Agnes había conseguido escapar. Kania estaba libre. Un tirano había muerto. Fenris debió pensar que era un trato justo, su vida a cambio de la muerte de Vorling, pero Marra no podía dejar de pensar que no era justo, que era una crueldad más, como si Vorling se hubiera levantado de su tumba para asestar ese golpe final.

—Algo se nos ocurrirá —dijo Kania.

Marra levantó la cabeza.

—A veces hay que hacer ciertos sacrificios —sentenció su madre, no muy convencida—. Puede que no sea posible sin correr el riesgo de perder todo lo que has ganado. Tu posición no es firme, aún no. Lo único que te permitió alcanzar la regencia como lo hiciste es la ausencia de reglas claras de sucesión.

—Bendita sea la paranoia de estos reyes del Norte —murmuró Kania—. Ninguno de ellos permitió que nadie con poder suficiente para oponerse a ellos lograra prosperar —se frotó el antebrazo, y Marra se preguntó qué moretones estarían ocultos bajo esa manga.

—Es verdad. Sin embargo, si te muestras clemente con el asesino de tu marido…

Kania bajó la vista hacia su hijo. Marra se dio cuenta de que ni siquiera sabía el nombre del bebé. Habían llegado demasiado tarde al bautizo como para enterarse de esos asuntos.

—Lo odiaba tanto —dijo en voz baja—. Tanto y durante tanto tiempo. Pensé que cuando él muriera sentiría como si me quitaran un enorme peso de encima, y aquí estoy, tan aplastada por todo como antes. ¿En verdad está muerto? ¿Acaso todo esto sucede en realidad?

—Sí, está sucediendo —dijo su madre.

Kania cedió con un sollozo seco, un único sollozo, que estremeció al bebé, con lo cual empezó a llorar.

—Lo hiciste tan bien —la consoló Marra—. En serio que sí. Allá con los nobles y los generales, e incluso convenciste a todo el mundo de que yo no estaba involucrada. No lo podía creer.

El siguiente sollozo fue provocado por una risa.

—Ah, sí —dijo Kania—. Sí… esa parte sí sabía hacerla. La he estado repasando en mi mente durante años… lo que haría si se moría como de milagro. Tenía cada posible escenario memorizado. Pero ahóra, ahora ya no sé qué es lo que estoy haciendo.

—Perdóname por no haberlo podido hacer antes —se disculpó Marra—. Lo siento. Tomó tanto tiempo y… y…

Trató de explicar todo lo acontecido. Llegó hasta el punto de Perro de hueso y empezó a llorar, y Kania también y su madre rodeó a cada una con un brazo y consoló a sus hijas como si fueran apenas unas pequeñas.

—Yo te ayudaré —la animó su madre—. Ayudaré en todo lo que pueda. No podré quedarme demasiado, pero a las abuelas se les permite tomarse cierto tiempo para dedicarse a sus nietos, y repasaremos todos los detalles mientras yo esté aquí. Puede ser que encuentres maneras que te permitan evitar que el resto de los cortesanos te arrebaten el poder.

Kania se enjugó los ojos.

—Ojalá Damia estuviera aquí —dijo—. Ojalá hubiera podido saber que todo se había arreglado. Que hubo justicia.

Marra tragó en seco. Le corrían las lágrimas de los ojos a la nariz y se limpió con la manga. La justicia parecía tan insignificante, tan retrasada. Kania había sufrido por años y el hada madrina por siglos. Los reyes del Norte habían dejado cicatrices en el tiempo. La rueda de los ladrones seguiría girando por los pasadizos, la furiosa hija fantasma…

*"Me sepultaron viva para ocultar su vergüenza."*

Levantó la cara. Se le había ocurrido una idea, tan terrible como la primera, como ésa que la había puesto en el camino de matar a un príncipe y embrujar un reino.

—Sé cómo salvar a Fenris.

# Capítulo 22

El funeral del rey Vorling fue modesto en comparación con lo usual entre los reyes del Norte. Había reinado menos de medio año y no se habían hecho mayores preparativos en su cripta. Su esposa, la nueva reina regente, declaró que su esposo hubiera preferido que ese dinero se utilizara para reforzar las defensas del reino, pues evidentemente eran blanco de un enemigo que podría atacar de nuevo, al margen de la absurda historia que el asesino oriundo de Hardack había contado sobre una señora del polvo y un supuesto mercado de los duendes y pruebas mágicas. Se habían despachado diplomáticos hacia Hardack para exigir respuestas, pero nadie guardaba ningún optimismo al respecto. Había brujería involucrada.

Tal vez los nobles pudieran sentirse preocupados de tener a una mujer extranjera en el trono, pero la reina Kania ya había tenido oportunidad de mostrarse tan implacable como los reyes de otros tiempos. Pues a los pies del sarcófago de Vorling, bajo una máscara funeraria que mostraba una cara gritando, se había enterrado vivo al asesino, para que muriera de sed en los pasadizos de los muertos. La reina encabezaba el desfile y había visto bajar la tapa de la caja.

—Por lo que le hiciste a mi esposo —le dijo—. Por lo que me hiciste a mí —y entonces la oscuridad había velado la cara del hombre de Hardack, y la procesión había dejado la cripta envuelta en la oscuridad y el polvo.

Pasaron catorce horas hasta que Marra y la señora del polvo se lanzaron sobre la tapa de piedra, tratando de arrancarla con toda su fuerza. Durante un momento espantoso, ella pensó que no sería suficiente, que tendrían que volver con palancas, pero poco a poco, muy lentamente, empezó a deslizarse. Lograron moverla tal vez un palmo, y tuvieron que parar, jadeantes.

Unos dedos se deslizaron hacia afuera, sujetando el borde. Marra prácticamente lloró de alivio. Fenris hizo la tapa a un lado y se sentó, respirando entre jadeos.

—En verdad estás aquí —dijo, doblándose sobre sí mismo hasta que su frente reposó sobre sus rodillas—. Estuve imaginando que oía voces todo el tiempo, pero esta vez sí estás aquí de verdad.

—Aquí estamos —contestó Marra, y las palabras "esta vez" se le clavaron como alfileres.

Fenris respiró unas cuantas veces, entre gemidos.

—Está muy estrecho allí abajo —explicó—. Incluso con los huecos —tenía la cara resbaladiza, húmeda de sudor o de lágrimas, eso Marra no lo sabía—. Encerrado y frío.

—Perdón —se disculpó Marra—. Perdóname, pero fue la única manera que se me ocurrió de salvarte —lo sacó del sarcófago, o él salió y ella le ayudó, y la estrechó entre sus brazos y los dos permanecieron ahí, temblando.

—Funcionó —dijo—. No querría hacerlo de nuevo. ¿Cuántos días han pasado?

—Poco menos de medio día —dijo la señora del polvo.

—¿Sólo eso? Me pareció mucho más tiempo.

Volvieron a poner la tapa en su lugar y salieron de la cripta, a través de la que se había excavado para Kania, por el pequeño triste recinto donde yacía la sobrina de Marra en su lecho de piedra. Tuvo que ayudar a sostener a Fenris. Tenía los músculos agarrotados y acalambrados así que se tambaleaba al andar.

—¿Por qué no hay guardias?

—Por orden de la reina —explicó la señora del polvo.

—No podía retirar a los guardias de la entrada porque hubiera llamado la atención —contó Marra—. Pero llamó a los otros para que la escoltaran. Había ido a la cripta de la madre de Vorling. Dijo que nadie pensaba en las madres en esos momentos, y que ella quería sentirse cerca de esa sombra que había perdido a su hijo y... fue increíble. Fue verdaderamente increíble. Ella es excelente. Sabe lo que es ser una reina. Todos estaban muy impresionados.

—Yo estaba muy impresionado —dijo él, con frialdad—. Cuando ella me miró, estando yo en esa caja de piedra, pensé que me iba a dejar sufrir una muerte lenta en la oscuridad —torció una de las comisuras de los labios—, y me di cuenta de que no quería morir. No así.

—Perdón —se disculpó Marra de nuevo.

—No tienes por qué pedirme perdón. Yo tenía fe. Pensé que si lograba aguantar lo suficiente pues... pues que tú y el ama de los zorros vendrían por mí.

La señora del polvo resopló.

—Yo habría venido —anunció—, aunque tal vez ya no siguieras con vida en ese momento. Los difuntos dan menos problemas que los vivos.

Él se tambaleó de nuevo. Marra se estremeció:

—¿Te torturaron?

—Poco, tengo que reconocerlo. El general Takise es un buen hombre y, sobre todo, un buen soldado, y sabe que la tortura es inútil para extraer información que valga la pena. Les conté una historia que tenía unas cuantas verdades aquí y allá, y él decidió que probablemente yo estaba loco, pero con la magia que había visto, ya no sabía qué creer. La tortura sólo sirve para extraer la información que la víctima piensa que lo salvará, y esos soldados lo sabían. Así que me golpearon un poco, y al ver que mi historia seguía inalterable y no tenía nada que ellos pudieran aprovechar, dejaron de hacerlo.

—¿Adónde vamos ahora? —preguntó Fenris.

—Lejos —la señora del polvo giró la cabeza para mirar hacia atrás—. Agnes nos consiguió una carreta.

—¿Agnes sigue en libertad?

Marra rio.

—Todo el mundo la recuerda como una mujer muy alta —dijo—, con ojos intensamente verdes. Es lo más increíble.

—Sin embargo, ella lo era —contestó Fenris. Tuvo que parar un momento, y apoyarse en la pared, para estirar las piernas y flexionar las rodillas para desentumecerse—. Cuando la vi, ¿era real? ¿Era una ilusión, como la apariencia de Perro de hueso?

—No, no fue una ilusión, no exactamente —contestó la señora del polvo—. Tu mente sabe qué apariencia deberían tener ciertas cosas, y cuando tus ojos ven algo diferente, la mente es la que se impone. La magia de Agnes cree que ella debería ser muy alta y con unos ojos como de lobo hambriento. Que el cuerpo de Agnes no se adapte a esa impresión es sólo un detalle sin importancia, en lo que respecta a la magia.

—Es un hada madrina terrible, ¿verdad? —exclamó Marra.

—La magia maligna podría fluir a través de ella como un río crecido. Por suerte, para el resto de nosotros, su personalidad se atraviesa en el camino. Si eso la hace malvada, es algo que les dejo a los filósofos. Creo que es por aquí.

Salieron a esa luz implacable que precede al amanecer. Marra prestó escasa atención al entorno. Otra cantera, al parecer. Estaba demasiado atareada ayudando a sacar a Fenris. Un paso y otro, otro más, y luego había una carreta y Agnes se bajó del pescante para ir a abrazarlos a todos.

—¡Estás vivo! —exclamó—. Pero claro que sí... no es que fueras a estar muerto, claro, Fenris, pero había cierta probabilidad de que no estuvieras vivo, no sé, pero claro que Marra no estaba muerta... sin ánimo de menospreciar a los difuntos, claro que tienen su función, y al fin y al cabo todos moriremos algún día, así que no deberíamos hablar mal de ellos, aunque no negaré que no sentí ni la menor tristeza al despedirme de Vorling...

—¿Cómo está Guía? —preguntó Fenris, para contener el torrente de palabras.

Agnes rebuscó en el pañuelo anudado al cuello y sacó al pollo, que estaba medio dormido y evidentemente molesto porque lo hubieran despertado.

—Tendrás que enseñarlo a echarse en algún otro sitio —comentó la señora del polvo con desaprobación—, de otra forma tendrás un gallo que cuando quiera dormir lo primero que hará será meterse de cabeza en tu escote.

—Ha pasado mucho tiempo sin que un hombre quiera meterse de cabeza en mi escote —confesó Agnes—. Podría ser un cambio agradable.

—No cuando le crezcan los espolones.

—Ah, sí... probablemente no.

Subieron a Fenris a la carreta, y Marra le pasó la bolsa que llevaba colgada a la espalda. Hizo un ruido como de sonaja cuando él la recibió.

—¿Qué hay aquí dentro? —preguntó.

—Un amigo.

Fenris enarcó las cejas. Marra subió a la carreta a su lado, y junto con la señora del polvo lo cubrieron con sacos de arpillera vacíos para ocultarlo. Él estornudó unas cuantas veces a causa del polvo, pero no puso objeciones.

—Veo que tienes mucho para contarme —dijo—. Ah... no sobre la cara, por favor, a menos que nos vayan a parar. Pasé tanto rato en esa caja que tener cualquier cosa sobre la cara... —le sonrió, pero era apenas una capa superficial sobre un horror muy profundo. Marra encontró la mano de Fenris entre las capas de arpillera y la estrechó en la suya.

*Otra herida para aumentar el historial de Vorling. Pero si logramos escapar, habremos terminado. Lo habremos conseguido, ¡al fin!*

—Ni una palabra ahora —dijo la señora del polvo. Las ruedas de la carreta crujieron al dejar la cantera, alejándose de la ciudad. Marra se arropó con la capa de ortiga alrededor de los hombros, sintiendo el frío antes del amanecer. Los dedos de Fenris estaban tibios al tacto de los suyos.

Cuando el sol se elevó en el cielo, la ciudad blanca había quedado atrás. Marra aún podía verla, como un colmillo brotando de la faz de la tierra, pero estaba lejos y no alcanzaba a morder donde se encontraban ellos.

*Y nunca regresaré.*

Al despedirse de su hermana la última vez, las dos lo sabían. Kania había dicho algo como:

—No sé cuánto tiempo logre mantenerte fuera de esto. Trataré pero...

—Lo sé —contestó Marra—. Lo sé. Alguien recordará haberme visto. Alguien va a establecer una relación. Mientras siga aquí, existirá ese riesgo. Es mejor que me vaya.

—No es para tanto —dijo su hermana—, aunque eso también es cierto. Ahora eres la hermana de la reina regente del Reino del Norte, y ya no tienes que permanecer soltera para apaciguar la paranoia de Vorling. Mamá estará pensando en dónde ubicarte.

Por unos momentos, Marra quedó demasiado conmocionada como para sentir frustración o tristeza.

—Pero si yo... ¡Yo ni soy una virgen ni soy una princesa! Soy prácticamente una monja.

—Casi, precisamente —contestó Kania con sequedad—. Podrías irte sin tardanza a casa y hacer tus votos de monja, y te apuesto el caballo más bonito del reino que la abadesa no lo aceptará.

Marra tomó aire. Casarse con fines políticos. Ser despachada a la cama de un desconocido, mientras Fenris estaba encerrado en una caja en el palacio del polvo, esperando su rescate...

—No es que ella sea cruel —la excusó Kania—. No lo es. Impidió una guerra al emparentar a nuestra familia con la de Vorling. El Reino del Norte nos hubiera arrasado como un maremoto y todo nuestro pueblo estaría alimentando a los cangrejos en este momento. Mamá tuvo que escoger entre su pueblo y sus hijas, y usar nuestros cuerpos para sellar el trato —se frotó el antebrazo sin darse cuenta, donde los moretones ya tenían un tono amarillento desvaído—. Salvó miles de vidas.

—Lo sé —dijo Marra—. Lo sé.

Kania le entregó dos presentes antes de partir. Uno fue un zurrón repleto de monedas y el otro un saco lleno de huesos.

—Los recogieron todos —explicó su hermana—. Todos hasta el más pequeño. Les aterraba la idea de que, si quedaba alguno, eso permitiera que la magia maligna se colara en el salón del trono. Les dije que era necesario deshacerse de ellos de manera adecuada, y que mi hermana se ocuparía de eso, llevándolos al convento de Nuestra Señora de los Grajos para que las monjas los purificaran antes de incinerarlos.

Marra no podía ver a través de las lágrimas que le anegaron los ojos repentinamente, y Kania la rodeó con su brazo.

—Vete —susurró al oído de Marra—. Vete, rauda y libre. No pueden aprovechar lo que no logren encontrar.

Y Marra le correspondió el abrazo y salió a través de la puerta del palacio que usaba el hada madrina, con la capucha de su capa sobre la cabeza. Y luego se escabulló a la ciudad para encontrarse con la señora del polvo y salvar a sus amigos.


Fueron avanzando sinuosamente hacia el sur de día en día. La carreta iba tirada por una mula increíblemente paciente, que toleraba que la gallina colorada viajara posada en su lomo. Marra iba en la parte de atrás y trabajaba lo mejor que podía con todo moviéndose y traqueteando bajo su cuerpo. En las noches, a la luz de la fogata, hacía mayores avances, pero la luz no era suficiente y se pinchaba continuamente los dedos, haciendo brotar la sangre. Agnes le dirigía un gesto de desaprobación y le aplicaba un bálsamo en las yemas de los dedos. La señora del polvo sencillamente la observaba, con su larga cara sin ninguna expresión.

—¿Funcionará? —preguntó Marra, atareada enrollando alambres en los huesos.

La señora del polvo se quedó mirándola a ella y a su falda llena de huesos.

—Jamás funcionaría en un humano —contestó—. Los humanos saben cuando han muerto. Pero podría ser que en un perro sí. Los perros son menos complicados.

En las noches dormía espalda contra espalda con Fenris. Nadie hacía comentarios al respecto. A veces él se movía, y Marra sabía que también estaba despierto en la oscuridad, pero ninguno de los dos tenía los ánimos de hacer algo al respecto, no con Agnes y la señora del polvo allí también.

*Podría darme la vuelta. Podría rodearlo con mi brazo. Y luego...*

—Me voy a casa —dijo la señora del polvo una mañana—. Agnes, tal vez lo mejor sería que vinieras conmigo. Cualquier día van a descubrir lo del hada madrina, y te verás tratando de defenderte de un enemigo con la ayuda de poco más que un pollo.

—Ya lo sé —contestó Agnes—. Siempre pensé que terminaría yendo contigo.

—¿Eh?

—Sí, claro —Agnes le dio unos toquecitos a Guía en el pico. Ya empezaban a salirle las plumas de adulto, aunque tenía la mitad del tamaño de la gallina colorada y todavía no le salía el zarzo, esa carnosidad a los lados del pico—. Guía, búscame el lugar más seguro para vivir.

Guía ladeó la cabeza, y se dio la vuelta y caminó hacia los pies de la señora del polvo, y allí empezó a arañar la tierra, buscando una lombriz interesante.

—Ah —exclamó la señora del polvo.

—Pero tenemos que pasar primero por mi casita. Quiero mi medicina para el pecho y no voy a dejar a mis pollos. Y necesito semillas de todas mis buenas plantas. Y...

—Sí, muy bien —la señora del polvo se volvió hacia Marra y Fenris—. Y ustedes dos harán bien en seguir su propio camino. Con eso quiero decir que ese anhelo tan mal disimulado que veo en ustedes está empezando a desesperarme.

Fenris tosió. Marra se cubrió la cara con las manos.

—Vengan a visitarnos algún día —dijo Agnes—. Por favor. Querré tener la posibilidad de hablar con alguien que no ande todo el tiempo enfurruñada.

—Yo no estoy enfurruñada todo el tiempo.

—Eres una absoluta gruñona, igual que tu gallina —las dos mujeres se montaron en la carreta y se alejaron, discutiendo todo el tiempo. Marra sintió una punzada en el corazón y una oleada de alivio, ambas cosas a la vez.

Pasaron el día en el sitio donde habían acampado la noche anterior, en una pequeña choza de pastor junto a la ladera de una colina, protegidos del viento. Fenris mantuvo la fogata ardiendo, y Marra siguió ensartando huesos en tramos de alambre, frotándose los dedos contra la fiel calavera, el alargado costillar, y el fino látigo de la cola.

Él se sentó a su lado, y le pasaba los huesos que ella le pedía, pero no la presionaba.

Al atardecer, justo cuando el resplandor de la fogata se hacía más intenso que la luz que entraba por la puerta, Marra terminó. El esqueleto estaba completo sobre su regazo, las uñas unidas con alambres a las patas, las vértebras ensartadas como cuentas de un collar.

—Despierta —le susurró, mientras la luz allá afuera se desvanecía—. Por favor, levántate.

Los huesos siguieron inmóviles en su regazo. Marra inclinó la cabeza.

*Por favor. Por favor, Perro de hueso. Jamás volveré a ver a mi hermana, o a mi madre. Tampoco voy a ver de nuevo a la hermana apotecaria o a la abadesa. Necesito un amigo al menos. Por favor.*

Se parecía demasiado a la primera vez. La segunda prueba imposible había sido también la tercera. Siempre supo que había tenido injusta ventaja cuando le entregaron el rayo de luna dentro del tarro, sin apenas buscarlo.

Fenris tomó su mano libre, teniendo cuidado con las yemas de los dedos adoloridas, y la mantuvo entre sus palmas, acompañándola en la espera.

—Por favor —suplicó ella de nuevo, y una lágrima solitaria rodó ardiente por su mejilla y fue a caer en la blanca superficie de la calavera del perro.

Perro de hueso bostezó, se estiró y despertó.

Marra soltó un sollozo de alivio y hundió la cara en el cuello de Fenris. Él la sostuvo, rodeándola con su brazo, mientras Perro de hueso se levantaba para brincar y hacer piruetas por toda la choza.

—Vamos a necesitar encantarlo de nuevo —dijo Fenris, mirando al perro que intentaba lamerse partes de su cuerpo que habían desaparecido junto con el glamur.

—Algo se nos ocurrirá.

—Hummm… ¿Y ahora qué? ¿Vas a regresar al convento?

Marra pensó si sería mejor sentarse, pero al lado de Fenris, no sentía frío.

—Un día dijiste que no podías volver a tu comarca —contestó ella—. Que la añoranza no valía una guerra entre clanes.

—Muy probablemente —él tenía la vista puesta en ella, con la mirada pensativa y seria que le conocía, aunque esta vez había una chispa de humor en sus ojos, lo que era alentador o enloquecedor o ambas cosas a la vez.

—Y yo acepté ayudarte a rescatar a los demás humanos en el mercado de los duendes.

—Así fue.

—Así que... quizá... ¿tal vez tú y yo podríamos ponernos de acuerdo en no volver a nuestros lugares de origen?

Las palabras quedaron flotando en el aire entre los dos, tan delgadas como vidrio soplado, e igual de frágiles. Marra esperó a que él dijera algo... que aprovechara esas palabras o las destrozara, lo que le pareciera mejor.

—Creo que eso me gustaría —contestó Fenris.

Marra suspiró, aliviada.

Había estado tan concentrada en lo que él iba a responder, que no pensó en lo que podría hacer. De manera que fue una sorpresa para ella que él la rodeara con ambos brazos y posara sus labios contra su pelo.

—Creo que eso me gustaría mucho —murmuró.

—¡Qué bien! —dijo Marra, con la cabeza apoyada en el cuello de él. Y entonces ella lo hubiera besado, o él a ella, pero Perro de hueso decidió que estaban jugando a luchar uno con otro, y quiso ser parte y saltó sobre ellos, y les ladró en silencio.

*Perro de hueso, perro de palo...*
*perro blanco, perro negro...*
*perro vivo, perro muerto...*
*perro rojo, ¡a correr!*

# Nota de la autora

Este libro comenzó en el estacionamiento de un supermercado, con la frase "con el perro hecho de huesos a tu lado". No sé por qué, pero esa frase empezó a abrirse paso en mi cabeza con la misma insistencia de una canción que se repite una y otra vez en la memoria.

Siempre es lindo cuando algo así llega a ti, pero por lo general pasas la hora siguiente tratando de averiguar si es algo que se te ocurrió a ti o si es un fragmento de algo que leíste alguna vez. La mente de los escritores acumula todo tipo de cosas, por si las necesitan más adelante, y muchas de esas cosas son en realidad palabras e ideas de otras personas. Sin embargo, esa primera frase era insistente y no me sonaba conocida de nada.

Para cuando llegué a la puerta del supermercado, la frase se había prolongado hasta "Viniste hacia mí con tu capa de ortigas y el perro hecho de huesos a tu lado". En la fila para pagar, tenía ya la mayor parte de un relato titulado "Hada madrina", con mucha imaginería en común con este libro que acabas de leer, aunque la trama en sí era muy diferente.

Lo publiqué en internet y luego en una antología, y seguí adelante con mi vida.

Pero las imágenes me seguían dando vueltas en la cabeza. ¿Por qué iba la protagonista a construir un perro de huesos? ¿Por qué tenía las manos manchadas con la sangre de un príncipe? ¿Cómo se siente construir tu propio perro? ¿Quién era el hada madrina que narraba la historia? A juzgar por los mensajes de algunos de mis lectores, yo no era la única que se hacía esas preguntas. Los lectores querían saber sobre la mujer cuyo perro estaba hecho de huesos.

Al mismo tiempo, y sin ninguna relación con lo anterior, en mi otra vida, ésa en la que soy autora de libros para niños, un editor me pidió que hiciera una nueva versión del cuento de hadas "La princesa y el guisante", y no pude escribirla. Siempre me ha parecido que ese cuento no… que algo en ese cuento no encaja bien del todo. ¿Por qué un príncipe va a buscar una novia con la piel tan sensible? Si un guisante bajo un montón de colchones basta para que le salgan moretones, ¿qué no le hará el tacto humano? ¿Por qué iba uno a querer eso? ¿Qué indicaba eso sobre el príncipe? Ninguna de esas ideas eran el tipo de cosas que uno quisiera encontrar en un cuento alegre para lectores de siete años. Acordamos que haría una versión de "Caperucita Roja", y me fui a otra parte con mi sensación de que algo no encajaba del todo.

En algún punto a medio camino entre el perro de huesos y el príncipe obsesionado con la piel suave y lozana terminé escribiendo los primeros capítulos de este libro. El texto incluía a alguien conocido como la señora del polvo, de quien yo no sabía nada, y la tierra infecta y Kania y Damia que se casaban y dejaban su reino. Y luego, como sucede a menudo, la historia quedó ahí, estancada por varios años, durante los cuales de vez en cuando le sacudía el polvo y le daba vueltas, hasta que un día le mandé unas diez mil palabras de ese texto a mi editora con mi nota habitual: "¡Hola! Tengo este texto. ¿Será que te interesa?". (Me han dicho que algunos autores escriben cartas de presentación y sinopsis y demás. Algún día tendré que intentarlo).

El hecho es que mi editora sí estaba interesada en el texto, según supe, y eso significaba que yo tenía que producir el resto del libro en relativamente poco tiempo. ¿Qué es una señora del polvo? ¿Qué es lo que hace? ¿Dónde está el hada madrina? ¿Por qué participan las hadas madrinas en esta historia? ¿Por qué me quedan apenas dos meses de plazo para entregar? ¿Qué estoy haciendo? ¿Por qué no me decidí a lanzarme como voluntaria para pruebas de tratamientos médicos, como mi mamá siempre quiso? ¿En realidad necesito los dos riñones, cuando el mercado negro de órganos parece tan lucrativo?

Esto es una parte normal del proceso creativo, y claro que las preguntas recibieron respuesta y el libro al final se escribió. Pero sospecho que yo estaría todavía atascada en el estacionamiento del supermercado si no hubiera sido por la ayuda de unas cuantas personas. Primero, mi editora, Lindsey Hall, que se entusiasmaba con ciertos pasajes y por eso me hacía ver que tenía que hacer algo con ellos en lugar de dejarlos en el aire; mi agente, Helen, que no tiene inconveniente con esos envíos míos presentados con un simple "¿Será que esto te interesa?", y que se asegura de que no se me olvide firmar papeles y acordar un pago por el texto; a Shepherd, que leyó las primeras versiones del manuscrito y me explicó con paciencia todo lo relacionado con husos e hilado y las técnicas de tejer tapices, y que incluso me mostró cómo funcionaba un huso, a pesar de que me negué a incluir más ovejas en el libro; y a mi adorado esposo Kevin, que siempre me apoya, y cría pollos, varios de los cuales encontraron la manera de aparecer en esta historia de algún modo.

Probablemente podría escribir libros sin todas estas personas, pero serían libros significativamente inferiores, y yo estaría agotada y es posible que ahora tuviera un riñón menos. Los pasajes bien logrados seguro son gracias a su apoyo, y los errores casi siempre serán mi culpa, sin duda, errores en los que caí a pesar de los esfuerzos que ellos hicieron para impedirlo.

Confío en que tus perros sean fieles y leales, todos ellos, juguetones y buenos, y que tus pollos nunca lleguen a estar poseídos por demonios.

T. Kingfisher
Carolina del Norte, Estados Unidos
Mayo de 2020

Esta obra se imprimió y encuadernó
en el mes de agosto de 2023, en los talleres
de Impregráfica Digital, S.A. de C.V.
Av. Coyoacán 100-D, Col. Del Valle Norte,
C.P. 03103, Benito Juárez, Ciudad de México.